U0466168

王志冲译尼古拉·奥斯特洛夫斯基全集

文章·演讲·谈话

[苏]尼古拉·奥斯特洛夫斯基 著
王志冲 译·著

華夏出版社
HUAXIA PUBLISHING HOUSE

尼古拉·奥斯特洛夫斯基（1904—1936）

尼·奥斯特洛夫斯基与父母、哥哥姐姐在一起。母亲抱着穿裙子的即为奥斯特洛夫斯基。

尼·奥斯特洛夫斯基（4 岁）

尼·奥斯特洛夫斯基（右）与母亲、哥哥在旧康斯坦丁诺夫(摄于1914年)

尼·奥斯特洛夫斯基在舍佩托夫卡（摄于 1918 年）

舍佩托夫卡统一劳动学校首届毕业生，
后排左二为尼·奥斯特洛夫斯基（摄于 1921 年）

尼·奥斯特洛夫斯基（摄于 1922 年）

别列兹多夫区党委，前排左一为
尼·奥斯特洛夫斯基（摄于 1923 年）

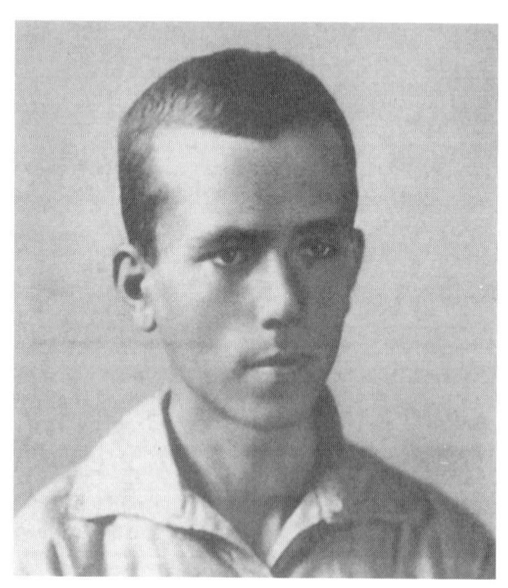

尼·奥斯特洛夫斯基在哈尔科夫（摄于 1924 年）

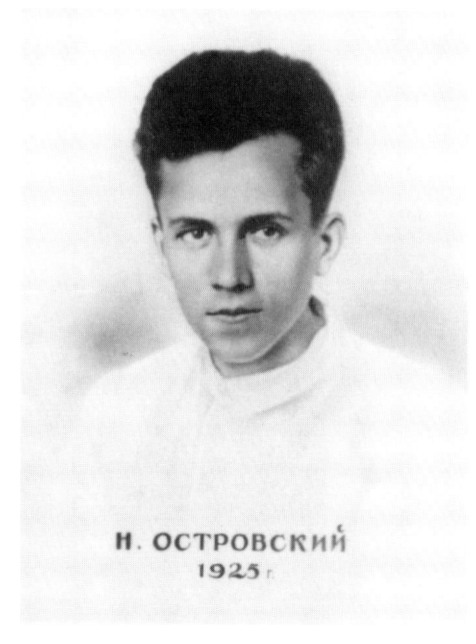

尼·奥斯特洛夫斯基（摄于 1925 年）

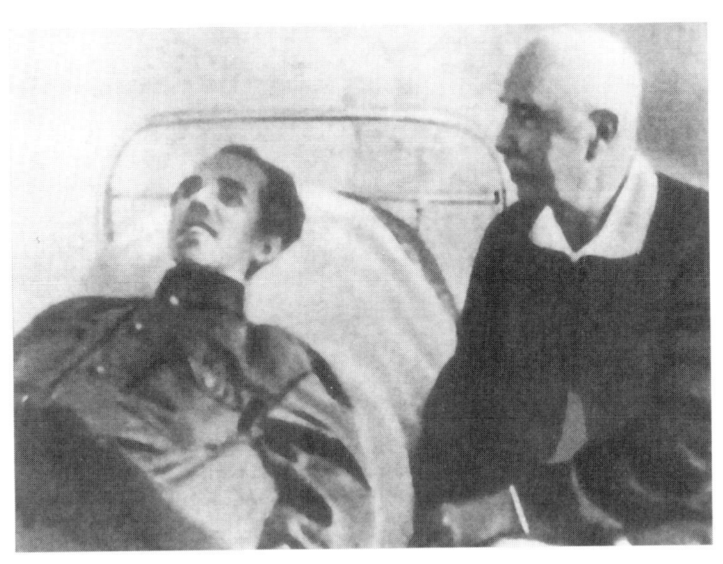

作家阿列克山德尔·绥拉菲莫维奇在
尼·奥斯特洛夫斯基索契的家中做客（摄于1934年）

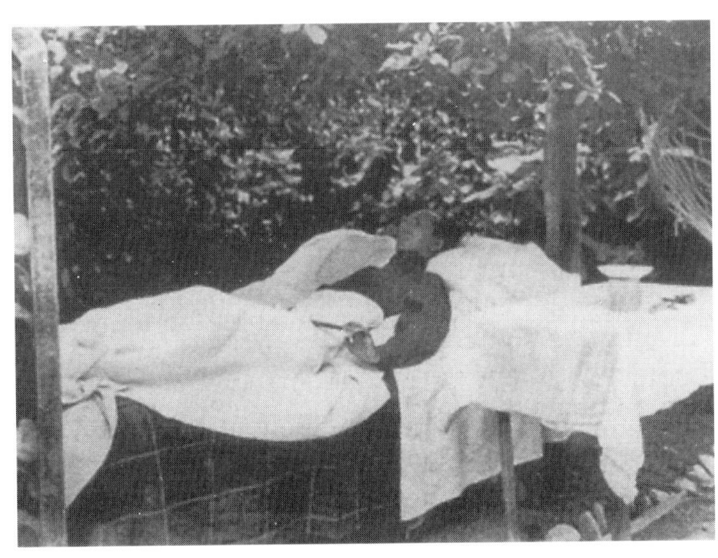

尼·奥斯特洛夫斯基在索契胡桃大街家中的阳台上（摄于1934年）

尼·奥斯特洛夫斯基与母亲在一起（摄于 1935 年）

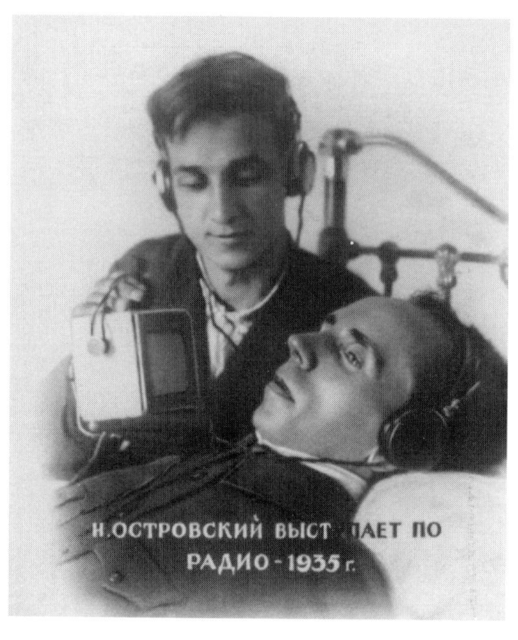

尼·奥斯特洛夫斯基发表广播讲话（摄于 1935 年）

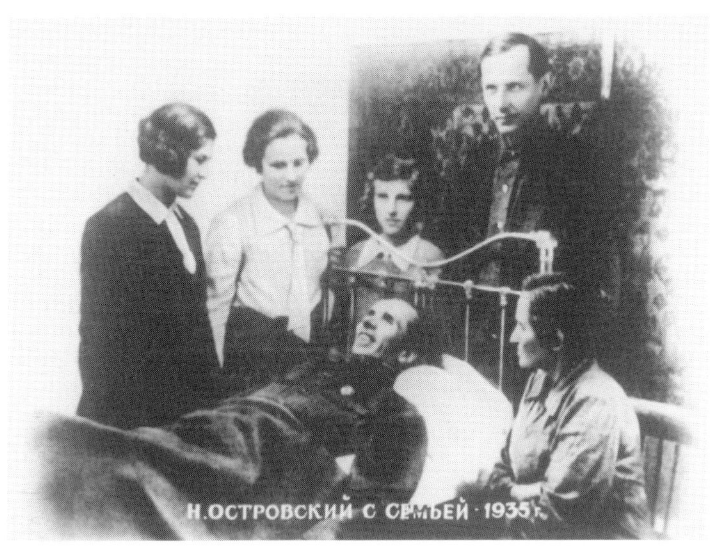

尼 · 奥斯特洛夫斯基与家人在一起（摄于 1935 年）

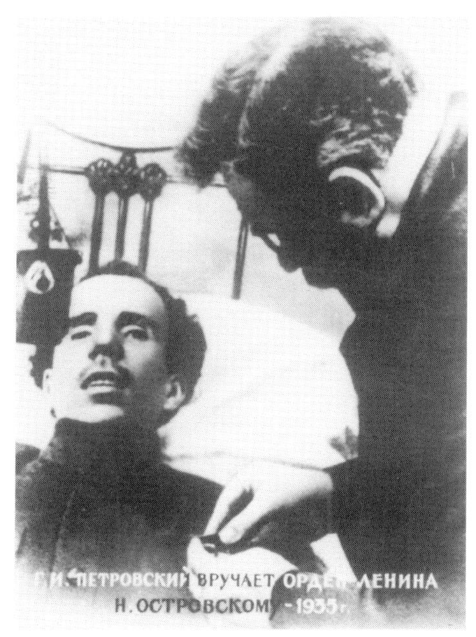

全乌克兰中央执行委员会主席 Г.И. 彼得罗夫斯基授予尼 · 奥斯特洛夫斯基列宁勋章（摄于 1935 年）

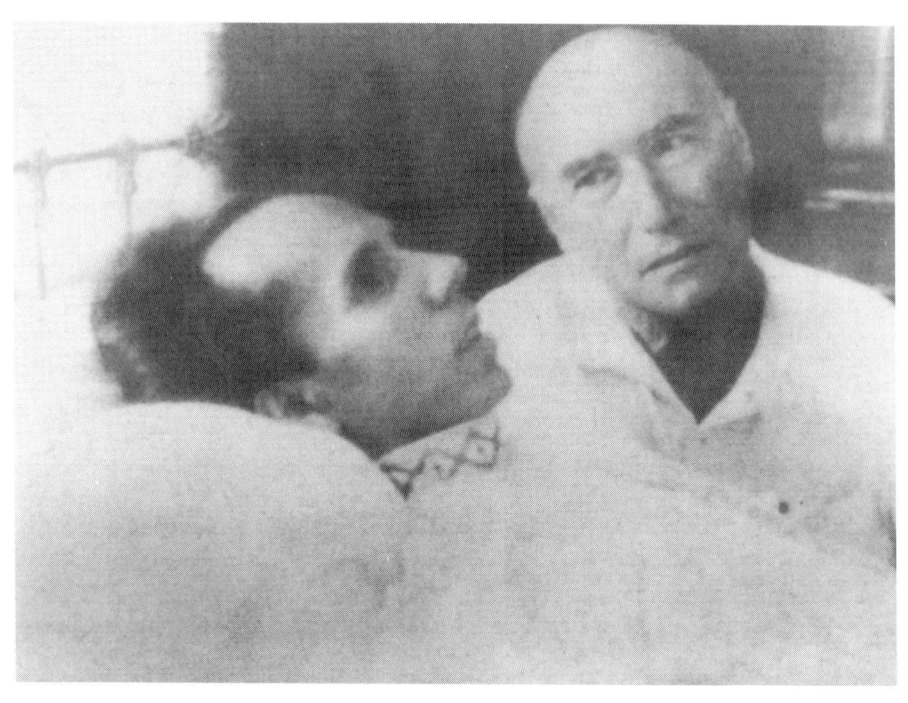

法国作家安德烈·纪德在尼·奥斯特洛夫斯基索契的家中做客（摄于1936年）

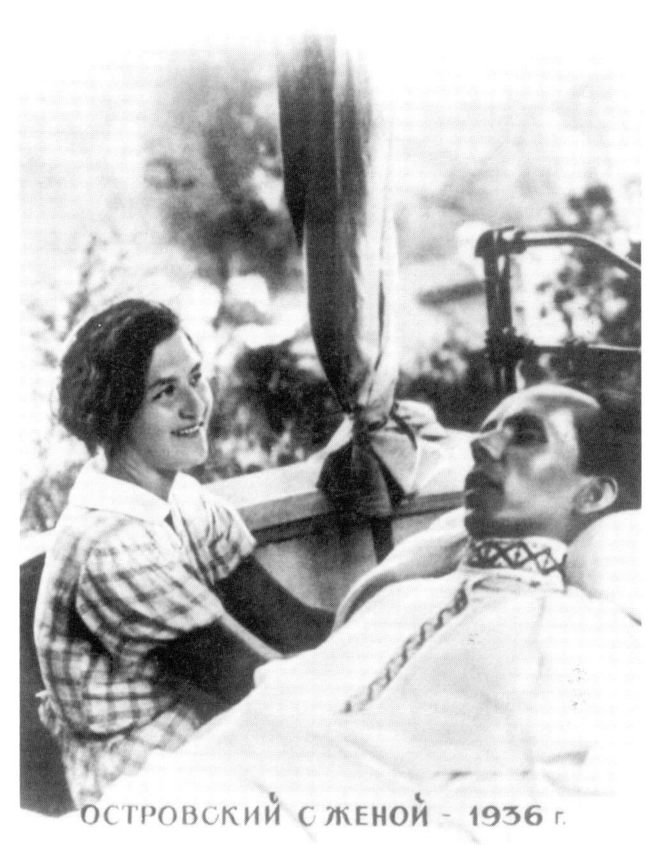

尼·奥斯特洛夫斯基与妻子在一起（摄于1936年）

尼·奥斯特洛夫斯基写长篇小说《钢铁是怎样炼成的》前几章所用的镂空写字板和手稿原件

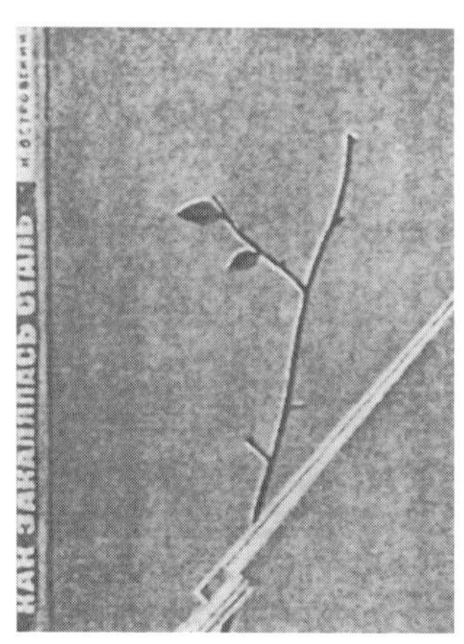

长篇小说《钢铁是怎样炼成的》（上）第一版封面

尼·奥斯特洛夫斯基在莫斯科的住所

位于莫斯科新圣女公墓里的尼·奥斯特洛夫斯基墓

译者在工作

译者和夫人郑懿老师

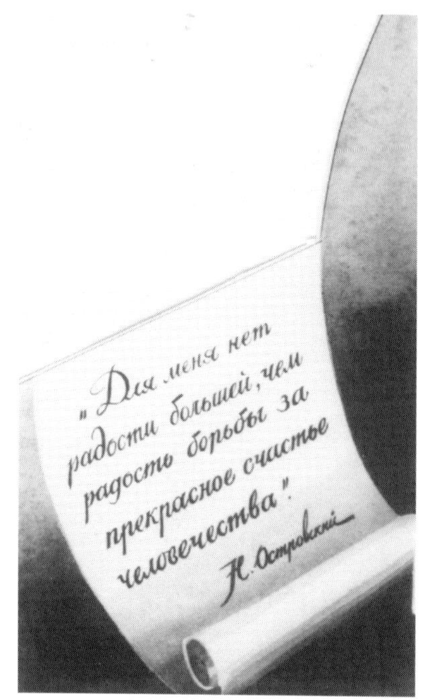

尼·奥斯特洛夫斯基的夫人赠送给译者王志冲的奥斯特洛夫斯基照片封套上的文字：

人生最美妙的，莫过于停止生存时，
自己所创造的一切仍在为人民服务

Товарищу
Ван Чжи-Чун
на память
о Николае
Островском.
Р. Островская
3.XII.59

尼·奥斯特洛夫斯基的夫人在照片封套上书写的赠言：

缅怀尼古拉·奥斯特洛夫斯基
王志冲同志惠存
拉·奥斯特洛夫斯基卡娅赠

目　录

1. 简略的自传[*]

我打算写书的时候，是想写成回忆录、随笔的形式，把一连串的真实事件都记下来。然而，和考斯特洛夫①同志的会面，改变了这一意图。考斯特洛夫当时是《青年近卫军》杂志的编辑，他建议以中篇或长篇历史小说的形式，描述少年和青年工人的经历，写他们的童年和劳动，写他们后来怎样参加本阶级的斗争。

我试图以文学形式反映确实发生过的事情，描摹一大批人。他们有的尚在工作，有的已经去世。

主要人物是我自己熟悉的。我写时力求准确，展呈他们的种种优缺点。

事件发生在乌克兰的小城舍佩托夫卡（如今沃伦省的边境地区）。我希望展示工人子女的童年和青少年时代、早期的繁重劳动，讲述他们怎样得到引领，投身于阶级斗争。我只写事实，这也限制了我，有时候成了事实的俘虏。换一种写法吧，那会

---

* 本文曾作为一封信，附于《钢铁是怎样炼成的》第一部的手稿内，首发于《青年近卫军》杂志 1932 年第四期，作为《钢铁是怎样炼成的》（连载）的《作者的话》，后收入 1937 年出版的奥斯特洛夫斯基所著《谈话 · 文章 · 书信》一书，标题为《作者自述》。这套中文版全集的《书信集》第 156 封，亦即此信。一文两见，方便读者。

① 塔拉斯 · 考斯特洛夫（1901—1930），1928—1929 年间任《青年近卫军》杂志编辑。正是他建议奥斯特洛夫斯基不要把丰富的素材写成回忆录等体裁，而要写成小说。

变成幻想，不再是真情实况。

人物的姓名，一部分是真的，一部分系杜撰。

1919 年，舍佩托夫卡遭受彼得留拉党徒的蹂躏；1920 年，波兰白匪大搞腥风血雨的恐怖镇压，我们党的地下组织成员被绞死、遭枪杀；德国人入侵；机车上的工人打死德国兵，以及其他各种情节，都有其健在的目击者和参加者。

我让他们看书稿中讲述他们参加过的一些事件的章节，他们对其真实性予以确认。

我做这项工作，只是希望我们的年轻人能回想起书稿中所描述的事情。我甚至不标明它是中篇或长篇小说，而仅仅简单地称之为《钢铁是怎样炼成的》。在这封信里，我附上简略的自传。

1904 年出生于工人家庭。十二岁起做学徒工。受过初等教育，职业为助理电工。1919 年入团，1924 年入党。参加过国内战争。1915 至 1919 年靠做工生活，当过锅炉工、木材场工人、发电厂的见习司炉等。1921 年，在基辅铁路工厂做工，1922 年，参加突击劳动，修筑运送原木的铁路支线，在工地上患了重病，由感冒进而染上伤寒。由于大病初愈，1923 年起脱离生产岗位，被派往边境地区，另行任职。1923 年，任别列兹多夫民兵训练营政委。之后数年，担任过地区和省级的共青团领导职务。1927 年，健康彻底损坏，经过数年困苦的抗争，还是成了残疾人。乌克兰中央做出安排，多方设法，为我治疗，要让我重新工作，但至今仍未能办到。脱离了组织工作，我成了宣传鼓动者：抓些马克思主义学习小组，培育年轻的党员。不料，我已被钉在床上，却又经受了一次打击——双目失明，只好舍弃了学习小组。最近一年，全身心地投入著书的工作。体力丧失殆尽，只剩下不熄灭的青春活力，渴望为本党本阶级做些有益的事情。著书是企求用文学语言展露往事的情状。从未写作过。

联共（布）党员（党证№.0285973）

尼古拉·阿列克谢耶维奇·奥斯特洛夫斯基

2. 我写小说《钢铁是怎样炼成的》*

在讲述怎样写小说前，我先用三言两语谈谈自己。

在国内战争的动乱年代和紧随其后的数载中，我的健康状况损坏到极点。近几年缠绵病榻，无法行走，一动不动地躺着，而且两年前丧失了仅有的左眼的视力。可以完全有根据地宣称：在如此恶劣的条件下，工作是不可能的了。

我思忖过，双目失明给我设置了难以克服的工作障碍。这是因为不知道借助别人的手，能不能记下所有那些各个不同的、往往是难以捕捉的，却又是自己希望写到纸页上的思绪。

每个人都晓得，写封信给朋友，叙述感动过自个儿的经历和思考，那是能够顺畅自然的，能够清晰明确的。然而，如果同样内容的一封信，却由自己口授，让别人记录下来，那么此信多半会显得苍白不少，枯燥得多。

但既然没有别的办法，我便用口授的方式开始工作，同时忐忑不安地观测着会得到怎样的成品。现在，小说写完了，我能很有信心地用领袖的话来表述："没有布尔什维克攻不下的堡垒。"

对，同志们，在最困难和最恶劣的条件下，是可以工作的，不仅可以，而且必须，假如没有另一种环境的话。

---

* 原稿上未注明日期。估计此文写于 1933 年。作者生前没发表过。1938 年 12 月 22 日，首次刊登于《共青团真理报》。

为此，必须怀有毫不动摇的劳动渴求，怀有决不松懈的顽强劲头，还需要……安静。安静是不可或缺的。没有安静，确实无法工作。比如房间里有六个人，其中两个是淘气的孩子，而所有的人在争先恐后地说话，这种场合没办法写作。

我不仅要叙述书是怎样写成的，还想把几幅画——与本书内容没什么关联的、单独的画作，插到这里来[1]。

我早就有个愿望，要把亲眼所见的、有时甚至是亲身参与过的事件写下来。然而，由于团组织工作的繁忙，抽不出时间做这件事儿，而且我也不敢着手做责任如此重大的工作。

唯一的尝试，而且是那种跟文学无关的，仅仅是记录事实的活儿，倒是做过一次——接受乌克兰共青团史料编辑组的要求，和另一位同志合作，写过非个人的文章。之前从未搞过创作，这部小说是本人的首次劳动成果。不过，做准备耗费了数年时间。好在患病给了我大量的空闲时间，这在以前是完全没有的。所以，我贪婪地消除自己对文学书籍的饥渴。这就叫有弊必有利吧。

卧病期间，我读完共产主义函授大学第一年的课程，还阅读了许多苏联文学书籍，充实了本人贫乏的知识储备。

若没有这种既广又深的准备，那是不可能进行创作的。

当时我考虑得很多，要讲述一群工人子女的经历，从他们的孩提时代，一直写到入党。因此，小说所描绘的时间，就是从 1915 年至今。

在这个时间段内，党和团的青年近卫军中涌现出成千上万

① 这段内容，在全文中找不到着落点。怎么回事，译者不便妄测。

的优秀分子，他们都绝对忠诚于本党和本阶级。

他们高举红军的旗帜，奋勇作战——在国内战争中；在反对经济破坏的斗争中；接着，在恢复时期的创造性劳动中；最后，在近几年，为了在我国建设社会主义而广泛展开的斗争中。这一切，都为无产阶级的文学提供了采掘不尽的素材。

有必要把这些写下来，给刚刚加入共青团的千百万人看看，给没有亲眼见过或没有亲身参加过当年斗争的年轻人看看。当年的青年工人和父辈并肩奋战，捍卫共和国的生命。

开始创作时，我犯下第一个错误：确定了一段故事情节，就把它写下。开头没有计划好。

这个最初的记述，并没有放进书稿，就束之高阁了。

后来，在《文艺学习》上读到，有许多作家进行创作，根本就是从末尾写起的，也有从中间部分开始，最后才描述开头的内容。

或许，文学巨匠可以这么做，可我琢磨，刚着手撰写的作家，按照计划，从头到尾地写，会顺畅得多，用不着颠来倒去。

阿克沃杰别施[①]——这是乌克兰旧沃伦省的一座小城镇，同时也是一个很大的铁路交叉点。在兵荒马乱的年代，革命和反革命的部队在这一带屡屡交锋。

舍佩托夫卡（ШЕПЕТОВКА，倒过来读便是 АКВОТЕПЕШ——阿克沃杰别施）曾经进行拉锯战，达三十次之多。由此可以想象出战事之激烈程度。书中所描绘的故事情节，绝大部分

① 这是尼古拉·奥斯特洛夫斯基曾拟用于《钢铁是怎样炼成的》一书中的小城名。

有事实依据。

我格外清楚地记得一次虐犹行动，那是戈卢布上校组织的。我觉得在小说里，自己没能全面地写出大批无助的犹太居民如何遭受蹂躏，那真是惨绝人寰呵。我只能说，自己所描摹的，与当时那血肉横飞的场景相比，要苍白得多。

机车班的工人打死一名德国哨兵，还有，载运讨伐队的列车半途停驶——这些情况，都是我根据健在的事件参与者的讲述记录下来的。三位工人，如今全成了布尔什维克，仍在原先的那个机车库上班，是劳动突击手。我口授时，在塑造这个或那个人物前，脑海中总会浮现出此人的模样。记忆力强帮了我的大忙。即便相隔十年，我依然能把一个人的音容笑貌记得清清楚楚。就这样，我展开想象，在脑海中描写着需要口授的种种情景，常常运用想象，构成一幅幅画面。一旦画面中断，记述也就中断了。我觉得，刚开始写作的人，如果缺乏这种在脑海里的想象，那就无法清晰地描摹出人物和场景。或许很奇怪，每当听到和谐而柔婉的乐曲，我那些想象中的画面便显得特别鲜明，尤其是听见小提琴演奏之时。

谢廖扎之死，是我亲手执笔写的。当时，我正从无线电里听着伊波里托夫·伊凡诺夫的《高加索小曲》。

很可惜，在那些以帮助青年作家为己任的刊物里，大作家们一般不介绍本人写初稿的情况，他们以为这是用不着谈的琐事，而着力于用很多篇幅阐述基本的理论。其实，即便光是聊聊全书的布局或章节的构思等，也是好的。开始写东西的人很需要熟悉创作的技巧，也需要学会如何拟定工作计划。

初学的同志得耗费多少精力，才能掌握经验丰富的文学家们早已熟知的技能！

作家们几乎毫无例外，都会讲到记笔记的重要。这当然是正确的。许多精彩的情节，由于没有立即记在本子上而灰飞烟灭了。就拿我来说吧，自己提笔写字挺困难，但依旧使用着这样的笔记本，而且它已经很有效地为我所用。

我的小说里边，大部分人物的姓名都系杜撰。朱赫来只有“名”是真的。他担任的也不是省肃反委员会主席，而是特勤处处长。这位整个儿由生铁铸成的波罗的海水兵、革命家、老肃反人员的形象，我不知道自己刻画得是否成功。我们的党拥有这样的同志，他们外表粗犷，任何暴风雪都无法撼动他们强劲有力的双腿……这是一些优秀的人物。

3. 捍卫语言的纯洁*

高尔基曾大声疾呼，曾以决不妥协的姿态，提出我们文学创作方面的语言问题。此事我们早该关注，早该提出警示，预告危险。肆意歪曲现今的文字，或者“发明”新字，来污染我们美好的俄语，而这些新字又大多是怪异的、毫无意义的、粗鄙的，简直就是不通的。此种状况，再也不能容忍下去了。

比如，臭名远扬的“斯苦考日尔霞”（скукожился）。这个词的意思，只有它的发明者晓得。读者见到这一类的词语，产生的反应如何，会因文化修养的不同而各异。不过，倾听他们的议论，作者却会有所裨益。在苏联作家协会组委会举办的“青年近卫军”晚会上，卡拉瓦耶娃[①]同志发表过演说。她提及：出书一年更比一年难了。这倒并非由于大家对文学青年有所忽视，相反，对他们的关怀比早先增加了许多倍，而是因为千百万读者的政治和文化水平，都随着各行各业的成就一起提高了。这些读者对文学的要求也和他们自身的进步相一致，也在不断地增加。

---

* 本文系 1934 年 4 月 2 日，尼古拉·奥斯特洛夫斯基接受安娜·卡拉瓦耶娃的建议，为《青年近卫军》杂志撰写的，发表于该杂志 1934 年第六期。栏目标题为“关于语言的论争”。作者去世后，在数种刊物上登出删节过的文字。1955 年，首次全文收入他的文集——三卷集的第二集，国家出版社出版。

① 安娜·卡拉瓦耶娃·亚历山德罗夫娜（1893—1979），女作家、编辑。1931—1938 年，任《青年近卫军》杂志主编。

我认为，和任何领域的成果相比，文学作品更应该注重质量。花几年时间写出一部著作，这书能够“活”数十年。而有些作者，一年赶出三四部，可这种书，在出版的次日就被人遗忘了。比较起来，前者该好得多吧。文学语言是作家重要的生产工具，这个问题需要谈谈。就我们这些昨天才进入文学界的年轻人而言，语言、主题、结构等，是重要的基本问题。这方面需要有广泛的自我批评，需要反复研习。

我们的青年读物中，出现了诸如此类的单词：“沙马奇”（шамать）、“陶帕奇”（топать）、“木拉”（мура）、“布扎”（буза）、“丝帕列尔”（шпалер）、“包赫勒亚尔”（похрял）、“丝棒其尔”（сбондиил）等——它们全都来自何处？原来并非作家凭空生造，而是从江湖盗贼的切口黑话中借用的，这些犯罪的团伙，为了进行某些秘密活动，数十年来，制造出独特的行话，不熟悉的人听了一头雾水。正是这种非无产阶级的话语，起初是个别的单词，后来便成群结伙地闯入人们的日常生活，直至进入文学。看来，语言也成了藏污纳垢的所在。由于我们疏忽大意，各种文字的寄生虫爬了进来。

为什么在阶级斗争最激烈的年代，会出现这样的状况呢？举个例子，1921 到 1922 年那会儿，我和同伴——青年工人们，便使用过这类畸形的词语，而且是不知不觉的，根本不知道是跟谁学来的。记得有一回，在省委员会里，我们几个铁路工人和宣传鼓动部主任交谈，她是个共产党员，也是个知识分子。她打断了我们的话头，说道：“同志们！听我讲一下吧！你们在说的是什么语言？这些话是什么意思？我简直听不懂。别存心捣乱，请讲俄语。”我们都恼火了。我的一个朋友代表大家说：“真对不起，我们没有学过别的什么语言，没有进中学念过书。”

时隔六年，我再次遇到了那位朋友。那时，他已经毕业于哈尔科夫共产主义大学。我跟他提起这段往事，他仅仅谦和地付之一笑。我跟他一块儿玩了整整一天，却没听见他说出一个当初经常脱口而出的词语。他已经从日常谈话中剔除了这类话。正如同历史悠久的俄罗斯留给我们的遗产中的许多糟粕一样，它们被抛弃了。

有人会说，作家必须让书中的人物使用他自己的语言。如果他所塑造的主人公出口就是江湖盗贼的行话，那么这并非作者的过错——不这样写，就是不真实。然而我以为，文学创作不等同于照搬。

真正的大作家能够搜寻到无数真实的、鲜明的、令人过目难忘的形象和场景，多角度地反映我国往昔和现今的实际生活，而同时不损害我们清亮的、优美的、丰富的俄罗斯语言。那些煞费苦心琢磨出来的毒骂，最让人厌恶了。我们听见骂“娘的”这一沙皇俄国的“国粹”，谁会不觉得像挨了一鞭似的呢？然而这类“娘的”，有时候还会被某些文字发明家挖空心思地炮制出来，然后又被渴求知识的年轻人生吞下去。

列夫·托尔斯泰在小说《复活》里，描绘了沙皇俄国的监狱及其中的暗无天日与丑态恶行，描绘了妓女、窃贼，却没有恶骂。然而，这些人物被刻画得何等清晰，何等准确！如此看来，问题不在于用哪些字眼，而在于创作的技能。我无法设想谢夫林娜或者格拉德考夫等许多作者，会气壮如牛地，比方说，跑到党代会的讲台上去，把自己笔下的某些人物所说的话语重新讲一遍。他们没有这么大的胆量。舌头会结结巴巴，但纸张会忍辱含垢。年轻的读者看到这些话，会替作者羞愧而脸红。

天才作家的、充满艺术真实性的劳动成果，往往比作者本人具有更坚韧的生命力。这也是每一位作家梦寐以求的。我们作为世间最伟大的无产阶级革命的直接参与者和目击者，能把这些庸俗的文字渣滓，和优秀的艺术珍宝混在一起，作为遗产，留给未来的一代吗？他们可是诞生于社会主义社会，并清除着旧世界的污泥浊水的未来一代。我们这些青年作家，正在向老师们学习，他们曾经的错误也时常出现在我们身上。

批评是正常的血液循环。批评缺失，就难免停滞，难免患病。我想起了自己怎样激动地阅读第一篇批评我的小说的文章。那是刊登于苏联共青团中央的机关刊物《青年书刊》杂志（1932 年第十二期）上的。在这篇文章里，以《共青团文学积极分子》为标题，作者批评了我的小说《钢铁是怎样炼成的》（第一部）。此刻，我打算批评一下他的这篇批评文章。或许他不至于生我的气吧。这对双方都有益。我从他那儿学到了一些东西，而在事情的进程中，他自己也可以做出一些应有的论断。评论文章的作者，对长篇小说中的缺点做了宝贵的论断，而且对构思的不妥之处进行具体分析。但他接着说道："如果指出小说的最初几章写得脉络非常清楚，那么然后，在艺术方面，与有力地、明晰地表达的同时，却出现了一些缺漏和啰唆的字句，即枯燥无味的、按年代讲述的、互不衔接的段落。"如果评论家不使用这样笼统的词句，而是具体地指出这种啰唆的写法在哪里，缺点的根源又在哪里，那样就好得多了。一般的词句其实没什么用处。继续往下看："书中有不少肤浅的、毫无内涵的表述，还有一些是仅仅简单地讲一下事件……"在什么地方呢？具体地指明了缺失在哪里吗？原因又在何处呢？最后我们来看看有关语言的批评。作者这样说，在书中还存在着文字粗疏和语句啰唆的缺点，也有一些陈词滥调。

然而，啰唆的语句究竟在哪里，作者并未指明，但对我而言，这才是最重要的。

这个例子让我们看到，不管怎么讲，一篇挺好的书评总是对作者大有裨益的，不过有个极为重要的问题，却只是轻描淡写，一笔带过。对于书里面的词句，只讲了两个字：啰唆。我以此为例，是要向在评论战线上工作的同志们阐明：应该剔除文章中的一般词语，向这种状况宣战，就如同对曲解语言的一切状况宣战。每一句话都要具体，不要含混。你们必须带头，向一切文字上的戏法进攻。在作者和评论家的共同努力下，我们能够获得预期的效果，能够涤净文学作品中的一切渣滓。这类渣滓会降低文学工作者作品的价值与质量。

捍卫文学语言的纯洁，可不仅仅是反对歪曲文字——这只是问题的一部分，主要的是必须善于锤炼词句，勾勒出鲜明的人物形象。这可以避免成为似乎头头是道，实际上却空空如也的话语。

建筑家要造一座惊世骇俗的漂亮房屋，除了必须热爱艺术和具有天赋之外，还先得用多年的时间，掌握建筑技术。一开始，还得学建筑学的基础知识。我想，如果说我们许多年轻的作家还缺乏文学的初步功底，这或许是不错的吧。我们的国家，就其制度而言，是特殊的。它也是世界上最自由的国家。在我国出版的书籍中，有数十种甚或数百种，应该说尚系“习作”。这是学徒的作品，是文艺学徒的作品。此种情况，只有在我国才能出现。然而，青年作家既然尚在学徒阶段，便获得了出书的机遇，那恐怕也难免把粗糙的半成品带进文学天地。因此，他不应该忘记，国家是由于他具备潜质而给了预支，他那天赋的小火星，正在脆弱的、稚嫩的、硬生生凑拢的作品堆中幽幽发亮。这种预支，他得偿还。要还清这笔账，唯一的办法是在勤学的基础上健壮起来，把创作的技艺掌握好。这需要学习，学习，再学习。在我们这个惊人的幸福时代，在获胜了的无产阶级的国家，每个年轻人的面前，通向生活的大门始终敞开着。

昔日的锅炉工、运输工、车工、电工，甚至牧童，现在已经成千上万地登上了知识的巅峰，他们掌握了科技、文学、经济，学会了如何治国理政。曾经的运输工成了教授、作家、工程师和政府委员——他们达到如此的高度，并非经过了机械式的逐级提拔，而是由于他们为了改造自身，为了成长为新人，成长为无产阶级学者，而付出了最大的努力。这是愉快的劳动，也就是斯大林同志所说的，那种荣耀的、气派的、自豪的、英勇的劳动。

我们只能这样纠正自身的错误：写了一本还过得去的书而不自满，时刻牢记作家已被推举到战线的最前沿，我们的党要求作家们写的每一个字都击中目标，要求他们塑造的人物形象能够点亮读者心中的火炬。为此，他们就必须熟悉并善于使用手中的武器。

我掀开自己的第一部小说重读，准确地说，是听一听那些熟稔的字句。这种时候，巨匠的文章使我顿然领悟，明白了自己的书哪儿写得不行。于是，一些多余的、刺眼的词句就被毫不可惜地涂抹掉了。如果小说有幸再版，那么书中便没有了这类赘言。

既然谈语言，是不是可以不提及我们的青年读物呢？不，应该提及。青年读物面世后，我们共青团的杂志不能不予以评介。也不能只登一篇短文，做做样子。那样的话，就只能泛泛而论。批评应当讲深讲透，才有价值。

有关创作的讨论刚展开，我们已经发现了许多错误的观点。高尔基的文章仿佛清冽的潺潺水流。他号召我们付出诚实的、负责的劳动。巨匠在说到那些“坐享荣誉的”人们时，不大留情面。但，敲打越重，转变才越快哦。

高尔基的批评具有深刻的原则性。他并不置人于死地，而仅仅是让那些不知天高地厚的人，回归到现实生活中来。

4. 驳《亲爱的同志》一文*

今天，刚在4月5日的《文学报》上读到鲍利斯·戴列德日耶夫的文章《亲爱的同志》。虽然目前我病得很重，是肺炎，但不得不提笔回复此文。我将写得简短。

首先，坚决反对把我——《钢铁是怎样炼成的》这部长篇小说的作者，等同于小说中的人物保尔·柯察金。

我写成了长篇小说，评论家的任务是指出其优缺点，确定此书是否有助于我们青年的布尔什维克教育事业。

评论家戴列德日耶夫偏离了依照上述标准分析作品的正道，而写了些东西，是我所无法三缄其口的。比方说："然而在这里，我们必须指出《青年近卫军》编辑部的错误。问题在于保尔·柯察金就是尼古拉·奥斯特洛夫斯基（他的经历，不久前米·柯里佐夫①在发表于《真理报》的特写《勇敢》中讲述过），而长篇小说就是他本人经历的记录。由于既瘫痪又失明，奥斯特洛夫斯基被一堵铁墙隔绝了与世界的联系。因此，在小说的最后部分，保尔·柯察金和他妻子市侩一般的娘家的纠纷，

---

* 本文写于1935年4月11日，是对戴列德日耶夫发表于《文学报》1935年4月5日的《亲爱的同志》一文的答复。该文批评长篇小说《钢铁是怎样炼成的》。《文学报》当时未刊登本文。1937年，青年近卫军出版社出版奥斯特洛夫斯基的《谈话·文章·书信》一书时，首次收入本文。

① 米·柯里佐夫（1898—1942），苏维埃的名记者。他的文章《勇敢》，发表于1935年5月17日的《真理报》。

便占据了中心位置。奥斯特洛夫斯基被钉在床上，没有发觉他塑造的保尔在这场斗争中如何变得猥琐。柯察金的典型特色，变成了奥斯特洛夫斯基通过笔下的人物之口发出的怨艾。此书的编辑史蓬特同志，与杂志编辑部相比，政治嗅觉倒要灵敏些。”

戴列德日耶夫为什么需要这些令人惊愕的新闻，说保尔·柯察金就是尼古拉·奥斯特洛夫斯基，并且指出，柯里佐夫在《真理报》上正是这样撰文写过他呢？

这一切，听起来多么刺耳！为什么戴列德日耶夫妄下雌黄（我极力自我克制，才没使用尖锐些的词语）？在何时何地，戴列德日耶夫目睹了作者对周围的现实发出抱怨呢？戴列德日耶夫提到最后一章的结尾，在书中并未出现。然而批评家掴了《青年近卫军》杂志编辑部一个耳光，恰恰落在了我的脸上。我必须予以反击。

或许您戴列德日耶夫同志不理解保尔·柯察金与渗入他家庭的小资方式和庸俗习气所进行的斗争，不理解这种斗争的深刻党性内容，因此把凡此种种都视作无谓的家庭纠纷，但保尔·柯察金也好，尼·奥斯特洛夫斯基也罢，都从未如同戴列德日耶夫所臆断的那样，抱怨过自身的命运，也没有发过牢骚。任何时候也不存在任何铁墙，把保尔·柯察金和实际生活隔离开来，而且党没有忘记他。他总是置身于党内朋友们、共青团员们中间。他从党、从党的代表人物那儿汲取能量。无论有意或无意，但戴列德日耶夫确实既侮辱了我这个布尔什维克，也侮辱了《青年近卫军》杂志编辑部。

接着，戴列德日耶夫同志公开招呼作家沃谢·伊万诺夫[1]，要他自告奋勇，为此书“选音定调”，“加工润色”。如此这般，“此书就能达到社会主义时代优秀著作的水平”。我尊敬作家沃谢·伊万诺夫。我坚信他得知戴列德日耶夫这样粉墨登场，表演一番，会觉得尴尬的。我们青年作家，刚刚踏入文学界，渴望向世界级的、苏维埃的文豪们学习。我们正在从他们的经验中吸取菁华。他们正在培育我们。

绥拉菲莫维奇[2]利用自己的休假期，把整日整日的时光交给了我。巨匠把自身的经验传授给年轻的学生。我每当想起和绥拉菲莫维奇的这些会面，总是享受到极大的满足感。安娜·卡拉瓦耶娃卧床期间，也曾阅读我的手稿，给予点拨并提出修改意见。马尔克·科洛索夫[3]把这份手稿带给共青团中央委员会的萨尔托诺夫同志，而萨尔托诺夫尽管公务繁忙，也利用一个通宵审读，因为白天实在抽不出时间。

根据他们的指导，我做出一些结论，并且亲手删掉一切多余的字句。亲手！布尔什维克正是这样帮助人，使作品“更顺畅”。书里面缺点多多，距离完美还远着呢。不过，如果让尊敬的伊万诺夫重写一次，那么这算谁的作品呢——是我的还是他的？我准备向伊万诺夫讨教。但要修改小说，那一定得好好思

---

① 沃谢·伊万诺夫（1895—1963），苏联作家。主要作品有《游击队员们》《铁甲列车 14—69》《有色的风》《魔术师的奇遇》《罗蒙诺索夫》等。

② 阿·绥拉菲莫维奇（1863—1949），俄罗斯高产作家，最著名的作品是写于 1924 年的《铁流》。

③ 柯洛索夫·马尔克·鲍利索维奇（1904—1989），作家、编辑。1929—1938 年任《青年近卫军》杂志副主编。

索文豪们的指点，加以归纳，然后亲手修改。对于我们青年作家而言，他们的点拨和建议，就跟空气一样，是需要的。在创作上，需要他们同志式的帮助和布尔什维克的批评。这一切在戴列德日耶夫那里却踪影全无。

致以共产主义的敬礼！

尼·奥斯特洛夫斯基

1935 年 5 月 11 日索契市胡桃大街 47 号

请《文学报》编辑部刊登此信。

5. 必须知彼*

——关于长篇小说《暴风雨中诞生的》

我要完成你们让我做的事情。现在奉告，我正忙于写长篇小说。书名还没取。等稿子写完，书名也就会自然而然地出来了。

我想用这部著作，告诉年轻人，乌克兰无产阶级如何进行英勇的斗争，抗击嗜血成性的波兰法西斯。敌人动用绞刑，摧残西乌克兰和波兰劳动人民，我得揭露这些人的真面目。必须知彼。食尸兀鹫般凶残的敌人在磨利爪子，时时刻刻，蠢蠢欲动，要扑向伟大的社会主义国家。

本书讲述的时间，是1918年底与1919年初。地域：西乌克兰，大城市加利西亚。德国占领军正在逃回德国，一支支红色游击队尾随紧追。

德国人尚未撤离，在莫格利尼茨基伯爵祖传的庄园里，已设立了法西斯队伍的指挥部，组建着部队，意欲掌控政权。这都是些什么人呢？大地主——莫格利尼茨基伯爵、扎莫伊斯基公爵、扎雍奇寇夫斯基伯爵，糖厂主巴然科维奇、副主教别涅

---

* 本文是对《共青团真理报》编辑部询问的回复，写于1935年4月。节缩的文字首发于1935年4月28日，大标题为《尼古拉·奥斯特洛夫斯基》（《钢铁是怎样炼成的》作者）。全文收进青年近卫军出版社1937年出版的奥氏著作《谈话·文章·书信》一书，有个大标题：《关于长篇小说〈暴风雨中诞生的〉》。本文的标题系译者所加，原有的标题用作副标题。为求醒目，其他篇目也有以类似方式处理的（即尽可能选取文中的词句），不再一一注明。

季克特、“法国特工”瓦尔涅里中尉、曾是毕苏斯基将军所组织的奥军之波兰军团的军官们。领导一切的，是莫格利尼茨基家的长子艾德华伯爵。他以前是俄国近卫军上校。地主们不惜花费钱财，招募雇佣兵，建立波兰军团。他们的计划，不仅要在东加利西亚执掌政权，而且要控制全乌克兰。大地主桑古什科、波托茨基出于一己之私，如此主张，因为那里遍布着他们的庄园和工厂。

另一方面，革命的力量正在聚集起来。年轻的波兰共产党派出中央委员会成员、老革命家西吉兹穆德·拉耶夫斯基。他筹建地下的共产党组织。在波兰法西斯控制着政权的日子里，通过选举，产生了一个地区的地下委员会。共产党员在工人中间展开宣传。各支游击队派出具有组织才能的人，进入被起义队伍包围着的各个村庄。法西斯分子血腥的恐怖活动，迫使共产党员们更深地潜入地下。各种事件频繁发生。工人们在城里尝试举行起义，但未能成功。

书中描述共产党员如何领导农民自发的革命活动。在为夺取政权的严酷斗争中，革命的工人——乌克兰人、波兰人、犹太人、捷克人，紧密地团结起来。在这里，他们的儿女和父辈肩并肩地战斗。在另一个营垒内，波兰的资产阶级、贵族、地主、顽固的富农，与工厂主斯皮尔曼、银行家阿伯拉马赫尔、杀人不眨眼的彼得留拉匪徒臭味相投，勾勾搭搭……

我特别关注革命的年轻人——地下的团支部，他们在党的直接领导下开展工作。这都是哪些青年呢？莱蒙德，西吉兹穆德·拉耶夫斯基的儿子；萨拉，老皮匠梅耶尔·米海利松的女儿，斯皮尔曼老板的缝纫厂里的女工；奥列霞，地下党支部成员、供水塔维修工寇瓦洛的女儿；安德里·普达哈，具有背叛精神的小伙子，参与地下活动使他受到锻炼，懂得要守纪律；普舍尼切克，年轻的面包师傅，捷克人等。

我想展呈他们进行的斗争之国际性质，展呈宽泛的友谊和真正的英雄主义。本性不同，品格各异，但属于同一个阶级，党的这些年轻助手，这些捍卫者与侦察员，是无愧于父辈的好儿女。

此书描述资产阶级和天主教如何点燃民族纠纷之火焰，唆使波兰人与乌克兰人、犹太人互相仇视。

年轻人应当看透敌人的卑鄙无耻、阴险毒辣的两面派手法，他们在与无产阶级斗争中的狡猾奸诈，以便在未来的、我们与法西斯主义的斗争中，给他们以致命的打击。

一篇短文，无法谈得更详细。8 月份，书就要写完了。

人家问我，新书和长篇小说《钢铁是怎样炼成的》有何异同。两本著作是姐妹篇。不过，《钢铁是怎样炼成的》里面，紧凑地讲述了整整一代人在十六年中的生活，而新的长篇小说向纵深开掘，展现革命斗争在三到四个月内的一些事件。

这一整年，我将忙于写完长篇小说的最后部分，为乌克兰电影出版局编一份《钢铁是怎样炼成的》人物出场次序表，还想给孩子们写一本《保尔的童年》。

我每天工作六到十个小时。被损害的健康常常背叛我。好在工作仍在步步进展。

致以共产主义的敬礼！

尼·奥斯特洛夫斯基

6. 最爱读“文学之页”*

我诚挚地、热烈地祝贺我们亲近的、喜爱的报纸——《共青团真理报》创办十周年纪念日！十年前，我们，共青团员们，读到自己的这份报纸的创刊号，当时是多么高兴、多么激奋呵！这些年来，她茁壮成长！我想，温暖的、诚恳的祝贺，一定会有许多。你们受之无愧。不过，此刻我急于提出自己的希望。

应该恢复“文学之页”，像前些年一样。“文学之页”可是年轻人最爱读的哦。那一页上，曾刊登过我们共青团的诗人与作家的优秀作品。别忘了，《共青团真理报》的“文学之页”培养了不少具有潜能的年轻人，并吸引他们进入文学圈。

我热切地主张恢复“文学之页”。

这十年来，我经常阅读《共青团真理报》。

遗憾地指出，在取得长足进步的同时，报纸对我国的青年文学关心不够，缺少评介。很多共青团员的长篇与中篇小说，如布特高夫斯基的《包围》、鲍格达诺夫的《朋友聚会》、高尔巴托夫的《我这一代人》等，未能在《共青团真理报》上得到应有的评论。

书刊介绍栏应该每天都提供充实的资料。年轻人渴望了解

---

* 1935 年 5 月 20 日系《共青团真理报》创办十周年纪念日，奥斯特洛夫斯基写了这篇贺词。作者生前没有发表。1937 年，青年近卫军出版社首次将此文收入奥斯特洛夫斯基著的《谈话·文章·书信》一书。

我国出版了哪些佳作，他们需要从自己的报纸上获悉可以读什么书。

应该刊登青年近卫军出版社的新书信息。也应该总结一下《青年近卫军》杂志 1934 年及 1935 年上半年的工作。

希望报社的全体员工精神饱满地、雄心勃勃地付出努力，获得巨大的成效，把大家喜爱的报纸提升到更高的水平。

和你们紧紧握手！

致以共产主义的敬礼！

尼古拉·奥斯特洛夫斯基

7. 我的一天*

——我的 1935 年 9 月 27 日

……电话铃声闯入梦境，令人兴奋的幻觉吓跑了。我醒来的头一个感觉，是被钉在床上动弹不了的躯体剧痛得难忍难熬。这就是说，几秒钟前还在做梦。在梦里边，我年轻力壮，身骑战马，风驰电掣一般，向着冉冉升起的朝阳奔去。我没有睁开双眼。睁不睁一个样。刹那间，我记起了一切。八年前，严酷的病魔把我的身躯撂倒在病榻上，动弹不得，让我失明，使我周围的一切变得乌漆墨黑。八年了！

肉体上的疼痛，残忍地、狰狞地向我进攻，钻心刺骨一般。我出自本能的第一个动作，是咬紧牙关。第二阵电话铃声急匆匆地响起，前来支援我了。

母亲走进房间。这不，电话听筒紧贴着耳朵了。电话里在说：请接“加急电报”！电影剧本已收到。我们正在做出安排，要拍摄根据您的长篇小说《钢铁是怎样炼成的》改编的有声电影。这很好。也就是说，我和米沙·扎茨①这几个月没白忙……母亲取来了早晨的邮件——报纸、书籍、一沓信件。今天有几个挺有意思的晤谈。生命在行使自己的权利。痛苦，滚开吧！

---

* 本文写于 1935 年 9 月 27 日，是专为高尔基和科伊佐夫所编的集子《世界一日》撰写的。首发于 1936 年 12 月 27 日的《共青团真理报》。散文集《世界一日》成书于 1937 年。

① 蒙塞·包利索维奇·扎茨是专职电影编剧。

一场短促的清晨搏斗，和往日一样，以生命获胜而告终。

“妈妈，快点儿！快洗脸、吃饭！”

母亲端走没喝完的咖啡。我听见自己的秘书拉扎列娃·亚历山德拉·彼德罗夫娜在说“早上好”。她跟钟表一样准确。

我被抬到花园里的树荫底下。这儿已经为我着手工作准备好了一切。我要抓紧时间生活。正因如此，我的所有愿望才都那么迫切。

“请读报吧。在意大利和阿比西尼亚的边界上，情况怎么样？法西斯主义，这挥舞着炸弹的疯子，已经在朝这边闯来。没人知道，他什么时候、会朝哪里，抛出这炸弹。”

报纸上说：国际关系是一张最复杂的、乱糟糟的蜘蛛网；帝国主义正在崩溃，重重矛盾无法解决……战争的威胁如同乌鸦，在世界上空盘旋。资产阶级日暮途穷，把仅有的后备军——年轻的法西斯分子，孤注一掷地投入了竞技场。这些年轻人呢，正使用斧头和绳索，把资产阶级的文化，迅速地拖回中世纪去。欧洲沉闷着。一片血腥味。1914 年的阴影，连盲人也看得见了。世界在狂热地扩充军备……

“够了！请读一些有关我国的生活状况吧。”

于是我谛听着亲爱的祖国心脏的搏动。于是我面前出现了一个青春、靓丽、健美、乐观而且不可战胜的苏维埃祖国。我的社会主义祖国呀，她是独一无二的。只有她高举起和平的旗帜。只有她创建了各民族真正的友谊。身为这祖国的儿子是何等幸福呵……

亚历山德拉·彼得罗夫娜在念信，这些信件是从广袤的苏维埃国家的四面八方寄给我的——符拉迪沃斯托克、塔什干、费尔干、第弗利斯、白俄罗斯、乌克兰、列宁格勒、莫斯科。莫斯科！世界的心脏。这是我的祖国和她的儿女中的一个在交流，是她和我——和《钢铁是怎样炼成的》一书的作者——仅有一本书问世的、一个年轻的初学写作的作者在沟通，这数以千计的信函，保存在我的纸夹中，是我最珍贵的财宝。

是谁写来的信呢？各种各样的人。大小工厂里的年轻工人、波罗的海和黑海的海员、飞行员、少先队员，大家都急忙表露各自的想法，讲述由那本书引发的种种体悟。每一封信都使你得到某种教益，丰富了感情。瞧，这封信召唤我劳动："亲爱的奥斯特洛夫斯基同志！我们急迫地期待着你那新的长篇小说《暴风雨中诞生的》。赶紧写出来吧。你应该把它写得非常精彩。记住，我们在等候着这本书，祝愿你身体健康，大获全胜。别列兹尼克制氨厂"。

第二封信。此信通知，我的长篇小说将于 1936 年同时在几家出版社出版，总印数五十二万册。这是一个书的大部队了……

我听到大门外传来轻微的刹车声，一辆汽车停住了。脚步声。问好声。我听出来了，这是工程师马利采夫。他正在建造一幢别墅，是乌克兰政府要赠给作家奥斯特洛夫斯基的。在离大海不远的、绿树成荫的古老花园里，将修造一所漂亮的小别墅。工程师正打开设计图纸。

"喏，这里是您的工作室、藏书房、秘书间。然后还有浴室。而那边——有一半的屋子是给您的家属准备的……宽敞的阳台，夏季您可以在那儿工作。周围阳光灿烂。有棕榈树、木兰花……”

一切准备就绪，让我可以安静地工作。这使我感触到祖国的关切和抚爱。

“您对设计满意吗？”工程师问。

“太棒了！”

“那我们就要开工了。”

工程师走了。

亚历山德拉·彼得罗夫娜翻着记录本。现在是工作时间，在天黑以前谁也不会到我这里来，因为晓得我在忙。

几个小时的紧张工作。我忘了周围的一切。我穿越到往昔。脑海中映现出兵荒马乱的1919年。炮声隆隆……夜色中火光闪闪……大批武装干涉者侵入我国，于是我的长篇小说的主人公——舍生忘死的青年和父辈们并肩作战，迎头痛击这伙侵略者……

“四个小时，告一段落吧。”亚历山德拉·彼得罗夫娜轻声提醒。

午餐。休息一小时。傍晚的邮件——报纸、杂志，又是一沓信函。我听秘书念珀尔·布克[①]的长篇小说《大地》。阳光在暗淡下去，我是看不见的，但是感受到凉爽的黄昏正逐渐移近。

杂沓的脚步声。清脆的笑谈声。这是我的客人——我国飒爽英姿的姑娘们。这些女跳伞员，曾打破世界迟缓跳伞记录。

---

① 珀尔·布克（1892—1973），美国女作家，自己取了个中文名字：赛珍珠。《大地》发表于1931年。1938年，她获得诺贝尔文学奖。

和她们一起来的，是索契的新建筑工地上的共青团员。工地上震耳欲聋的巨响，甚至传进了静谧的花园。我的脑海中想象着，外面正在用水泥和沥青，铺设着我这座小城市的街道。而另一边，一年前还是空地旷野，如今已耸立起高大的建筑物，那是宫殿般的疗养院……

暮色苍茫。屋子里静悄悄，客人们走了。我在听念书念报。轻轻的敲门声传来。这是今天最后一次会客，前来的是英文版《莫斯科日报》的记者。他的一口俄语讲得不流利。

“您是普通工人出身，这是真的吗？”

“是的，是锅炉工……”

铅笔在纸上很快地写着，沙沙发响。

“请谈谈，您是不是非常痛苦？您是一位盲人哎，多年来躺在床上动弹不得。难道您没有因为再也不能看见东西、不能走路，而感到绝望吗？难道您一次也没有想到已经失去了幸福吗？”

我微笑。

“我根本没有时间想这些。幸福多种多样。在我国，漆黑的夜间可以变成阳光明媚的早晨。因此，我享受着深沉的幸福。我个人的不幸遭遇，已被创作的喜悦所冲淡。我意识到，自己的双手也在为建造辉煌的大厦添砖加瓦。这大厦的名字就叫社会主义。”

暮色苍茫，我疲倦地入睡了，但心满意足。又生活了一天，最普通的一天，过得很好……

8. 有趣有益*

——给“共青团之页”的青年读者

我要对我的共青团员同志们，要对这“共青团之页”的读者们讲几句话。

努力吧，让《索契真理报》的“共青团之页”不仅仅是你们——共青团员的读物，而且要成为所有的青年工人都喜爱的版面。怎样做到这一点呢?

在各处的建筑工地上、在企业里，每当工间休息时，要让带头阅读的共青团员身旁，总能围满年轻人，跟带头者一同阅读并讨论“共青团之页”。

讨论必须是生动活泼的、趣味浓浓的。这种讨论，可以和必须吸引青年参加工人通讯员的活动。一定要自具特色，让年轻人大感兴趣，那么他们就会响应号召，动笔写出自己的种种需求和愿望。

为此，“共青团之页”一定要把年轻人希望了解的事情阐述得清清楚楚。

我自己呢，准备参与到这有趣有益的工作中去。

---

* 本文是1935年为《索契真理报》写的，同年首发于该报。编辑部所加的标题是《必须让年轻人感到有趣》。后收入尼·奥特洛夫斯基著的《谈话·文章·书信》一书，青年近卫军出版社1940年版。

9. 生活的幸福*

在我们这时代，就连漆黑的夜晚也能变成璀璨的黎明。我从未梦想过如今获得的幸福。这是个无可争辩的实例，证明在特别艰难的条件下也能抗争和工作。在资本主义世界，一个人在相同条件下只能形单影只地死去。

现在正写着第二本书，是关于青年的，关于我所十分熟悉的、我国新一代年轻人的。

场景再次出现在乌克兰，出现在我的故乡。我曾走遍那里的东西南北。我描绘的，是鲜明地牢记着的事情、能够正确地转述的事件。

想做的工作很多，我甚至觉得至少再活三年，才能为我们的青少年写成一两种他们感到亲切的作品。

这对于我来说尤其重要。正是因为这个缘故，我才如此大量地阅读，搜集资料，布局结构。我阅读的范围很广，打算多多地学习。

成长意味着进步。在我的心目中，这第二本书的质量，是和荣誉关联着的。我将怀着挚爱，顽强地工作，把十五年来共产主义式的生活所给予我的一切都倾注于作品。

---

* 尼·奥斯特洛夫斯基为荣获列宁勋章而写了此文，首发于 1935 年 10 月 2 日的《共青团真理报》。后收入 1955 年由国家出版社出版的三卷本《奥斯特洛夫斯基文集》第二卷。

第一本书的成功不会使我晕头转向。我并非稚嫩的少年，而是一个布尔什维克，知道第一本书距离完美还非常遥远。

我正全力以赴，要让新的孩子成长得既聪慧又美丽。这便是我生活着的意义！

10. 作家的幸福*

伟大的无产阶级革命胜利十八周年即将到来，我的创作力量前所未有地喷薄而出，这种力量，挟带着如此巨大的激情，是我以前只能幻想而不会出现的。可以说，正是如今——我活到三十二岁的时候，迎来了创作的高潮，旺盛而灿烂，因为周围的一切都起着促进作用。我们国家里面的生活，正在前进的道路上，克服一切艰难险阻，阔步前行，奇妙又辉煌。

一个年轻的作家还会幻想什么呢——他的书今年在各出版部门，总共将印发六十五万至七十五万册之多！一个作家所写的书，有人在阅读，这便是作家的幸福。不需要花一点脑汁，不需要花一点精力，去为个人的生活操心，因为完全得到了保障。我唯一要思虑的就是书的质量。没有任何事情妨碍我工作。党，整个国家，为我创造了温馨而愉悦的环境。成百上千封信函，和朋友们的会面，比什么都能助推我的工作。

我们欢庆伟大的无产阶级革命胜利十八周年。又过去了一年——整个国家获得巨大成就的一年。我们看到美好的当下和绝妙的未来。这反映在我们每个人的身上，反映在我们的日常生活中，反映在个体的生命内。在我们共产主义式的家庭里，

---

* 本文是1935年11月5日为庆祝十月社会主义革命胜利十八周年而写的，首发于乌克兰文的《共产党人报》（基辅）1935年11月7日，标题即为《作家的幸福》。后收入俄文版的《尼·奥斯特洛夫斯基文集》三卷本第二卷，国家出版社1955年出版。

不可能存在与整个国家的幸福相割裂的个人幸福。当你看到全国人民意气风发地迈向优渥的富裕生活时，个人的幸福便扩大了十倍，唯一使我惴惴不安地在思索的，是如何凝聚所有的力量——这正是我在写的《暴风雨中诞生的》这本新书的责任。这是一种面对成百上千万要求严格的聪明读者的责任感。我正竭尽全力，要不辜负广大读者的信任。

我向自己的家园——苏维埃乌克兰，致以真诚的、火热的敬礼，和工人、集体农庄庄员、共青团员们热烈地握手，祝愿大家在社会主义建设中，取得最光辉的成就。

11. 最幸福的一年*

如果问我，此生最幸福的是哪一年——我只能回答：

“1935。”

如果一名战士由于刚强和坚毅，受到国人的喜爱，如果他的胸前，在心脏搏动之处，佩戴上了列宁勋章，那么他的幸福就无边无际了。

就我而言，1935 年是完成了第一阶段的创作，在学习，在成长，在迈进。

1936 年，我满怀希望，满怀创作的心愿和工作的渴求。为这样的憧憬所驱动，来到莫斯科，以便接近我国的资料宝库。这些资料是我创作新的长篇小说《暴风雨中诞生的》所必需的。

1 月 2 日将是我在莫斯科着手工作的头一天。到时候，我的面前将摆放着有关国内战争时期的各种材料。

我所敬重的医生们，费了大力气，说服我抵达莫斯科后稍事休息——原先我是急于立即工作的。我读到了斯达汉诺夫工作者、先进的英雄们热情洋溢的演讲。他们是各项建设事业的突击队员，他们的演讲充盈着劳动的喜悦和满足感。我打心眼儿里理解他们，因为每当我经过一天紧张的劳动，身子疲乏了，

---

* 本文是为《消息报》新年号撰写的，刊登于 1936 年 1 月 1 日。后收入尼·奥斯特洛夫斯基的《谈话·文章·书信》一书，青年近卫军出版社 1940 年版。

却甜美地睡着了——每当这种时候，我体察到的也恰恰是这种感觉。

客观情况[①]使我只得中止新的长篇小说的创作，暂停数月。现在我又和书中的人物形影不离。我返回到 1919 年的冬季。大雪覆盖了乌克兰……士气颓靡的德国部队，避开红军游击队的追逐，往回溃逃……在我的面前，栩栩如生地出现了安德里·普达哈。这个年轻的锅炉工，长着波浪式的额发，他那灰色的双眸炯炯发光，逼视着我，责难般地说：

“兄弟，你抛下我们了。整个土地在马蹄下震响。我们要战斗，怎么……”

安德里身旁站着黑眼睛的美女奥列霞·寇瓦洛。我喜欢这个女孩。我知道，她将成为优秀的共青团员，成为她父亲的助手。寇瓦洛·格里高利·米海洛维奇是一位老工人，一位杰出的布尔什维克地下工作者。我紧紧握住年轻朋友的手，承诺再也不和他们分开……

---

① 指奥斯特洛夫斯基与剧作家蒙塞·鲍里索维奇·扎茨合作，根据他的小说《钢铁是怎样炼成的》改编成电影剧本一事。

12. 青年胜利者大会*

——致苏联列宁共青团第十次代表大会的贺词

这次大会是在非比寻常的时日举行的。这一年堪称社会主义国家获得空前胜利与成就的一年。

每过一年，我们的生活都发生巨变。和往昔比较，我们会感到惊讶，因为看到在崭新生活的营造方面气势浩大、速度飞快，因为看到崭新的社会关系、崭新的文化，看到人民财富的增加。社会主义在所有的经济战线上乘胜前进，摧毁了一切与无产阶级对抗的阶级力量后，人民的财富才迅速增长，突破了生产力方面种种滞后的计算和定额。强大的斯达汉诺夫运动树立起了热情劳动的英雄榜样。全体人民渴求文化和知识。凡此种种，向党的忠实助手——共青团，提出了大量重要的问题。共青团第十次代表大会正是为了解决这些问题而举行的。

用布尔什维克和共产主义的精神来教育全国的青年，是列宁共青团的基本任务之一。我们这些人是在共青团的队伍里得到培育而长大的。我们成了青年作家。因此，如果有人向我们中的每个人提出同一个问题——你们带着什么样的礼物来参加自己的团组织的胜利大会？我们理应做出回答。

---

* 本文写于1936年1月7日苏联列宁共青团第十次代表大会前夕，同年首发于《青年近卫军》杂志第二期，标题为《为青年胜利者大会所作的报告》。后收入奥斯特洛夫斯基的《谈话·文章·书信》一书，青年近卫军出版社1937年版，标题是《致苏联列宁共青团第十次代表大会的贺词》。

我忠诚地维护共青团的革命传统。现在，如同做战斗报告似的，简略地汇报如下。

在我的心目中，最值得珍视的，是自己作为列宁共青团的一名战士，作为列宁共青团的一名积极行动的成员，来参加第十次代表大会。那是因为自己在共青团内的工作，同样是为了争取共青团的荣誉。我迎接这个团代会之时，正在创作新的长篇小说《暴风雨中诞生的》。一整天又一整天，我塑造着为苏维埃政权而战斗的青年战士的形象。当初那国内战争年代的共青团和今日的共青团，存在着亲密无间的、不可分割的联系。这样的团组织完全地管控着我的大脑和心脏。

我希望为未曾亲眼见过宪兵的青年同志们，讲述当初严酷的真实情状，讲述工人阶级的优秀儿女不惜流血牺牲，赢得了现今的幸福。昔日反抗劳动人民的世仇，反抗剥削者，反抗狱吏，斗争极其惨烈。幸福的年轻人，十月革命后出生的，必须知晓工人阶级付出多大的代价才争得自由。知晓了这个，社会主义的年轻一代才会奋不顾身地捍卫社会主义祖国，使得法西斯主义这武装到牙齿的强盗不敢侵犯。

我正在写长篇，这工作是与共青团的生活紧密联系的。

十七年前，我在一个城市参加了共青团。正是那个城市选我做代表，出席乌克兰共青团代表大会。我已经拿到了代表证，我要在这个大会上发言，谈当代年轻人应该是怎样的。

这个形象应该是怎样的呢？是的，生活本身向当代的年轻人提出了高要求。在革命胜利的国家中的年轻一代，与资本主义国家内的年轻人大不相同。

共青团已存在了十八年。共青团员的面貌在变化，文化水平在提高。团组织把起义的无产阶级的优良传统融入了自身的血肉。

无论何时何地，共青团员总是先进的年轻人形象，心中一直喷发着当初投身于革命斗争时的烈焰和激情。1917 年、1919 年、1920 年，即国内战争年代的共青团员形象，我们是熟知的；我们也熟知恢复时期、改造时期和伟大的五年计划时期的共青团员形象。

如今，这一形象具备许多特点，展露出当今时代与往昔的不同。我们的国家发展了，前途无量。这些年来，社会对年轻人的要求也随之而增长。这些要求范围很大，就如同我们国家发展的范围一般大。

在我们的心目中，我国年轻人的形象便是一名先进的战士，一名精通高超技术、具有高度文化的建设者，是个乐观开朗、朝气蓬勃、求知欲无穷的人，是个具备共产主义道德、对社会主义事业无限忠诚的人。

在全乌克兰共青团代表大会上，我将谈论这个形象。

在即将发表的演说中，我会对苏维埃国家青年女性的形象给予特别的关注。女子丝毫不亚于男子，纵然困难重重，但女性在诸多方面超越了男性。

我的简短报告就此打住。

列宁共青团第十次代表大会，也就是青年胜利者的大会万岁！

培育我们的布尔什维克党万岁！

13. 英雄共产党人的艺术形象*

——关于我的新长篇

我写新的长篇小说《暴风雨中诞生的》，其基础是1918至1919年间乌克兰和波兰的工人、加利西亚的农民与波兰白军斗争的翔实资料。长篇小说详尽地讲述波兰白匪如何袭击乌克兰，然后在基辅城下溃不成军。

我这部新长篇的主要任务之一，是阐明革命斗争中的国际主义精神。在这本书里，我刻画了一群具有国际主义思想的青年。我的年轻的战友都是哪些人呢？波兰小伙子莱蒙德。他善解人意、心思缜密，同时又斗志昂扬、视死如归。这个战士得助于一些独具的品性，确立了在伙伴们中间的领导地位。不苟言笑、做事谨慎的萨拉和既开朗又调皮的美女奥列霞，年轻的锅炉工——乌克兰人安德里·普塔哈和捷克人普舍尼契克……他们两个爱上了同一个姑娘。这伙年轻人中间有时候也出现矛盾纠葛。然而，尽管性格不同，有的还爱显摆，但全体成员在革命斗争中表现出来布尔什维克式的精诚团结，互相都准备着为对方而牺牲生命……

在新长篇内保留了历史事件的全部真实性。我要做出广泛

---

* 本文写于1936年4月，是对《书和无产阶级革命》杂志编辑部提问的回复，以答记者问的形式，首发于《书和无产阶级革命》杂志同年第四期的“作家谈自己的作品”专栏，副标题为《尼·奥斯特洛夫斯基谈自己的新长篇》。后收入奥斯特洛夫斯基的三卷文集第二卷，国家出版社1955年出版。

的、文学性的诠释。我觉得，生活在那些时日的人，以及他们给人的印象，对于这个长篇而言，只是素描而已。在此基础上，我将塑造英雄共产党人的艺术形象。

我已写出的一切，仅仅是长篇的序幕。这仅仅是开端——毕苏斯基组建波兰军队的开始，换个角度看，又是布尔什维克部队组建的开端。这是斗争的起始。下面各章将展开一些事件。

长篇小说《暴风雨中诞生的》全书由上中下三册组成。

14. 青春，这就是人生的春季*

亲爱的同志们：

我希望你们感触到我心脏的搏动。从我上次参加共青团的会议至今，已过去十年了。我无限欣悦，带着饱满的思想和感情，返回乌克兰，返回到你们——我年轻的战友和伙伴们中间。

生活赠予每个人的最美好的礼物是青春。青春，这就是人生的春季。我心潮澎湃，那是因为在书报上读到我国有一半居民记不起或没见过一个活着的宪兵、地主和工厂主。在座的各位，大部分人是看了历史书和听了父辈的讲述，才得知这些资本主义的代表人物。这种嗜血成性者，我们却曾亲眼所见。正是他们损毁了我们的童年和少年，把我们变成低龄的奴隶，迫使我们不得不为了一块面包而从清晨干到深夜。当雷声隆隆，列宁和斯大林的党率领我们的父辈，向资本主义猛攻的时候，我们，几乎还是孩童的我们，也拿起了武器，我们需要快乐的童年，需要活得像个人。劳动人民的优秀儿女，曾为此抛头颅洒热血。

在严酷的血战中，在与世代仇敌的鏖战中，共青团发展壮大了。从前是这样的：我们拿到团证的同时，也领到一支枪和

---

* 本文是1936年4月6日尼·奥斯特洛夫斯基在列宁共青团全乌克兰第九次代表大会上发言的提纲。由于无法念事先准备好的稿子，实际上他的广播发言和提纲并不完全一样。他只能大致上贴近事先准备好的文稿。这里系初次发表。

两百发子弹。作为党的忠实助手，第一批共青团员获得了恒久而明艳的荣光。这是革命的传统，这是对党旗的舍生忘死的忠诚。共青团荣耀地经受住了整整十八年的考验。

在这喜庆的日子里，在这幸福的青年胜利者的大会上，为什么我要回顾那些黑沉沉的岁月呢？当时，奴役者和剥削者统治着我们辽阔国土上的劳动人民。只要回顾那黑沉沉的夜晚，就能领悟到我们斗争的宏伟，感触到社会主义国家内阳光普照的早晨显得更明朗、更瑰丽了。

我用自己的语言描绘我们社会主义时代的年轻人——小伙子和姑娘们的形象。我和你们，了解资本主义制度下掌权的那些阶级的子女——另一种年轻人的面目。资产阶级的天才作家也有优秀的作品，他们用语言描绘出他们的年轻人形象，我们知道这些年轻人怎样生活，或者更确切地说，知道他们怎样消耗自己的青春，资本家的后代自私自利、下流无耻、花天酒地、荒淫无度、禽兽不如。他们臭味相投，结成自己的圈子。没错儿，他们中间也有英雄，这伙人赌博成瘾，孤注一掷，输掉父辈所积聚的巨额财产。他们的父辈，武装到牙齿，率领雇佣兵，征服手无寸铁的落后民族——黑人、印第安人、印度人，使这些无力抗争的民族沦为奴隶。资产阶级的年轻一代，贪得无厌，任意掠夺，到处为非作歹，虐杀无辜。他们极力要攫取的目标是金钱与权势。为了获得金钱与权势，他们不择手段——欺诈、背叛，必要时，就大肆屠杀。随着资本主义的发展，掠夺和剥削的方式也在变换，全世界曾经如此，地球上六分之五的地域至今仍然如此。

然而，在全世界六分之一的地方，解放了的人民，在红旗光芒的照耀下，创造着新的生活。崭新的一代青年在成长。从资本主义枷锁中得到解救的新人，能够使被禁锢在劳动者体内的一切美好的品质脱颖而出，获得发扬光大。年轻一代，在我国解放了的土地上的年轻一代，没见过奴隶制度，没见过资本主义压迫。我国这样的年轻一代是全人类的希望和骄傲。

腐朽的资本主义面临灭亡，正竭力要把世界拖回中世纪。它把一切叮当作响的民主小饰物抛到垃圾场上。这些小饰物原本是它用来遮蔽刽子手的刺刀和斧子，使得人民大众看不到的。

法西斯主义成了人类最凶恶的仇敌，犹如乌黑的云团，悬浮在世界的上空。嗜血的法西斯主义在准备一场新的世界大战，全球的劳动者都心潮澎湃。大家怀着希望，怀着热爱，把目光投向我们。我们伟大的苏联成了地球上所有劳动人民的后盾，这意味着：我们，世界上首个革命获胜的国家里的青年人，肩负着重任。在自由的国家里，在社会主义国家里，只有幸福的主人翁，而没有奴隶。“人”这个字眼，在我们这儿掷地有声，蕴含着自豪；在我们这儿，人是全球的宝中之至宝。在每个小伙子和姑娘面前，生活的大门已经敞开。他们可以攀登知识的顶峰，赢得幸福和光荣。这一切，都是诚实的、勇敢的劳动所给予的。劳动成了荣耀的事业。

劳动人民的生活，已成为最美好的、令人渴慕的愿景。获得解放的人民，对知识、对文化的渴求变得越发强烈。千百年来被禁锢着的力量喷涌而出，于是每一个日子，每一个瞬间，都在产生新的力量、新的胜利。自由人民的创造力，所向披靡，一往无前。

我们社会主义时代的年轻人，是一种怎样的形象呢？大家互相看看吧。你们当中的每个人，回忆一下走过的道路和许多性格特点，脑海中便会清晰地映现出我国年轻人的形象。我国的年轻人勇敢、乐观，对知识永远充满着渴求。他们发展各自的智力和体力，追求完美。我国的青年男女显示劳动者的气概，他们深知通向幸福、通向光荣的唯一途径是劳动。劳动是正道。只有在自己的身躯内、自己的激情中、自己的愿望里，才能够找到实现这一切的力量。在我国，一切歪门邪道都已堵塞；在我国，资本主义的信条“人跟人是仇敌”已经剪除；在我国，唯有劳动才是生活之路。我国的小伙子和姑娘们，正沿着劳动之路，锤炼和巩固着在和困难重重的搏斗中形成的特质。斗争中诞生英雄。

你们当中的许多人，胸前有奖章在闪闪发光，革命的政府为什么要奖赏你们呢，为什么要给予如此崇高的、光荣的褒奖呢？因为你们在为社会主义的建设而奋斗，没有畏缩不前，而是克服千难万险，成为胜利者，为亲爱的祖国夺取新的胜利。你们只要有片刻的退却，对自身的能量和潜力丧失信心，胜利就会从你们的指间滑落。

同志们，一个人的性格和意志并非瞬间形成的。然而，每个小伙子，每个姑娘，都必须为自己设置目标，而且必须在丰富多彩的生活中全力以赴，去实现目标。我们兴高采烈地称颂勇敢精神，我们为勇敢者自豪，赞美诚实的劳动，而憎恨弄虚作假。我们颂扬英雄，蔑视懦夫。我们把全部热情、全部力量，投入社会主义建设，投入和平的劳动。我们需要和平，我们建设着晶莹剔透的共产主义大厦，但是不能忘却嗜血成性的、最凶恶的敌人正包围着我们。法西斯主义疯狂备战，反对苏联。一旦法西斯主义这条疯狗扑向苏联的神圣边疆，那么举国上下，都将奋起捍卫祖国的领土。千百万年轻的战士将拿起武器。这是一场人民战争。这是国家的主人翁在捍卫祖国，抵抗侵略者。在这最后的斗争中，世界的命运将取决于我国年轻一代的英勇和发自内心的对革命的忠诚。面对敌人的袭扰，我们必须予以震天撼地的致命回击。为了做到这一点，我们需要团结一致，勇猛御敌，而不能胆小如兔。

在我们革命的国家里，怯懦无论以怎样的形式显露，都是卑劣的；怯懦已等同于背叛。我们无法想象，那未来的战斗中，会呈现出这样的图景：正当千百万男女战士舍生忘死，在喷吐火焰，在倾泻钢铁，痛击闯入国土的敌人，并将其击溃，直至全部歼灭；正当每一把刺刀都宝贵的时候，有人卑怯地抛下战友，逃往后方。

我国的年轻人鄙视怯懦。

以卫国战争的史实为例吧。视死如归的战士们具有勇敢精神，遵守伟大的列宁—斯大林的党的钢铁纪律。党内领袖人物的勇敢精神引领我们取得胜利，建立了第一个劳动者的共和国。革命的军队击败了各种敌人。红军战士衣不蔽体，食不果腹，但为战斗的正义性所鼓舞，一路上披荆斩棘，摧枯拉朽。他们的每一个胜利都使资产阶级脚下的土地战栗，并促使世界革命早日来临。我们歌颂勇猛的革命战士。当代的年轻人就是无所畏惧的战士。当代的年轻战士汲取了人类最美好的感情：友谊，美丽无比的友谊。其基础是相互尊重，对别人的成绩没有丝毫的嫉妒。他们深信集体的利益至高无上。这种利益并不扼杀个性，恰恰相反，它提升了个性。伟大的党教育我们大家，培养我们成长。正是党，引导国家走向胜利；正是党，穿越狂风骤雨，率领我们夺取全球的共产主义胜利。我国的年轻人心中珍藏着的梦想，便是成为这伟大的党的一员。

我们的领袖，我们的导师，在我们每个人的心目中，他们的生活是最光辉的榜样。在他们面前，没有攻不破的堡垒。正是这样勇敢的人们，能够创造，能够凝聚，能够引领布尔什维克的、伟大的共产党走向胜利。我们以烈火般的语言致敬，向苏联人民的领袖、勇者中之勇者——斯大林的名字致敬！

15. 珍惜崇高的称号*

亲爱的同志们：

我心中忐忑，无限激动地登上这个讲台。我是一名战士，就是那个刚才在这里受到严肃批评的“人类灵魂工程师营”的一名战士。在这里，我们的眼前呈现着怎样的图景呢？强大的苏联各族人民的青年近卫军，其实力正在接受检阅。请环顾一切吧：部队在雄赳赳地向前行进；解放了的人民，在布尔什维克的领导下，攀登一座又一座新的高峰。但，在这胜利的进军中，恕我直言，“人类灵魂工程师”的队伍尚未完成肩负的任务。我们看到些什么呢？一排最先进、最骁勇的战士赶赴火线。在胜利的急行军中，他们没有落后。他们的武器没有生锈。阿列克塞·法捷耶夫的红色游击队员冲锋在前；肖洛霍夫的布尔什维克—哥萨克在静静的顿河一带集结；弗谢沃洛特·维什涅夫斯基①的革命水兵，冲向波罗的海；雅诺夫斯基带着自己的“骑兵”出现，在我们的队列中找到了位置。在这支军队里还有

---

* 本文是尼·奥斯特洛夫斯基准备于1936年4月17日在列宁共青团第十次代表大会上发言的提纲，后因病取消了这次发言。文字首发于两卷集《列宁共青团第十次代表大会》，苏维埃作家出版社1938年出版。编辑部加的标题为《捍卫作家的崇高称号》。

① 弗谢沃洛特·维什涅夫斯基（1900—1951），苏联俄罗斯剧作家，当过海军指挥员。作品有《海上故事集》《红色舰队斗争记》《第一骑兵队》《我们来自克喀琅施塔得》《在列宁格勒城下》等。

数十位优秀的战士……那么其余的人在哪里呢？一个营拥有差不多三千名战士呀，我们营的指挥员，身材魁梧，胡须灰白。我们事业的巨匠生气地捻着胡子，神情严肃又恼怒，嗓音沉稳地说："哎，这些人是我的战友吧，在吃早饭吧，离开前线还有五十公里呢。可别让我这个白胡子老头出丑哦。"当然，这是高尔基苦涩的玩笑[①]，但戏言包含着很大的真实。

我们的年轻人开朗乐观，渴求知识，对音乐、对文学兴味盎然，期盼着我们的诗人和作家，奉献出悦耳的、振奋人心的红色歌曲，其中的词与曲都要优美动听。我们的年轻人要求自己的作家奉献出光彩亮丽的、扣人心弦的、显示才华的书籍。我们干着这光荣的事业，应该满足如上要求。苏维埃的文学有这样的创造力吗？

有！

登上巅峰

书不妨少些，但必须明亮些。灰色的著作在书架上没有摆放之处。决不能窃取诚恳的劳动者的时间。

教育者应该比想求教者懂得更多些。

作家应该成为人们意识中资本主义思想残余的铲除者。

我们的读者成了认真的评论家——不留情面的评论家。秕糠骗不过资深麻雀。人民是不可以忽悠的。那没用。他们能辨别出你在作品中荒腔走调、胡编乱造、故弄玄虚，那就无法卒

① 俄文中，"高尔基"原意为"痛苦的"。这里便成了双关语。

读，而且直言无忌，使你声誉受损。好名声丢了，是很难恢复的。

必须珍惜苏维埃祖国的作家这个崇高的称号。

我们知道，一个作家，只有献出诚实的、艰辛的劳动，献出全部精神与体力，只有毫不间断地学习、学习、再学习，只有直接投身于战斗和建设，方能保持先进。千万别靠着往昔的荣誉、曾经的胜利过日子。斯达汉诺夫工作者不会捧着已有的成绩，懒得再前行，而是以英勇的劳动，力争继续当排头兵。这成了他们荣耀的事业。而作家呢，往往写出了一本好书，就躺在功劳簿上睡大觉。可生活在神速地迈进，不会容忍裹足不前。于是，生活把这样的作家往后甩去。这么着，悲剧便出现了。

荣誉的危险性

每一个年轻的战士，由于奋勇的劳动，得到国家的嘉奖，他任何时候都不应舍弃脚下的大地。要永远感觉到自己脚下是稳固的、亲切的土地。和集体融为一体吧，要记住是它培育了你。你脱离集体的日子意味着开始走上末路。谦虚使战士更美丽；骄傲自满是资产阶级的东西、破旧的东西，源自个人主义。

战士越谦虚，他就越美丽。这对于作家，也是至关重要的。

新的感受

友谊、诚实、集体主义、人道主义——这些是我们的友伴。

英雄主义、对革命无比忠诚、憎恨敌人——这些是我们的准则。

武装的敌人遇到我们，只有死路一条。资本主义军队的士兵，只要放下武器，停止作战，就不再是敌人。我们帮助他们觉醒过来，毅然调转枪口，瞄准压迫者。然而，对武装的敌人，我们无限憎恶；在武装斗争中，苏维埃国家的年轻战士，只瞄准一个目标，只怀着一种渴求——歼灭顽敌。对祖国的热爱，加上对敌人的憎恨，使我们增添百倍的力量。只有这样的热爱，才能引导我们走向胜利。为了学会憎恨敌人，就必须了解他们，必须看透嗜血成性的敌人之无耻、狡诈和残忍——作家们讲述这些，义不容辞。

16. 年轻人的形象*

同志们！

长篇小说《钢铁是怎样炼成的》是我响应列宁共青团中央书记科萨列夫①同志的号召而写的。他要求苏维埃作家塑造当代革命青年的形象。

我们不妨看看从中世纪到当代的世界各国的文学作品，那就能发现，统治阶级中的杰出作家总是热衷于讲述年轻人的生平。资产阶级的天才作家塑造本阶级的年轻人形象，他们是那么的殚精竭虑，写得又如此鲜艳夺目。他们描绘年轻人的生活、成长、憧憬，刻画年轻人怎样学会猎取荣誉，怎样继承父辈的财富，使其增多，并且不断地完善技巧，榨取工人阶级的血汗。

苏维埃作家的光荣事业是塑造当代的——无产阶级革命时代的、革命青年的形象。这种书的主人公应该是谁呢？青年一代，他们曾和父辈一起，为建立苏维埃政权而战斗，如今则在建设社会主义。他们勇敢无畏，光芒四射，具有英雄气概。这

---

* 这是发言稿。1935 年 5 月 16 日，联共（布）索契市委常委会在尼·奥斯特洛夫斯基住所举行会议，作家发了言。其中有“（笑声）”字样，该是速记员插入的。本文首次登载于 1935 年 5 月 26 日的《索契真理报》，标题为《在布尔什维克作家尼·奥斯特洛夫斯基的住所》。后有节缩的文字，收入奥斯特洛夫斯基的集子《演讲·文章·书信》，青年近卫军出版社 1937 年版，编辑部加的标题是《我的创作情况汇报》。

① 亚·科萨列夫（1903—1939），苏联共青团活动家。1924—1928 年任共青团中央书记、第一书记。惨遭镇压，死后平反。

样的形象（我说的是年轻人的形象），在我们的文学中寥若晨星。当下的现实生活与我们的书籍相比，英雄主义色彩更鲜亮……

我是怎样成为作家的呢？痼疾迫使我掉队出局。我双脚不能走，两眼看不见，无法置身于你们的行列之中。生活在我面前设置了难题，要我掌握新武器，使我能返回无产阶级全面出击的队列。不能看，不能走，但可以写。写什么呢？同志们告诉我："你写亲眼看见过的、亲身经历过的。写那些自己熟知的人，写你自己也曾置身其间的那个群体里的人吧。写那些在党的旗帜下进行战斗的人吧。"

我就这样开始了，这是《钢铁是怎样炼成的》一书的主旨，我写这本书，花了四年时间（1930—1934）。年轻人读着感到亲切。他们有这样的感觉，我最开心了。

有必要说明一下。报刊上常常出现一些文章，认为我的长篇小说《钢铁是怎样炼成的》是自传，即尼古拉·奥斯特洛夫斯基的生平。这可不尽然。这部长篇小说首先是文学作品，其中我也行使了幻想的权力。小说的基础是许多真实的素材。然而，把它称作传记则不妥。若是传记，那就该用另一种笔墨。这是小说，并非传记。应该说不是共青团员奥斯特洛夫斯基的自传。这一点必须讲清楚，否则会有人指责我缺乏布尔什维克的谦逊态度。

《钢铁是怎样炼成的》各位都已经看过。

写完这部小说后，我并未裹足不前。

此书已出了俄文版、乌克兰文版、波兰文版和莫尔多瓦文版；还在翻译成英文版、法文版和德文版，并将在《世界文学》杂志上刊登。此外，还要译成白俄罗斯文及苏联其他民族的文字。从 1932 至 1934 年，本书已印行七万册，1935 年以各种文字出版了将近一百五十万册。

目前我正在写另一部长篇小说，反映乌克兰工人和农民反抗波兰法西斯的斗争。时间是 1918 年末至 1919 年初。

我给自己定下的任务，是为当代的年轻人揭示敌人的真面目。毕竟 1917 年出生的一代人已经长大了。这一代人没有亲眼见到过地主、工厂主、宪兵是什么样的，而正是这些人曾使加利西亚和乌克兰的土地上，洒满劳动人民的鲜血。

我在新的书里讲述往昔的真实情况，揭露这些刽子手。这样做，为的是一旦我们被迫打仗，那么在未来的战斗中，年轻人里边没有谁的手会颤抖。我写书，是为了这样的年轻人，他们将奋起捍卫社会主义祖国的边疆，他们将喷吐烈火、倾泻钢铁，来消灭所有胆敢犯我边界的敌人。

书难写，因为这是政治性很强的长篇小说。1918—1919 年间，乌克兰和波兰的政治态势错综复杂，人民共和国陷入绵延千里的战火。如此繁杂的状况，要求我们通晓国内战争时期的历史资料。

可惜我住在索契，无法利用中央档案馆的相关文献。目前，我在使用自己所拥有的少量材料，还有过去读到过的文字……

我这部长篇小说的结尾，是波兰白军在基辅城下被击溃，并被撵出乌克兰的场景，是第一骑兵军乘胜前进的画面。

对，老爷们已经溃不成军。他们自己把这称为“维斯列河上的奇迹”。我们是布尔什维克，知道不会出现此类奇迹。假如老爷们胆敢孤注一掷，那么决不会再次侥幸……

简略地汇报如上。

我是按部就班地进行创作的。是的，没有五年计划——不敢斗胆制定这么长远的计划（笑声）。我计划好当年的工作，到年底要完成长篇小说的第一部。然后应该依据国立儿童书籍出版社的委托，为孩子写一本《保尔的童年》。这将是对《钢铁是怎样炼成的》这部长篇的补充。我将很高兴地为低龄儿童写这样的书。忽视孩子们的吁求，他们会气鼓鼓的。

正如你们所知道的，乌克兰列宁共青团中央已做出决定，要根据长篇小说《钢铁是怎样炼成的》拍摄有声影片，乌克兰电影制片厂的一个工作小组要到我这里来，合作编写电影剧本。

我正在竭尽全力，要完成本年的计划。新的长篇小说将刊登于《青年近卫军》杂志，当然，那是说如果得到赞许的话。正是这份杂志引领我进入了文学界。安娜·卡拉瓦耶娃是在创作方面给予我最大帮助的作家。她不仅是严格的编辑，而且是一位朋友。

我想说一说党团组织给予我的基于党性的极大关怀，为我创造了必需的工作条件。我拿起电话，打到市委，总能听到这样的回应：“哦，奥斯特洛夫斯基！好朋友，你真棒哟！生活得怎么样？”这样的回话很温暖，有一种亲如家人的感觉，让你真真切切地觉得归队了，这就产生了新的力量。我能说自己是个幸福的小伙子。虽然医生认为我很快就要“无限期休假”（笑声)，但他们五年前就说过完全相同的话，而奥斯特洛夫斯基不仅活过了这五年，而且打算至少再活三年。

我通过团组织收到数以百计的信，全是召唤我继续努力的，这使我热血沸腾。因此，我认为纵然仅仅放松一天也是罪过。我每天工作十到十二小时，我必须抓紧时间生活……就讲这些。欢迎各位提出问题。

补充发言和答问

问　您平时读哪些文学作品？

答　有些时段，全身心地扑在写作上，满脑子只有创作。有时候，接连几个星期，除了报纸，什么也不看；不过，一旦脑子里积累的内容全都倾注到了稿纸上，那就读得多一些了。我看定期的文学刊物，凡是国内出版的各种杂志，只要买得到，我全买了。我定期阅读期刊《布尔什维克》，阅读评论性的刊物，然后是文学著作，几乎阅读每一种在全国或多或少有些名气的新书。要读所有的文学作品，那是不可能的。

开始写新的长篇小说以前，有八个月的学习。在这八个月里，我阅读了世界文学中的精品。有些书，像《战争与和平》《安娜·卡列尼娜》，还有世界文学中的其他一些佳作，我一读再读。

问　在搜集写新的长篇所需要的资料方面，我们的党团组织能够给予您什么样的帮助呢？

答　党委办公室在我搜集写新的长篇所需资料方面，给予了帮助。

问　作家大会给了您什么帮助吗？

答　对于我来说，作家大会就是行动的纲领。特别是高尔基和日丹诺夫同志的演讲。二十天以前，我收到了大会的速记稿，这个文件还要细读。

问　您写日记吧？

答　不写的。

问　您不觉得不妨写一写吗？

答　写日记是个人的、具有私密性的事情。一个人的思想是必需亲手写的。但这一点我做不到。

问　您是否可以作为创始人之一，和我们一起围绕着《索契真理报》，组建一个文学小组？

答　这件事我会做的。倒是你们如果能在报纸上设置一个小小的文学版，那可是件好事。那样的话，我们就可以马上建立文学小组了。

问　除了所有这些实际问题，为了营造更好的氛围，您觉得还缺少些什么？

答　一切顺利，正如大家所谈的，应该达到百分之百了。缺少的仅仅是健康，遗憾的是这并非党委能给予我的。我情绪高昂，头脑清晰，我是个幸福的小伙子，这些可不是我瞎编的……

我认为只要写出敌人的真实面目，好作品就能使读者热血沸腾。要把这些人的卑劣无耻、无恶不作反映出来，我要逐步揭示资本主义的兽性。

就讲这些吧。各位同志光临，我要和你们握手，表示感谢，并且要说斗争在继续，我们中的每一个人，都坚守在各自的战斗岗位上。

17. 我的心和你们在一起*

我没和你们在一起，但我整个身心和你们相连，我无法出席，无法登上你们的讲坛，但我的心永远和你们在一起。我被禁锢于床榻，但是党把新的武器——一支笔放到我的手中。我要作为一名布尔什维克发挥力量，要在这个重要的岗位上奋斗。

我是个生龙活虎的小伙子。共青团员们信得过骑兵部队的一名战士，国内战争的一个参加者。为了捍卫无产阶级国家，我正在献出精力、生命和健康。

---

* 1935年8月13日党团积极分子召开大会，尼古拉·奥斯特洛夫斯基做了发言。作家的发言从他的住所广播出去。1935年8月15日，本文首次刊登于《索契真理报》，题目是《我的心和你们在一起》。原稿并没有保存在尼·奥斯特洛夫斯基纪念馆的文学资料内，这里的文字引自《索契真理报》。

18. 也可以成为排头兵*

同志们！

此时此刻，让我以淡定的、平缓的嗓音，为你们讲述自己的日常生活，那可太难了。我的心在噗通噗通地跳，跳得那么强劲，就如同当年听到了指挥员下令："刀出鞘！准备冲杀！"

近八年来，我为如此众多的听众发言，还是头一回。这使我心潮澎湃。

我亲爱的同志们！伟大的祖国朝气蓬勃，青春焕发，我向你们——祖国的当代年轻人，表示热烈的祝贺！当霹雳一声，流血的黑夜到来之时，我坚信，会有无数像保尔·柯察金那样的战士，奋起保卫祖国。可那时候，我已经不能和大家并肩作战。请求你们替我砍杀，替保尔·柯察金砍杀吧。整个资产阶级营垒，遭到你们的猛烈攻打，将轰然倒塌。

现在，同志们，我想给你们聊聊自己是怎样生活的，目前在干什么。

已有好多时日了。我的住所——简陋的屋子——变成了真正的指挥部。电话铃接连响起，一些汽车行驶到近处。从广袤

---

* 1935年10月12日，索契、基辅、舍佩托夫卡城际无线电通话开启，这是尼·奥斯特洛夫斯基的广播发言稿。乌克兰文的稿子首发于1935年10月14日的《乌克兰共青团员报》和《共产党人报》（基辅），标题为《培育我们的党万岁》。俄文稿首发于《奥斯特洛夫斯基文集》，青年近卫军出版社1947年出版，标题为《我们的任务是巩固祖国》。

祖国的四面八方来了反馈，来了热情洋溢的、十分美好的信函。这一切表明什么呢？

这表明在我国，一名战士，无论在什么岗位上工作，都会受到关怀和爱护，他所取得的成绩会受到全国的欢迎。

祖国意味着什么呢？从前，在资本主义制度下的俄国，这个字眼听起来等同于服苦役。

如今，“祖国”这个字眼，在我们这儿已经大不相同。它听起来有自豪、欢欣和爱的感觉。

同志们！我现在工作得非常快乐，前所未有的快乐。好比一名战士掉了队，丧失了和大家并肩作战的幸福，同志们，沉疴把他禁锢于床榻了。其实并非如此，我在工作，而且笑对人生。我们的生活瑰丽无比！

同志们！我的新书《暴风雨中诞生的》讲述乌克兰的年轻人怎样抗击波兰法西斯，怎样进行战斗和取得节节胜利。

当初白匪入侵，曾指责布尔什维克破坏文化，他们则是文化的捍卫者，可现今我们看到了什么呢？在我国，高高地举起了文化的旗帜——这是人类所拥有的一切美好事物的旗帜。我们创造了绝妙的艺术品，而腐朽垂死的资本主义呢，却要把人民拖回中世纪。

我的新小说就是我的生命。此时我无法详述其内容，因为想到有成千上万的人在听这次讲话，我就激动不已。

在小说《钢铁是怎样炼成的》里面，我写道：“保尔直到深夜才返回住处。他在积极分子大会上发了言，自己也没想到，这是最后一次在大会上讲话了。”

应该说这不正确，不能这样写的，仿佛柯察金是最后一次演讲。在我国，一名战士，只要他胸腔中的那颗心还在搏动，就不能说他是最后一次发言。

我的朋友们！我在自己的新书里要讲述的那些人，那些年轻人，他们向老布尔什维克学会了如何奋斗，学会了歼灭敌人的本领，学会了在社会主义国家创造幸福生活的本领。

我的新书是献给你们的，年轻的朋友们，也是献给为我寄来千百封信件的同志们的。这些来信都非常热情，非常珍贵。

我这新书的主题，便是对祖国忠诚。我希望读者在看我的书时，心中充盈最美好的感情——忠于我们伟大的党的感情。

我的朋友们！假如有谁问我，一个人的最大幸福是什么，我会回答，这种幸福就是在我们伟大的苏维埃国家工作，为社会主义事业而奋战，置身于共青团的先进行列，置身于列宁-斯大林的党的队伍。

在我们朝气蓬勃的、意气风发的国家里，每个年轻人都应该是战士。我还希望，我们斗志昂扬的年轻人永远置身于社会主义建设的先进行列。

我热烈地紧握你们的手。你们年轻的心应该感觉到我这颗心的跳动，我为你们而生活着。在我国，我们大家应该是最优秀的战士。谁落在后面，谁惧怕困难，那么同志们就不可能尊敬他。

我衷心地向我们的国家致敬，向祖国致敬，向我出生的城市致敬。向年轻的舍佩托夫卡致以热烈的布尔什维克的敬礼！培育了我们的党万岁！

同志们！我接到许多年轻人的信函，其中经常看到这样的问题："请告诉我，怎样才能成为一个苏维埃的作家？"这个问题是许多人挺感兴趣的。

我认为没有任何方法，没有任何策略，可以让人成为苏维埃作家，没有的。不过怎样做一个有文化修养的人，这样的方法倒是有的。

我很高兴回答年轻人的此类问题。首先必须掌握文化，年轻的同志们必须学会获取知识，学习再学习！这以后才可能成为工程师或作家。这取决于天赋、才干和兴趣爱好。

现在，同志们，我要简明扼要地为你们介绍长篇小说《暴风雨中诞生的》一书的内容。

场景在神父叶罗尼姆家里展露，这个叶罗尼姆是卑鄙无耻到骨子里的。和他交谈的是一名军官——有可卡因瘾的军官。

军官说："我是宪兵，所以人们都鄙视我。而您是神父，大家都尊敬您。这么着，我心里难免愤愤不平。即便我是个刽子手，吸毒成瘾，那又怎么样呢？亲爱的，抱歉了，只要仔细地分析，那就很难说我们两个中谁更卑劣。神父可以冠冕堂皇、煞有介事地宣讲，而我们说话却没人信。有人想方设法，企图推翻旧制度，并消灭我们，我就逮捕他们，枪毙他们，而您是麻痹他们的头脑。我公开地干，你隐秘地干，殊途同归。"

这是作品的主题。两个法西斯分子碰头了：一个身披法衣，另一个是吸毒成瘾的军官、职业刽子手。他们坐着，黑灯瞎火，以免有人偶然经过，发觉军官找神父，一个精神杀人犯，一个肉体杀人犯，在窃窃私语。他们交谈的内容，恰恰表明法西斯主义必定灭亡。法西斯主义的代表人物知道，他们使用恐怖手段，杀害工人阶级的优秀代表，并不能阻挡革命。法西斯主义的崩溃难以避免。这一点，法西斯分子自己也心知肚明。

同志们，目前我的工作条件，跟数年前相比，已有天壤之别。如今我自己不写字了。以前是用有镂空长格子的厚纸板，顺着格子缓慢地写出一个个字母。现在我有秘书，有打字机。我感受到周围的种种关怀。

党和政府为我提供优越的条件，我有了进行创作所需要的一切。

文学创作是一种愉快的、美好的劳动，同时又特别艰苦，特别需要绞脑汁。我希望新的小说，其生动感人，不比为年轻人所欢迎的第一本书差。我希望自己的新书是一本靓丽多彩的、扣人心弦的、激励斗志的作品，这也是我的人生目标。

生活变得妙不可言了。从前我曾年轻、健壮，眼清目明。幸亏在我国，不仅是健壮者，纵然是健康已被完全摧毁的人，也可以成为排头兵。生活在我们的国家喜气洋洋的！我们的任务是巩固祖国，把它建成一个伟大的强国。全世界的工人以我们为榜样，在进行斗争。

我们保卫和平，我们需要和平，以便创造出极多的财富，使我们国家强大，使我们有知识、有文化。然而，我们并非和平主义者。我们要和平，但是一旦战争爆发，那么整个年轻一代，都将奋起捍卫祖国。

我将在新书中展示，当年乌克兰的无产阶级如何与波兰法西斯做斗争。波兰法西斯妄图侵占我们的国家，但布琼尼的第一骑兵师向他们迎头痛击时，那些波兰的贵族就腿脚敏捷，逃之夭夭了。

那些妄想轻而易举地占领日托米尔或基辅的人，是自己被烧得焦头烂额了。布琼尼的骑兵狠狠打击波兰侵略者。他们逃到哪里，布琼尼的骑兵便追到哪里。

这是一场显示英雄气概的斗争。那些日子里，工人农民如何保卫祖国，每当我们的战马疾驰而过之时，天地怎样呼应——凡此种种，我要在新书中，为年轻人讲述。

我亲爱的青年同志们！我以自己的工作，向你们致敬。等到我的书面世，你们再来说说，我在这个值得纪念的日子里许下的诺言是否兑现了。

祝你们大家好。向大家致以热情的敬礼。

我们挚爱的祖国万岁！

同志们，再见啦！

等着看到我的书吧！

19. 作家生涯的开始*

同志们！

我和各位，和我的战友们，和索契市党组织的积极分子见面，已是第二次了。我们都是这同一个党组织的成员。各位朋友，我紧紧地握你们的手！

同志们，我听到了许多送给我的溢美之词。我能够奉告的只有一点：政府的最高奖励，我们共和国的荣誉标志——列宁勋章，戴到了战士的胸前，这意味着他不仅没有从已占领的阵地上退缩，而且意味着继续乘胜前进。

同志们，我和你们一起，在进入伟大的时代。我们是人类又一代青年的代表。在沙皇统治下的俄国，我们举起起义的大旗，是新一代布尔什维克的代表。我们把这个全体人民都在服苦役的俄国，变成了工人当家做主的国家。在驱逐了压迫者之后，我们就把全部力量、全部热情，通通倾注于和平的劳动。

国家在复兴了，变强大了。我们高举文化的旗帜，把天才人物所创造的一切财宝，都归于全体劳动人民所有。从前，这些财宝只属于上层统治者，只属于少数富豪。谁能告诉我们，

---

* 1935 年 10 月 23 日，尼·奥斯特洛夫斯基为索契市党的积极分子大会做广播发言，本文是发言稿。大会的主旨是庆贺奥斯特洛夫斯基荣获列宁勋章。作家在住所躺着讲话。文章首发于《青年近卫军》杂志 1936 年第一期，标题为《我国作家应该是怎样的》。1937 年，青年近卫军出版社出版奥斯特洛夫斯基的《演讲·文章·书信》一书，首次收入本文。

还有哪个国家，把文化全面提升到如此空前的高度呢？这种胜利，得来不易。一切都需要从头做起。旧世界留给我们的是令人苦恼的遗产：文盲、贫困、破败、一些少数民族由于受沙皇制度的欺压而产生的退化。阶级敌人变得像野兽一样，见到自身的末日，便不惜采取一切卑劣的手段，企图破坏我们的伟业。然而，谁也无法阻止获得解放的人民，向着光灿灿的新生活挺进！如今连那些万恶的敌人也承认我国人民的财富和文化的巨大增长。

在我们这些作家面前，在“人类灵魂工程师”面前，有一个艰巨的任务——塑造一群艺术人物形象，来彰显正在发生的事物之宏伟瑰丽。我们是革命伟业的参加者和见证者，如果我们不来完成这个任务，那么让谁来完成呢？

我想谈谈，苏维埃国家的作家应该是怎样的。

首先，他应该是社会主义的建设者，而不是冷漠的“旁观者”。同时，他应该是战士。是战士，是教师，是演说家。是大写的人。这毫无疑问。要知道，我们中的每一个人，都不仅要用语言文字，而且要用整个生命和品德来影响人们。

我们知道，在战斗中，在困苦时，总会有些人胆小如兔，这些人是不配作战的。他们只会扰乱军心，妨碍进攻。革命的浪涛会把他们冲刷到一旁去。我们身为作家，必须揭露敌人的丑恶嘴脸。他们是叛徒、两面派、阶级敌人的代理者，包括那些被革命抛进历史臭水坑的懦夫和摇摆不定者。非这样揭露不可，因为敌人尚未被彻底歼灭。他们溃不成军之后，钻进了阴暗的角落，所以要让年轻人识破这些坏蛋的可憎面目。我们的生活为作家提供着丰富的素材，用来塑造热爱劳动者的光辉形象。我们的国家培育了多少英雄人物！在我国，每个人都可以成为知名人士，因为劳动已经成为荣耀的、豪迈的和英雄的事业！如今，获得解放的人们创造着劳动英雄主义的、崭新的事迹。大家开始体悟到为自身、为自身的幸福而劳动的欢欣感。

作家只需要把这些描写得和我们的生活本身一样流光溢彩。我们身为作家，没有权利落后于生活。正是这个原因，我们必须全力以赴地工作，必须投入全部精力、创造力，以便让我们的值得赞美的读者，拥有值得阅读的书籍……

同志们，我是怎样成为作家的，这我可不知道，然而我是怎样成为布尔什维克的，我却知道得一清二楚，在结束发言之前，我要给大家讲一些遥远的、童年时代的旧事。讲一段情节，将能在一定程度上回答这两个问题。

记得当年才十二岁，我在车站食堂里当“小伙计”。几乎还是个毛孩子，我就感受到了在资本主义制度下服苦役的沉重压力。我费了很大的劲儿，才得到一本书——法国资产阶级某个作家的一部长篇小说。我清楚地记得，这本书里有个浑蛋伯爵，百无聊赖，欺辱一个仆人，挖空心思地戏弄——或冷不防地使劲刮他的鼻子，或猛喝一声，吓得仆人连端着的盘子也掉落在地，然后谄笑着退出去。

仿佛就站在法国作家旁边似的，我气坏了，立刻要按照自己的想法编故事，叱骂伯爵。

没错儿，这么着，法国式的、温文尔雅的风格荡然无存，仆人举手就是一个耳光，接着又是一个耳光，直打得伯爵两眼冒金星。

小说变成以工人的口吻在叙述："当时，仆人一转身，冲到伯爵跟前……"我是在把这类恶作剧讲给母亲听。但我火冒三丈了。等念到伯爵刮了仆人的鼻子，吓得仆人手中的盘子也掉了的时候，原书上写的是仆人双膝颤抖，我却用现编的话骂开了。

没错，这么着，转成了工人口气的大实话："当时，仆人回过身来，走到伯爵跟前，打他一个耳光，又一个耳光，伯爵被揍得两眼冒金星……"

"等等，等等，"母亲叫起来，"哪儿见过打伯爵耳光的？"

血液冲上面颊，我高喊："这可恶的坏蛋，就该狠狠地揍他，要他晓得，不准打工人！"

"可哪儿见过这种事情呢？我不信。书上没有这样写的。"

我气呼呼地把书往地上一摔，扯开嗓门嚷嚷："没有就没有，当然没有！这个坏蛋，换了我，非打断他的肋骨不可！"

同志们，瞧瞧，我还是个小不点儿的时候，读到这类故事，我会想象仆人应该能还手打伯爵。或许，这便是我的作家生涯的开始。不过不太成功。然而，如今我的专业水平已经提高了。

同志们，我的发言就此打住。我和你们即将重逢。我是说，你们即将看到我的新书。

紧握你们的手！

伟大的列宁-斯大林的党万岁！

20. 生活万岁*

亲爱的格利戈里·伊万诺维奇！

我接受我国革命政府通过您的手授予我的最高奖赏。我能用怎样的话语来答谢呢？在生活中，我们曾仿效那些传奇式的人物，他们被称为老布尔什维克。他们进行过英勇的战斗，为我们赢得幸福——生活在社会主义国家的幸福。这样的人，被年轻人视为楷模。他们全心全意地忠实于我们的指挥者、我们的领袖。我纵然被顽疾禁锢于床榻，但仍然贡献出一切，向培育自己的老布尔什维克表明，在任何条件下，本阶级的年轻一代也决不会投降。我奋斗过来了。病魔妄图把我摧毁，迫使我离队出局，但我说：决不投降，因为我坚信能获胜。我继续前行，因为有党的温煦的抚爱围绕着我。我现在愉快地迎接使我归了队的生活。

只有列宁的共产党能够培育我们发自内心的对革命的忠诚。我希望每个年轻的工人，都成为勇敢的战士，因为最大的幸福，莫过于做工人阶级的、党的忠诚儿女。我敢说，情况只能这样。

---

* 这是1935年11月24日，尼古拉·奥斯特洛夫斯基为被授予列宁勋章而发表的广播演说。颁授勋章的是乌克兰中央执委会主席、苏联中央执委会副主席格利戈里·伊万诺维奇·彼得罗夫斯基。授勋仪式在作家的住所举行。本文首发于1935年11月25日的《索契真理报》。1937年，青年近卫军出版社发行尼古拉·奥斯特洛夫斯基的《演讲·文章·书信》一书，收入了此文。标题为《生活万岁！》。

在我国也只能出现这样的年轻人，因为做我们后盾的是十八岁的美女，她就是我们既年轻又强健的祖国。我们曾捍卫她，使她不受敌人的侵凌，使她茁壮成长，而现在我们正迈步进入幸福的生活，更看到了越发光辉灿烂的前景，这种前景是如此诱人，谁也无法在为接近这种前景而进行的斗争中止步，请看，正如《真理报》所指出的，失明的战士也可以在伟大人民的进军中，和大家并肩向前。当格利戈里·伊万诺维奇温厚的手掌抚摸着我时，我分明听见他在说："好样儿的，孩子，好样儿的。每个青年战士都应该做到这样。"我不能奢望更大的幸福，因为最大的幸福，莫过于一位老布尔什维克和蔼地抚摸着你，并且连声称赞。

生活，在我国扬起世界革命大旗的生活万岁！

斗争万岁！美好祖国的一代年轻人前进！努力做无愧于朝气蓬勃的祖国的儿女吧！

引导我们奔向共产主义的强大的党万岁！

21. 向着文学高峰攀登*

亲爱的同志们：

我向你们致以热烈的共产主义敬礼！

同志们！我得到了一份出席证，是这个代表大会的，有表决权的。遗憾的是，我无法从讲台上向你们表示欢迎。好在当代的技术已经发展到这种程度：虽然我们之间相距遥远，但我能对你们讲话，成为大会的一个积极参与者。大会开幕的情况，昨晚我已经认真地收听过广播了，现在我想对正在进入文学圈的朋友说几句欢迎的话。关于要接老作家班的年轻人，大家谈了不少。我对他们相当了解，也喜欢我国的这些优秀青年。我自己是受过共青团教育的人之一，因此我向你们致以兄弟般的敬礼。

你们准备成为作家，前来开会，正在为如何当作家这个问题所困扰。年轻人以为，有一种灵丹妙药可以让人实现这个愿望。老作家们都知道，这是艰苦的工作，同时也是一种其乐无穷的劳动。

我的青年同志们，你们要知道，作家人人可当，不过为此必须意志坚强，学习刻苦，不断地用知识丰富自己，不停不歇

---

* 1935 年 12 月 6 日，尼·奥斯特洛夫斯基从家中为亚速海–黑海边区作家大会发表广播演讲。文稿首发于 1935 年 12 月 9 日的《索契真理报》；其乌克兰文收入青年近卫军出版社 1937 年出版的《演讲·文章·书信》一书，标题为《意志坚强、学习刻苦》。

地向着文学高峰攀登。大家应该牢牢记住，不这样的话，你的书可能会有星星点点的天赋闪光，却绝对不会成为气势恢宏的力作佳构。

我打算给你们谈谈自己。十五六年前，我是一些艰巨斗争、重大事件的见证人和参与者。我见到过焕发着英雄气概的战士。然而那会儿，我仅仅是个粗通文字的少年，能不能如同现在这样，通过艰辛的学习之后，掌握了革命斗争理论之后，而且已能梳理自身的体悟、用于塑造人物形象之后，写出作品来呢？不，不能。因为历练尚少，体会尚浅。必须学习，必须积累深厚的生活知识，必须了解世界文学的顶尖名著，开阔视野，而且能用马列主义理论来检测个人的经验。只有如此这般，然后才能大胆地握笔，检验自己的体悟，贡献出富有价值的作品。

由此可见，作家个人的经历是个重大问题。作为青年作家，逐渐成长起来，必定与作为一个人、一个战士的成长，是步调一致的。跟整个国家一起成长，必须毫不懈怠，辛勤劳作，不可能一蹴而就。在这条路上，年轻的同志心潮汹涌，要准备克服重重艰难困苦。你们憧憬着要当作家，但必须知道，作家便是教师。只有比求教者懂得更多的人，才能滔滔不绝地开导别人。宏富的文化遗产，并非靠一次突击行动便可以手到擒来。需要百折不挠，需要付出艰辛的劳动。

如今的千百万读者已经是非常聪明的人了，他们见多识广，并不需要我们干巴巴的说教。

正因如此，作家理应置身于进攻部队的前列，而不能在第三线的辎重队伍中慢吞吞地挪步。如果作家滞留于遥远的后方，那么他就没有可能，也没有权利，去教导那些远远地走到前面的人。

作家不能站立在生活和斗争的旁侧，不能像一位专家那样，待在后方僻静的研究室内，潜心钻研他的化学和解剖学。不能做漠不关心的“旁观者”。

只有置身于先进战士的行列，斗志昂扬，和全体人民一起，为失败而痛苦，为胜利而欢悦——只有这样的人，才写得出正确的、动人的、具有感召力的书。我们的文学，是真实的文学，是当今与未来人类的、社会主义真实的文学。

资产阶级的作家，目睹一小撮寄生虫凶残地压迫劳动人民，他们就不得不在自己的作品中，对读者大撒其谎。例如那些银行家和投机分子，白天冷酷地、发疯似的压榨工人的血汗，晚间则若无其事地抚爱妻儿，要美化这样的人相当费劲。我们却用不着谎言连篇。我们的生活美丽而充满诗意，令人惊叹。它为我们提供了大量的范例。这些人物形象，成群地映入我们的脑海，一个比一个健美和英武。我们好不容易才撵上生活，赶上它那疾风般的高速度。映入我们眼帘的，已是前所未有的、崭新的人物形象——具有共产主义道德的、属于未来的人物形象，我们必须在所写的作品中反映出来！生活为我们提供了何等宏富的素材。取之不尽呵！有人说：“这个题材过时了。”错！没有过时的题材。他们说，国内战争的题材过时了呦。不，永远不会过时！十年后，一百年后，这题材仍将新鲜，熠熠生辉。只是一定要以崭新的人物形象表现好这个题材，必须使用鲜艳的色彩让题材重放光彩。要做到这样，务必马不停蹄地前进，不怕累，艰辛地工作。

咱们，年轻的文学事业接班人，正在这样成长起来。也必须这样成长起来，才写得出无愧于我们强盛祖国的著作！

成长，向前挺进的成长万岁！

我们的苏维埃文学万岁，它的共产主义道德、它的真实性万岁！

我们共产党的伟大领袖，我们的导师和伟大时代的杰出人物——斯大林万岁！

22. 做优等生吧*

同学们：

当此冠以本人名字的——乌克兰共产党报业技术学院创办五周年之际，我向学院的同学们——亲爱的青年同志们，问个好！

目前，我对生活、对劳动、对创作，满怀着激情。此时此刻，我和你们在一起。你们的胜利就是我的胜利，你们的挫败就是我的挫败。布尔什维克的报刊，乃是党的强大武器，你们被遴选出来，成了这种武器的运用者。

亲爱的朋友们！我们正要迈进 1936 年。我们的国家步入这一年，是带着巨大成就的，是带着由斯达汉诺夫运动所发扬光大的巨大成就的。

因此，努力学习，争取成为优等生吧！

在列宁的党的旗帜引导下，我们从胜利走向胜利。列宁的党万岁！

乌克兰布尔什维克的共产党培育我们，我们在它的领导下工作。乌克兰布尔什维克的共产党万岁！

再见，同志们，再见啦。

---

* 1935 年 12 月 30 日，乌克兰共产党的、冠以尼·奥斯特洛夫斯基名字的报业技术学院创办五周年时，奥斯特洛夫斯基做了广播发言。本文首发于学院的报纸《报刊技术干部》1936 年 1 月 15 日；1974 年，青年近卫军出版社出版奥斯特洛夫斯基的三卷集，第二卷收进了本文。编辑部加的标题是《报刊——强大的武器》。

23. 新年献词*

有人问我："奥斯特洛夫斯基同志，请说说，1935 年的哪一天最使您激动？"

我立即想起了 10 月 1 日——索契城一个温馨的夜晚。门敞开，有人告诉我："玛丽亚·伊里奇娜·乌里扬诺娃来了，德米特里·伊里奇·乌里扬诺夫①也来了。"由于这令人欣悦的来访，我心欢跳。

这不，他们已坐在我的旁侧，那么朴实无华，又那么和蔼可亲。这是我们伟大的领袖、父亲和导师的妹妹和弟弟。从这个最美好的家庭，走出了我们党和国家特别优秀的斗士。

一个小男孩，曾经投身于红军队伍的小男孩，和指挥员、和领导们待在一起，讨论着、叙述着斗争，描述着崭新生活和美妙远景。

他们告别离去了，我的心中重新展露出刚刚发生的情境……

忽然，电话铃响起来，是急促的声音："请您收听来自政府

---

* 1935 年 12 月 31 日，尼·奥斯特洛夫斯基在莫斯科的寓所，把本文录成唱片。1954 年，依据唱片记录下来文本，收藏于莫斯科的国立尼·奥斯特洛夫斯基纪念馆。1968 年，青年近卫军出版社出版他的三卷集，第二卷收入此文。

① 玛丽亚·伊里奇娜·乌里扬诺娃（1878—1937），列宁的妹妹；德米特里·伊里奇·乌里扬诺夫（1874—1943），列宁的弟弟。

的消息：苏维埃联盟中央执行委员会今天开会决定，向作家、老共青团员尼古拉·奥斯特洛夫斯基，颁授列宁勋章！”

于是我的心猛跳起来。这就好比一名战士听到指挥员高喊：“刀出鞘！冲啊！”心要冲出喉咙口了……

我激奋得无法自控。难道这是真的吗？列宁勋章……

这是革命国家、革命政府的最高奖赏！

一个其貌不扬的少年，曾是锅炉工的助手，打杂的……

这个头发凌乱、眼珠黑亮的小伙子，会不会梦想过情况发生如此奇妙的巨变——生活的重重困厄奇迹般地变为欢欣鼓舞呢？

小伙子双目失明，僵卧在床，动弹不得，脸上却洋溢着幸福的笑容。这是因为：整个年轻的国家生机勃勃，欣欣向荣。

这是个难忘的日子，我永远铭记。

有人问我：“1936 年您期待得到什么？”

这很难立即用三言两语回答。

然而新的一年，这美好的一年正在降临。我从暖和的、温婉的索契来到这里，遇上了清新而冷峭的、莫斯科之冬季的寒风，要从这里跨入 1936 年。

如今，斗争在新的文学战线上展开。期盼着我的是朋友和同志们：小伙子安德烈·普达哈，这个目光锐利、前额宽阔的小伙子，是糖厂的锅炉工；期盼着我的，还有黑眼珠的年轻姑娘奥列霞。我喜欢这个黑眼珠的美女，她在期待。而且他们都在说：“奥斯特洛夫斯基同志，你在自己作品的开头几章描写了我们的成长。你让我们投入战斗，并且恰好进入一个危机四伏的时期，周围冒出老爷们，波兰部队正在集结，而工人阶级再次知难而上，他们有掉入波兰军队陷阱的危险。你却让我们停止活动。你数月不动笔，不描绘我们的生活，我们却在期望。我们不想原地踏步，我们必须投入战斗。”我的《暴风雨中诞生的》一书里，年轻的主人公们发出急迫的诉求，他们都要我赶快归队。阻拦我的是我万分尊敬的大夫。他们说：“奥斯特洛夫斯基同志，三年内什么工作也别做，轻松地喘喘气，什么出成果不出成果！”我脸露微笑，因为心里明白：明天，正是明天，我的助手同志，就要在我身旁坐成一排，打字机哒哒哒地响成一片。所有的年轻人，那些诞生于我的长篇小说的纸页上的年轻人，都要投入战斗。工人阶级的儿子们策马飞奔，冲锋陷阵，震天撼地。

记得那兵荒马乱的 1919 年，大家为苏维埃国家而战斗。记得一切，人物都栩栩如生，呼之欲出。真好，战胜了艰难困苦；真好，心中激情汹涌。于是，一切都转到了稿纸上。我正在迎接 1936 年——此生最美好的一年。这一年，怀抱着宏大的愿望，充盈着强烈的创作渴求。小伙子——老共青团员，在实现这光荣的任务。老共青团员！话语掷地有声，铿锵有力！在我的党证里面，躺着它可爱的小儿子——列宁共青团员证。小儿子比自己的“老爸”——共产党员证，要年长五岁。其间，包含着美丽动听、扣人心弦的故事。

我国的生活无限美好！解放了的人民奋勇前进的一年——崭新的 1936 年万岁！青年同志们，我们获得政府的关爱和褒奖。我们是列宁共青团的又一代年轻人，是团的儿子，在新的一年里，决不能落在后面，必须置身于先头部队，冲锋陷阵。

脚步更坚实些，斗志更昂扬些，前进！

再见，我年轻的朋友们。再见，去铸造新的成就。

明天，新的捷报频传，一次比一次灿烂辉煌。

24. 这礼物就是青春*

亲爱的同志们：

我向青年胜利者的代表大会，向出席第九次代表大会的、苏维埃乌克兰的优秀儿女们，致以热情似火的共青团敬礼。

亲爱的朋友们！当初，我最后一次在共青团代表大会上发表演说，已过去了十年之久。凶残的病魔企图把我从温馨的共青团大家庭里硬生生地拉走，可它未能得逞。此刻，我作为共青团全乌克兰代表大会的代表，十分自豪、十分欣喜地返回这自己看不见的讲坛。心在欢悦地跳荡。我的全部思想和感情都倾注在你们——我年轻的同志与战友身上。

你们是社会主义祖国的男女青年们的楷模，我的发言正是献给你们的。

同志们，生活赠予我们每个人厚重的、十分珍贵的礼物。这礼物就是青春——充满能量、朝气勃勃、期盼多多的青春，焕发求知精神和战斗意志的、希望满满和信心足足的青春。

这最美好的礼物——青春，在资本主义制度下是被压抑、被践踏的。我从报刊上得知，我国几乎有一半居民，记不得或不知道活着的宪兵、地主、工厂主的模样；你们，在这儿出席

---

* 1936 年 4 月 6 日，尼·奥斯特洛夫斯基在莫斯科的寓所为列宁共青团全乌克兰第九次代表大会发表广播演说，这是演说速记稿。节缩过的文字首发于 1936 年 4 月 8 日的《共青团真理报》，标题为《斗争中产生勇气》。全文收入奥斯特洛夫斯基的《演讲·文章·书信》一书，青年近卫军出版社 1937 年版。

大会的人，也仅仅是从历史书和父辈的讲述中，得知这些资本主义的代表人物是怎样的。每当这种时候，我心潮难平。我们目睹过这帮嗜血成性的奴役主的嘴脸。可诅咒的资本主义生活，被我们遇上了一小部分。我们恰恰是在资本主义枷锁下度过童年的。当初我们尚未长大成人，还是孩童，就已经跌落到资本主义的压迫之下了。我们没有快乐的青春，没有快乐的童年，等候着我们的，唯有资本主义的奴役性劳动。确实仅仅为了一小块面包，就不得不从清晨干到深夜。我们不知道青春年少的快乐是什么样的。当时，在我国执政的资本主义匪帮，进行残酷的剥削，使我们的青春变得阴暗、凄惨。

正因如此，当列宁-斯大林的党召唤我们的父辈，去向资本主义冲锋的时候，我们这些几乎还是孩童的少年，也投入了战斗。为了青春，为了幸福，我们和父兄们并肩向前。在这种斗争中，苏维埃乌克兰的青年，苏维埃联盟的青年，准备着和敌人斗争到流尽最后一滴血。正是这样的战士，无限忠诚于起义人民的红旗，因而获得了恒久的光荣。

正是人民，不惜流血牺牲，夺回了我们的幸福和自由。

为什么正是在这美好的日子，在此刻，当喜气洋洋的、年轻人的代表举行大会，为辉煌的胜利做总结之时，我却来回忆资本主义剥削制度下的苦难岁月呢？

只有回顾乌漆墨黑的昨夜，才能感悟到我们的斗争何等波澜壮阔，才能感悟到我国社会主义的、旭日照临的早晨多么清亮瑰丽。

我和你们都知道，资本主义制度下掌权阶级的年轻人是怎么个形象。资产阶级作家的精品佳作，都着力于塑造这样的形象。我们知道资产阶级的子女是怎么样的，是如何度过青春的，更准确些说，是如何损毁他们的青春的。花天酒地，荒淫无耻，损人利己，就是他们追逐的东西。不错，他们也有自己的英雄。这些英雄，吃喝玩乐，挥霍完了父辈从人民身上搜刮来的财富后，便驱使雇佣军去征服落后的民族——黑人、印度人、印第安人，迫使他们沦为奴隶。而“英雄”们自己则借此猎取到赫赫的“威名”。他们这帮年轻人，醉心于强取豪夺，滥杀无辜而又不受惩处，这就使他们越发无所顾忌地为非作歹。资产阶级青年贪图的无非就是金钱和权势。①

是的，卑劣、背叛，甚至杀人放火。为了达到目的，可以不择手段。

资本主义发展着，掠夺和剥削的方式也随之改变，但无论在哪里，少数土豪财主都是靠榨取无产阶级和劳动农民的血汗，才过上奢侈生活的。曾经，全世界如此；而今，地球上还有六分之五的地域，依旧如此。

同志们！在获得解放的国家里，人们挣脱资本主义的枷锁，得到了自由。他们原有的优秀品质得以发展。这种优秀品质在革命前曾受压抑，是被资本主义制度所禁锢着的。“人”这个字眼，在我国，讲出来是带着自豪感的。伟大的斯大林说过，人是世界上一切财宝中最珍贵的。

同志们！摆在我们面前的最艰巨的任务，是和平的社会主

---

① 本篇的有些内容，与第16篇的一些段落大同小异。别的演讲稿也有类似情形，不逐一加注。

义建设。社会主义的青年一代，无产阶级和农民的青年近卫军，是我们父辈的希望和自豪。全世界注视着我们，我们必须把劳动的大旗举得更高，我们也确实举得更高了。

出席我们代表大会的，是杰出的青年一代——社会主义的青年一代。你们中间有许多人，胸前的奖章在闪闪发亮。革命政府为什么褒奖年轻人呢？因为他们勇敢无畏、刚毅顽强，因为他们具备无坚不摧的品格。

我国年轻人的形象是怎样的呢？斗志昂扬、开朗乐观的姑娘和小伙子，他们知道自己成了国家的主人翁，是国家的建设者。

他们知道，未来属于自己。这未来璀璨夺目，和我们快乐的今日相比，愈加灿烂辉煌。这些年轻人渴求知识，竭力探求有教养者必须遵循的一切。小伙子和姑娘们英勇无畏，绝对忠诚于党的旗帜，投身于人类解放的斗争。这一代青年充满着劳动英雄主义——在资本主义制度下见不到也不可能出现的劳动英雄主义。

同志们，新型的劳动把人所固有的一切美好品质全释放了出来。现在我们看到，许多同志做成了自己未获得自由之前所无法做成的事情。

世界性的劳动纪录，世界性的成就。文化的巨大增长，对知识的渴求——正是这样的氛围，弥漫在我们的国土之上，氤氲在和平劳动者的国土之上。和平的旗帜升起在我国的高空。鲜艳的旗帜闪射出全人类的希望之光。看看我国吧，就像洋溢着劳动精神的蜂房。我们一心一意，关注和平建设，为集体创造财富，关注文化成就的增长，关注美好的事业，关注聪明可爱的儿童。

我们全身心地投入和平劳动。我们的旗帜便是和平。这是党和政府高擎着的旗帜。正因如此，全球的劳动人民都凝视着我们，如同凝视着希望，凝视着愿景。

凶险的乌云低悬在世界上空。法西斯主义妄图用斧头和绳索把世界拖回中世纪，正是这帮匪徒打算侵犯我国的边境。于是我们，社会主义的建设者，把全部热情和力量倾注于和平劳动的建设者，也准备迎接战斗。我们知道，当法西斯匪徒卑污的铁蹄践踏我们边境的时候，我们将举国奋起，狠狠地回击，消灭胆敢侵犯我国神圣领土的人。在这两个阶级、两个世界——自由世界和剥削世界之间的最后一次鏖战中，无产阶级的青年近卫军，苏维埃联盟的青年近卫军，十八年来成长着的新一代共青团员，将奋勇作战，守卫边疆，重创一切来犯者。当年，第一批共青团员行进在伏罗希洛夫和布琼尼光荣的骑兵队伍中，在卫国战争的所有战线上作战。

亲爱的同志们，我们面临的任务，是让年轻人具有大无畏的品格和对我们事业的无限忠诚。

在我国，懦夫是可怜虫。我们弄不明白，也无法想象，当今生活如此惬意，斗争节节胜利，我们继续从胜利走向胜利——在这种时候，怎么可能冒出懦夫呢？在今天，懦夫差不多等同于叛徒。在斗争中，他就是个变节者。我们无法想象有一个人，当边界上正进行着血战之时，会丢弃阵地，抛下战友，怯懦地背叛自己人。这种家伙给国家抹黑。他们在我们国家里没有立锥之地。

同志们，斗争中产生勇敢精神，勇敢精神是长期培育出来的，是在与困难的顽强斗争中产生出来的。我们青年的座右铭就是勇敢精神，就是坚韧不拔，就是意志刚强，就是摧毁一切障碍。

同志们，出席本次代表大会的每一位勋章得主，都知道这是革命政府给予的最高褒奖。每一位勋章得主都是无论在何时何地都决不退缩的。只管勇往直前，只管夺取胜利，毫不犹豫，这就是我国青年的座右铭，美好的座右铭，勇敢精神的座右铭，我们的领袖人物所倡导的座右铭。领袖人物的全部生活，地下布尔什维克的全部生活，正是勇敢精神的美好标杆。

领袖人物的生平，地下布尔什维克们的全部经历，就是我们最光辉的勇敢精神的榜样。在暗无天日的、横遭迫害的岁月中，在任何革命思想萌生便受到沙皇压制的年代里，我们昔日的布尔什维克近卫军们，一分一秒也未曾退缩不前。他们坚信胜利在望。正是依仗这种昂扬的勇敢精神，依仗这种强大的信念，大家在严酷的血战中，才义无反顾地冲锋陷阵，迎来美妙的胜利日子。

亲爱的同志们，我们结下了牢不可破的友谊。我们都成了坚强犹如钢铁的共产主义大家庭的一员。为了人民的幸福而进行的斗争，使我们团结起来。我们和父辈一起，组成紧密团结的部队，并肩前进。父辈曾在伟大的共产党领导下攻坚克难，他们对胜利前程和正义事业满怀信心。在征途上，他们横扫所有企图阻拦我们前进的人。而今，我们作为胜利者，为赢得了渴望已久的成果而庆贺。

我们成了全世界所有劳动者心中的楷模，他们看着我们这个劳动者已获解放的国家。他们看着我国的年轻人，以他们的言行为榜样，在我们这里每一个姑娘和每一个小伙子的面前，通向生活的大门敞开着。他们能够登上知识的顶峰、幸福的顶峰、荣耀的顶峰，然而要获得这一切，唯有通过一条道路——诚实的英勇的劳动之路，舍此别无他途。劳动已成为光荣的、勇敢的和英雄主义的事业。

在我们的劳动中，对胜利的渴求中，我们锤炼着自身的性格。一旦到了考验的时候，苏维埃国家的年轻人，将显示出他们无愧于我们的父亲、领袖和导师列宁的名字，我们永远不会玷污革命的旗帜，我们把旗帜高高举起，走向世界革命。

亲爱的同志们，我的朋友！我紧握你们的手，向你们致以火焰般的战斗的敬礼！我以自己全部的思想和感情，关注着你们！朋友们，前进！

我们伟大的斗争万岁！

伟大的“今天”和更加辉煌的、更加美妙的“明天”万岁！

伟大的布尔什维克党和她的勇者中之勇者，教育我们并率领我们走向胜利的斯大林万岁！

25. 无限感恩*

如果格利戈里·伊万诺维奇允许，那么我来对在这里欢聚一堂的朋友们讲几句。有这样的古老习俗：在建造新居时，要在地基里面放一个瓶子，瓶子里有一张纸片，上面写着建造新居的日期。去年就有这么一个瓶子放在了地基里面，是格利戈里亲手放进去的，他是我们的领袖和朋友，是一代共青团的教导者，其中也包括他的义子——我。我正竭尽全力，不辜负他的关怀，不辜负他的巨大信任。

从那时起，一年过去了。这是生活充实的一年，激情四射的一年，也是全国人民紧张工作的一年、取得辉煌胜利的一年。我们阔步走向欢乐的、美好的新生活。整个国家和我们中的每一个人，都生活得十分惬意，大家神采飞扬。

去年，格利戈里·伊万诺维奇到过我位于胡桃大街的蜗居。他作为父辈，慈祥地拥抱和亲吻了我。我心中暗自承诺，永远不使他感到不快。从那时起，我尽力工作，不让格利戈里皱眉蹙额，不让他说我是懒汉，令他不悦。

我努力不辜负他的信任。我返回索契，立即进行创作。我

---

* 1936 年 10 月 18 日，奥斯特洛夫斯基在乌克兰政府为他建造的住宅里举行一次小型聚会，出席者包括全乌克兰中央执委会代表彼得罗夫斯基、列宁共青团乌克兰中央执委会的几位工作人员、作家的诸亲好友。本文首发于奥斯特洛夫斯基三卷集的第二卷，青年近卫军出版社 1974 年出版，编辑部加的标题是《老近卫军万岁》。

是个很让人烦心的小伙子，而写《暴风雨中诞生的》，必须不出现任何拖延的状况。一直要到把书写完，我才能放心。因为只有那样，我才会觉得大功告成了。

同志们，我们还要进入共产主义呢。就我而言，生活中已经获得了这样的条件，仿佛置身于共产主义社会一样。人们仅仅要求我力所能及地工作，而我想根据客观需要做出贡献。在我的心目中，生活达到了在大家看来已是美好明天的水平。这让我增添创作的动力。最幸福的人是怎样的呢？他临睡前可以说这一天没有白过，确实一直在干活儿。

不久我要满三十二岁了[①]，其中十八年是团员，十三年是党员。

我要尽量活得长一些，活得好一些，让格利戈里·伊万诺维奇不至于皱眉头，让多米妮卡·费多罗芙娜对我满意，让他俩永远不会因为为我所付出的一切而感到后悔。

我将前往莫斯科，在那儿加紧工作。我要一天干三班，争取在十月革命二十周年纪念日前完成《暴风雨中诞生的》一书的创作。这工作是艰巨的，但也其乐无穷。我真的从来没有想到过生活可以变得如此神奇。我整个身心体悟到这一点。我们的生活能够达到如此美妙的程度，那是因为我们有威武的、传奇式的人物，他们教育青年和敌人做斗争，引导他们在心中增添对光辉灿烂的未来的热爱，并教会他们如何做出努力，迎接这光辉灿烂的未来。

若没有他们，若没有这些老一辈的近卫军，也就没有我们，

---

① 奥斯特洛夫斯基诞生于1904年9月29日，1936年12月22日去世。

没有共青团。因此，我们对所有的老近卫军无限感恩。往昔的布尔什维克近卫军是焕发英雄主义精神的，是光荣的，而格利戈里·伊万诺维奇便是其中一位当之无愧的代表。老近卫军及其部队中最威武的斯大林同志万岁！

我们紧随其后，奋勇前进，相信将和他们并肩战斗，在全世界赢得胜利！

26. 布尔什维克的接班人*

编辑部　奥斯特洛夫斯基同志，您好！给您打电话的是报纸《布尔什维克的接班人》编辑部。请您谈谈创作新长篇的情况。

奥斯特洛夫斯基　我正在十分紧张地工作。资料吸引着我。已经写完并且仔细地修改了五章。每一章都很长，五章就有五个半印张。长篇小说反映了乌克兰无产阶级、乌克兰共青团，为巩固无产阶级专政、为社会主义的胜利而进行的英勇斗争。

编辑部　当地的组织是怎样帮助您的？

奥斯特洛夫斯基　索契的党组织无微不至地关怀我的生活，并且支持我的工作。不久前，市党委在我的住所召开常委会，听取我的创作汇报。这次讨论对我有帮助。

编辑部　市委做出了怎样的决定呢？

奥斯特洛夫斯基　市党委让我立即停止工作，并建议我从5月20日起休息一个月。作为共产党员，我服从这个决定。这么着，我将从20日开始休息，暂不干活。

---

* 亚速海-黑海边区有一份年轻人的报纸：《布尔什维克的接班人》。1935年5月17日，尼·奥斯特洛夫斯基接受该报编辑部的电话访谈。其内容首发于该报1935年5月18日，后收入奥斯特洛夫斯基三卷集的第二卷，青年近卫军出版社于1974年出版，编辑部加的标题为《作家奥斯特洛夫斯基接受电话采访》。

编辑部　长篇小说《钢铁是怎样炼成的》在出新的版本吧？

奥斯特洛夫斯基　是的。不久前，青年近卫军出版社的人从莫斯科来找我。他通知我，长篇小说将出俄文版七万册。

编辑部　您是不是修改过？

奥斯特洛夫斯基　对。我改动了不少。老同志、老战士和共青团员们给我来信，讲述自身的情况。他们写得很多，用信件来帮助我进行文学思考。这些战友的信件，对我的创作大有裨益。新的长篇小说将在莫斯科进行讨论，老革命家们对发生在小说中的历史事件持有自己的观点。

编辑部　您的工作中还有什么新情况吗？

奥斯特洛夫斯基　我可以透露一个很有意思的新情况。不久以前，乌克兰电影制片厂的同志来过我这儿。乌克兰电影制片厂建议在我的长篇小说《钢铁是怎样炼成的》基础上，拍摄一部很长的有声电影。

编辑部　除了一些老同志，还有谁给您写信呢？

奥斯特洛夫斯基　读者们写信来，对长篇小说进行评论，也有团组织来函的。前不久我接到白俄罗斯和乌克兰共青团中央的一封信。

编辑部　我们希望和您建立固定的联系，经常选登您这部新小说的片段。

奥斯特洛夫斯基　这和我的意向不谋而合。我 31 岁，但仍然是个共青团员，并且喜欢和团组织一起工作，我会寄给你们市党委的讨论速记稿，也会从长篇小说中选取色彩明朗、朝气蓬勃的片段。

编辑部　感谢您接受电话采访。《布尔什维克的接班人》全体编辑人员向您致以衷心的同志式敬礼，并且祝愿您创作顺利。您请歇一下吧。

奥斯特洛夫斯基　我问候《布尔什维克的接班人》全体编辑同志，问候这份报纸的所有青年读者。

27. 没有什么比劳动更快乐*

查看一下长篇小说《钢铁是怎样炼成的》印数的增长情况，挺有意思：

1932——第一版一万册

1933——（资料缺失）

1934——第五版八万册

1935——第七版四十一万七千册

1936——第三十六版七十一万八千册

至今年9月1日止，以各种文字出的总印数——一百二十二万五千册。

国外，长篇小说已在捷克斯洛伐克和日本出版，在法国、英国和荷兰也即将问世。

近日，写完了长篇小说《暴风雨中诞生的》第一部（十三印张）。

整个长篇小说，打算搞成三部。

最近我的"假期"即将结束，接着就要撰写第二部了。

我有个心愿——于十月革命二十周年纪念日之前，完成全

---

* 1936年9月24日，在索契，尼·奥斯特洛夫斯基和《真理报》的一位记者谈过话。关于这次谈话的简短报道，刊载于1936年9月25日的《真理报》，标题为《作家尼古拉·奥斯特洛夫斯基为什么而工作》。首次收入此文的，是奥斯特洛夫斯基的《演讲·文章·书信》一书，青年近卫军出版社1940年版，标题为《没有什么比劳动更快乐》。

部长篇小说。遗憾的是，我无法许诺，因为一个布尔什维克说到必须做到，而我这叛逆的病体，会使我不能如期完稿。假如我所有的梦想都能实现，那就更快乐了。

至今还广泛流行着一种观点，说是一个作家或诗人，只有等灵感来了才能工作，不少作家成年累月地盼望着这种灵感的出现，什么也不写，会不会就是这个缘故？

我只相信一点：灵感出现于劳动时。作家应该跟我国的每一个建设者一样，诚实地劳动——无论天气晴朗或阴沉，情绪高涨或低落，因为劳动是治疗百病的灵丹妙药。

没有什么比劳动更快乐。

我焦急地等待着“奉命休息的”期限快些结束，好执笔撰写。

您探问，除了《暴风雨中诞生的》，我还有什么计划。请别提出这种令人激奋不已的问题哦。我会不顾一切，把所有幻想中的心愿展呈在您的面前，让您惊得发呆。

我要为孩子们写一本书，然后写一部幻想小说，再然后，为《钢铁是怎样炼成的》续写一本，书名叫《柯察金的幸福》；除此以外，我还要学习，学得更深些，更广些，直至生命的尽头。这并非荒诞的空想，而是一种必需。为了实现这些计划，我至少还得活十年。

有意思的是，不知道医生们对此会讲些什么？说真心话，我真想打破长寿纪录。因为生活在我国，实在是太幸福了！

28. 斗败苦痛，其乐无穷*

奥斯特洛夫斯基　日记我不能写。写日记必须无所不谈，包括爱情啊什么的，要写出深藏于内心的种种幻想。这是一种坦诚的自我交谈，彻彻底底的坦诚。需要异常的勇气。为印成文字而写，为反映实际而写，那还不如写成文学作品。记日记，那是太粗线条了。我宁可不写日记，也无法相信（没有任何人能够相信）通过他人之手，能写出一个完全真实的“我”。有些东西连对自己也难以承认。有些感情无法直言不讳，正如一个人不能光着身子登台发言。也许这裸体挺美，然而不宜如此。我们有一些细微的内心需求，并非总是适合写进日记的。然而，如果外表和内心世界抵牾甚大，那可就应该扪心自问了：居然有些事儿对自己承认了也会感到羞耻，那么你为人如何呢？

应该是没有什么内容，若写进日记，会让自己感到羞耻的。但有这样的日记，是辛辛苦苦写成，而且是非写不可的。富尔曼诺夫的日记，便是他的创作初稿，极其宝贵。

特列古勃　你平时在幻想什么吗？

奥斯特洛夫斯基　这样的问题可不能提出来哟。等于把手

---

* 1936年9月25日，尼·奥斯特洛夫斯基在索契的住宅里，和《共青团真理报》文艺部主任特列古勃进行过一次长谈。作家的秘书拉扎列娃做了简明扼要的记录。作者生前未曾发表。首次收入奥斯特洛夫斯基的《演讲·文章·书信》一书，青年近卫军出版社1937年版，用的是拉扎列娃的记录稿。此前，曾披露于特列古勃编的两卷集。

伸向对方的胳肢窝挠痒痒。你在向我探听最珍贵、最丰厚的奇思妙想。这问题让人心里翻江倒海。

我所有的幻想，十本书也写不完。

每每从早到晚，甚至深更半夜，我也在幻想。这并不是某一种幻境，一天又一天，一月又一月，颠来倒去地呈现，枯燥乏味。那是不断地变换着的幻想，恰似朝日夕阳之更替。

我真的无法详细回答。就我而言，幻想是最神奇的充电方式之一。我耗费了大量的精力放电，像蓄电池。这便需要寻觅电源，支持工作。

我的幻想最奇妙了，根植于生活，根植于大地。我从不幻想荒谬绝伦的东西。

说来也怪，世界革命是我内容最丰富的幻想。艰难困苦之际、病情危重之日，正是我需要奇思妙想之时。

不知怎么的，我最急于赶去的地方往往是中国。我们，来自不同民族的布尔什维克，潜入中国，参加革命工作。摆在我们面前的艰巨任务，是发动和武装人民，带领他们投入战斗，建立共和国。必须组织一批宣传员，鼓动民众，制定精确的计划，一个省一个省地击溃敌人，控制疆土广袤的中国。中国的地图，我非常熟悉了。这不，一小时又一小时，我心急火燎，要投入战斗。开动脑子，又紧张又快乐。我寻找千百种办法，要争取最后的胜利。发动进攻是摧枯拉朽的，这让我心花怒放。万一我被迫离开队伍（我经常病倒），那就很难迅速归队。在我的种种幻想里面，常常会出现中国。而且，这是些个人独享的、深藏心底的幻想，都与我的个人命运关联着。

在他们中间，我不是列兵，而总是个指挥员，是个首长。我在斗争最激烈的地区，制定并实现战斗计划。怎样使工人永远不再遭受欺压，在我诸多幻想的内容中占了百分之九十。

最近这一阵，我赶往西班牙。在那儿的广场上，我想象着自己成了一名宣传员，口若悬河，语言出彩，扣人心弦，引导大家跟着走。我们组织进攻，击溃敌人，把他们抛入汪洋大海。于是，人民获得解放，满怀胜利的喜悦，举行盛大的庆祝会。我看见战士的、妇女的面容，看到鲜花，听见欢呼声。这是童话般的奇丽场景，无法记录下来，但铭刻在心间。

或者，我发觉自己在西班牙的军队里当了一名列兵，而且非常真切地感觉到，正是我处决了佛朗哥。昨天我深夜醒来，一个半小时没睡着，忙于订计划，怎样夺取一艘大军舰。我置身于大军舰的地下组织内，进行工作，发动起义，连最小的细节也加以研析，预测一切。我们干掉军官，掌控了大军舰……

我的幻想没有达不到的地方，成倍地增强我国——我们共和国的实力，这是一切的根基。在幻想中，我从未有过这方面的担忧。

如果夺取到资本家数以亿计、呆滞不动的财产，夺取到各种各样的技术力量，通通拿过来，如果把他们那边忍饥挨饿、憔悴不堪、穷困至极、痛苦万分的工人，通通接过来，给他们合适的工作，让他们过上幸福的生活，那该多好。

我看到一艘轮船，满载着这些工人，朝我们驶来。我感同身受似的，分享着会面的喜悦，看到了这些工人幸福而自在的神情。

幻想无边无际，有时会达到异常离谱的程度。

那么波兰呢？无论用的是何等样的手段，反正有人控制政权（就差当总统了），但总有一天，政权会由工人执掌。波兰成为苏维埃共和国。举行一个个隆重的祝捷大会。我出席发言，签订条约。于是，国境线上没有一兵一卒。最后，大家高唱凯歌。

常常先是脑子的一角灵光闪烁，然后展现出气势宏伟、必胜无疑的场面。

种种幻想，让我收获丰硕。

一些个人问题——爱情啊、女人啊，在我的幻想里，所占的比例微乎其微。在我心中，最大的幸福莫过于战士的幸福。作为单独的个人，一切都并非恒久不变，也不像社会中的一员那样，具有如此广阔的背景。然而，我决不是一名落在队列后面的战士（在各种幻想的场景中，我永远不当机械的执行者，而必定是指挥员）。为争取人类的最大幸福而进行斗争，这便是光荣的任务和目标。

我一直无法把这种情况记录下来，无法叙述这些光怪陆离的、令人激奋不已的念头。

在幻想中，我看到无数黄金，也不晓得自个儿是怎么获得的，大概是继承遗产吧。仿佛我是摩根的儿子。但我是共产党员嘛——得把黄金运回苏联去。我绞尽脑汁，简直到了失去理智的程度，设计出一套渡海的办法。我和人家签订合同，承诺支付一定比例的费用。其实我不会花这钱，施些巧计，把黄金运到我们这儿来。或者，异想天开，让亿万富翁的一个女儿变成我的妻子，然后我带着她，连同她的黄金，返回苏联。假如她不能做我们的自己人，那就随她去吧。

所有的幻想，目标是一致的。孤立地行动，我感觉不到多少喜悦。

曾经，我跟一个懦夫交谈。他怨天尤人，说自己的老婆背弃了他。如今他一无所有了，活着没意思，等等。当时我心里思忖，如果我拥有他所拥有的——健壮的四肢，可以随心所欲地挥手、走路（这可太诱人了，我不让自己如此想象），那是一种怎样的情状呢？我是个身体健康、身材匀称的小伙子，穿着合体称心的衣服，走到阳台上，映入眼帘的是想象中的生动场景。是怎么样的呢？我不能仅仅行走，我要奔跑，健步如飞，不可遏止。或许，抓住车厢，和列车一块儿狂奔，进入莫斯科。在首都，来到一座以斯大林命名的工厂，直接冲进锅炉房，赶紧掀开炉门，闻闻煤味儿，投入合它胃口的一份美餐。嗨，我真希望交出百分之六七千的产量。我如饥似渴，简直到了如痴如醉的程度。真希望竭尽全力，干出成绩，累倒了也没关系！九年卧床，一旦甩掉病痛，我不会让别人省心的。即使被解雇了，我也不离开工作岗位，要一直干到过瘾才罢休。

看到一个男傻瓜或女傻瓜唾沫横飞，叫苦连天，找不到生活的目标，我便这样思来想去。如果把那个懦夫所拥有的一切全给了我，那么即便被老婆背弃五十次，我仍旧快快乐乐，永远感受着生活的美好！

什么时候也别以为我是个倒霉蛋，是个忧悒的小伙子。向来都并非如此。一旦拿定了主意就不会动摇，付出最坚韧的努力，直至胜利。我不知道生活能这般大大变样。一个年轻人的学习小组带给我多少喜悦呵。我的劲头儿更大了，可以连续讲三小时，二十个人一动不动，屏息静听。看样子，心中仍旧烈焰腾腾。看样子，活着依然有意义，我这个人还有用。如果无法引导一百个人，那么引导五个人也好。这也不少了。培育五个布尔什维克，这确实不少。哪怕一个也行啊。

倒是一个人竟然感到厌倦，没心思干活了，那他可得担忧喽。

利己主义者最先灭亡。他独自活着，活着为了自己。只要他的这个“我”受到伤害，他就活不成了。此人信奉利己主义，遭到背弃，眼前一团漆黑。而如果一个人活着并非为了自己，他和社会融为一体，那就难以杀死他，因为要杀死他，就得杀死周围的一切，杀死整个国家、整个生活。我已经部分地死去，但我的部队虎虎有生气。

有个战士在散兵线上奄奄一息，听见战友们为胜利而高呼“乌拉”，他便获得了最后的也是最大的满足感。对于战士而言，最可怕的感觉莫过于意识到，整个部队由于他的变节而溃灭了。他将被钉在耻辱柱上，终其一生。

即使到了共产主义社会，个人的不幸仍旧存在。然而，生活依然美好，因为那时候的人不会再是孑然一身、孤苦无依。

我们的同志，面对法西斯分子，大义凛然。这决非一时半刻的英雄。个人的痛苦退居次要的位置，停止努力才成了最大的痛苦。就我而言，每天的生活便是克制各种剧痛。我指的是长达十年的生活。你们看到我的微笑，这微笑是愉悦的、真切的。我虽然有自身的悲楚，但一直在为祖国各领域的胜利而欢欣鼓舞。斗败苦痛，其乐无穷。不仅仅是呼吸（这也很惬意），更重要的是不断努力，战而胜之。

我从莫斯科来，劳累过度，病体支离。可是，病魔未能使我精力衰竭，反而促使我振奋。我说："瞧哇，明天你就可能一命呜呼，那就只管往前冲呗！"

就这样，我勇往直前了，把大家给吓坏了。我大干特干，神采飞扬。

我蔑视某些人，他们手指上长个疖子也会头晕眼花、心惊肉跳，扔开一切。在这种人眼里，老婆的情绪比革命重要。一旦醋劲儿上来，他们会砸破锅碗瓢盆，打碎玻璃窗，拆掉房子。

还有这样的诗人，成年累月，苦思冥想找题材；找到了，闹了半天又写不出——不是由于情绪低落，就是因为着凉感冒，满脸的鼻涕眼泪。他们把脖子围得严严实实，只怕真的要感冒，浑身战栗不止。若是体温接近四十度，那么诗人便惊恐万状，叫苦连天，动笔写遗嘱了。别这样啊，同志，淡定点儿，不要担心什么感冒，工作吧，它会自己好起来的。

喏！伊·拉辛尔罗——这个大伯，体壮如牛，接连三年，面对观众朗读自己作品的同一个片段，每次可拿到二百五十卢布。他总是笑着说："为咱们掏腰包的傻瓜有的是，再过六年不写作也没关系。"他忙得很——喝酒、睡觉、追女人。相貌，无论美的丑的，都追；年龄，从十七到七十，都追。他有一副强健的身板，但心中缺失烈焰。

有些巧舌如簧的演说家，想象力丰富得很。他们呼吁大家巧安排，过好日子，自己却不会好好过日子。他们在讲坛上号召大家建立功勋，自己却像狗崽子一般浑浑噩噩地活着。请想象一下，有个窃贼，规劝大家要老老实实做人，说偷东西丢脸，可自个儿在窥探听众里面谁的皮夹子偷起来最方便。或者请想象一下，正在战斗之时，正在鼓动大家上前线之际，出了个逃兵。对这种家伙，战士们是无法容忍的。只要揭穿了，大家会揍得他眼冒金星。作家当中也不乏言行不一者。他们不配拥有作家的称号。

作家的悲剧在于思想原有的妙处和亮点消隐了。心内尚有火焰，移到稿纸上，只剩下一点微光幽幽。这样写成的东西便离题万里了。

我渐渐地喜欢上他们——我的《暴风雨中诞生的》一书里的年轻人，即文静、拘谨的莱蒙德，胆大包天的安德里，精通本行的面包师傅普舍尼切克，胸脯丰满的可爱女孩奥列霞，还有美女萨拉这个优秀的女革命者。他们中间，有的人命运如何，在我的心里已经确定。

奥列霞要成为夏贝儿的妻子，这是个男子汉大丈夫。跟安德里比，奥列霞更喜欢夏贝儿，不过她说："我会成为你的人，但要等到战争结束以后。"不料，后来有一次，夏贝儿醉醺醺的，和另一个女性发生了不该发生的关系。奥列霞无法原谅他的背叛。后来，奥列霞和安德里重逢。这小伙子身经百战，九死一生。他失去了奥列霞的爱，感到绝望，唯愿一死。而今，他俩相依为命了。

普舍尼切克的命运挺有意思，非比寻常。在战斗中，他丧失了一条腿，成了队伍的累赘。他觉得自己已是废人，伤心得痛哭——这样活着还有什么意思呢？他身体健康，有的是力气，长得也帅，但没了一条腿，找不到称心的工作。那年春季，小伙子正在磨坊里干活，遇见了弗兰齐斯卡。她怀着一颗女性才有的博大的心，非常同情普舍尼切克。她以自己的爱，温暖着普舍尼切克。然而，她没能长久地跟这小伙子待在一起。有人对她的男友，也对她，频频投来怜惜的目光，使她那女性的尊严受到伤害。于是，她离开了普舍尼切克。

犹如鬼使神差，这个小伙子找到游击队，要求收下他。可人家嘲笑他，轻率地拒绝："我们没工夫陪你闲聊，还是试着去放放鹅吧。"但他磨破嘴皮，央求游击队收留，哪怕在宿营地当炊事员也行。从职业来看，这面包师傅做个点心什么的，没啥难的。他被安排到宿营地。他动手煮粥、做馅饼。苹果馅的，好鲜美，游击队员们从未品尝过这样的美味。他赢得了众人的喜爱。

但，普舍尼切克胸中搏动着的，是一颗战士的心。他不能和命运妥协。他帮战友们擦洗机枪。他把机枪拆卸开来，摆弄得那么熟练，可以闭着两眼拆开，再整个儿装配好。

于是，普舍尼切克成了一名机枪手，使敌人闻风丧胆。独脚机枪手威名远扬。他无所畏惧，弹无虚发。他获得两枚勋章。他装上义肢，双腿齐全了。作为胜利者归来，他再次遇见弗兰齐斯卡。这女子再次投入了他的怀抱。人物之间的关系，初步设想便是这个样子。

特列古勃　属于其他阶级的人物，描写其心理活动，有人会疑虑重重的，而你成功了。关于贵族生活情状的知识，你是从哪儿了解到的呢？

奥斯特洛夫斯基　相关情况大部分来自书本，但并非仅仅来自书本。我母亲在波兰贵族家里做过女仆。波兰贵族怎样对待仆役，我小时候就听说过不少。外祖母曾在莫格利尼茨基家为世袭的伯爵们洗衣裳。老爷借口一块餐巾没熨好，就会扇仆人的耳光；穷人家的女孩子遭受老爷的侮辱（这甚至形成一条法律，以致直接受害者也敢怒而不敢言）；老爷们趾高气扬，酗酒撒野。凡此种种行径，我听了都牢记在心。年轻时，我看过许多书，也得益匪浅。

特列古勃　巴别尔[①]表述过如此奇特的想法：为了写作，必须少了解一些生活，更确切地说，了解是为了忘却。就说你吧，除了真实的资料，创作的直觉也起了大作用。许多人否定直觉，认为那是神秘主义的东西。其实，直觉是有的，但需要唯物主义的阐释。文学家们竭力发挥创造性和想象力。柳德薇格并未引起我的反感。

奥斯特洛夫斯基　柳德薇格引起不少人的反感，而且他们疑疑惑惑，这个伯爵夫人将走向何方？然而，我并没有把她抬得过高的意思。此刻她已经站立在自己的人道主义顶峰。我塑造的，是一个贵族人道主义者的形象。不能把一家子都刻画成豺狼虎豹。在艺术上，这也显得不真实。

特列古勃　对。罗曼·罗兰难道不是资产阶级家庭出身吗？

---

① 伊·巴别尔（1894—1941），苏联俄罗斯作家。主要作品有《骑兵军日记》（红色骑兵军）等。

奥斯特洛夫斯基　是。还有捷尔任斯基[①]吧？还有《真理报》记者波托茨基吧？要知道在乌克兰，波托斯基家族世袭爵爷们的名字成了压迫与奴役的符号。这意味着一天干十三小时的活儿，拿20戈比的工钱，等等。可恰恰是从这伙盗匪中间涌现出一位杰出人物，忘我地忠于革命，为革命舍弃一切。还有克鲁泡特金[②]呢？当然，并非到他为止。不是单枪匹马，寥寥无几。

因此，我不怕塑造出一个人道主义者的柳德薇格。决不能依循刻板的公式，把敌方人员一概涂成黑色。敌人虐待工人、绞死工人，面目狰狞、手段卑劣，回到自己家中，却大唱田园诗。这是豺狼虎豹的温柔。

特列古勃　柳德薇格创造成功了。我还担心将损害一个命题：甚至在与无产阶级敌对的阶层中，最优秀的分子也会转而投向我们的营垒。

奥斯特洛夫斯基　法西斯主义什么也提供不出来。要知道纪德、罗兰转向了我们，并非因为与那个世界没有瓜葛。他们尽管与那个世界存在着血肉般的关联，依旧转了过来。法西斯主义最忧虑的，莫过于所有顶尖的人才全都离开他们，来到我们这边。困扰着我的，是文艺创作方面的问题、思想感情的表达问题。有没有枯燥乏味的段落？书，还算读得下去吗？

---

① 费·埃·捷尔任斯基（1877—1926），俄国革命家，波兰裔白俄罗斯贵族家庭出身，全俄肃反委员会（契卡）创始人。

② 彼·阿·克鲁泡特金（1842—1921），俄国革命活动家，无政府主义运动理论家。

特列古勃 不必为此感到困惑。凡是伟大的作家，全曾有过类似的经历。并非每个人都一模一样地写得引人入胜。比如巴尔扎克[①]，有些篇章，你会一口气往下读，不肯中断，但也有一些，确实干巴巴的。主要部分经得起评析就好。还有个编辑的问题。需要学识渊博的文学家。我认为这是可能的。比如说，托尔斯泰[②]或者巴别尔那样的。因此，这个问题必须跟法因拜尔格[③]打交道，跟团中央打交道。

奥斯特洛夫斯基 那么乌西耶维奇呢？（副博士乌西耶维奇表示拒绝）。我不喜欢编辑方面的一套刻板公式。需要一位大文学家，他把这个工作视作荣耀的重任。我应该有幸获得同志式的帮助。

长篇小说必须证明，作者并未辜负年轻人的期待。数百封读者来信说，青年读者等候此书，心情十分急迫。我不断地收到读者个人从工厂、从农庄寄来的信。在读者的强烈要求下，许多报刊在登载《暴风雨中诞生的》一书的片段。我看到一些报纸的剪报，发现有十五六份报纸拨出版面，连载这长篇小说的片段。

特列古勃 可能《共青团真理报》也要开始连载。这将会是本报最受读者欢迎的内容，而且可以吸引更多的年轻人。贝

---

① 巴尔扎克（1799—1850），法国小说家。主要作品是共 91 部的《人间喜剧》，包括《驴皮记》《夏倍上校》《邦斯舅舅》《贝姨》《欧也尼·葛朗台》《高老头》等。

② 阿·尼·托尔斯泰（1882—1945），苏联俄罗斯作家，出身于贵族家庭，列宁勋章得主。代表作为三部曲《苦难的历程》等。

③ 法因拜尔格，及下文贝莱伊石金、布别金等，均为团干部。

莱伊石坚同意了我的意见。他开始读书稿，我们就发电报给布别金。

奥斯特洛夫斯基　法因拜尔格已经读完。科萨列夫即将审阅。他们表示赞许的评语，在这件事情上，会起到决定性的作用。

特列古勃　我希望在团中央下结论前，《共青团真理报》编辑部能做出决定，在本报刊载《暴风雨中诞生的》。当然，科萨列夫能一锤定音。

我的态度很明朗：对这本书，人们在翘首以待。在休养所里，一听说自己这儿有一份打字稿，我便急于拜读。我倒并不认为，自己未经您的允许，即可把它发表出去。现在，我告辞回去后，我们会组织一次集体朗读活动。我们的休养所里，所有的休养人员全是担任领导职务的共青团干部。

奥斯特洛夫斯基　可惜，有勇气说真话的人不多。在我心目中，最苦涩的真话也比甜蜜的谎言香醇。常常是由于怕使朋友难堪而不愿坦诚地指出其作品的缺点。这是朽烂的自由主义做派，背离了友谊的原则。如果得知自己两年半时间的劳动成果《暴风雨中诞生的》，最终竟成了粗制滥造的废品，我会心头沉重。这好可怕。但依旧应该说真话，而不可虚假地称赞那些写得糟糕的段落。要知道这并非作家个人的事情。小说是为千百万人创作的。要知道战士奋斗一生，必定有胜有败。一定得善于从失败中汲取教训，从失败中学到东西。要知道打了十次胜仗吃一次败仗，并不丢脸。红军也吃过败仗，然而在这些挫败的基础上，梳理所有的谬误与失策，整顿了队伍，增强了兵力，这才又连连获胜。最杰出的作家，在进行创作时同样如此，会交替取得成功和遭受失败。这便需要善意的，同时又是严苛的、不讲情面的批评。

特列古勃　首先，关键的一条，是得寻到一位编辑。其次，他能发现，有的作者落笔描摹景物时胆怯头晕，有的则需要展开议论时力不从心。一些显得冗杂的论点要稀释，一股股激情要分流于全书。最后，有些小缺点不难纠正，如舍不得花费笔墨刻画人物形象，等等。有些地方不妨浓墨重彩地描写，比如说，锅炉房内的情景。

奥斯特洛夫斯基　这情景引出我和拉胡基的一次谈话，他则把和阿·马·高尔基的一次交谈内容转告了我。高尔基吁请作家们别再心中纠结、犹豫不决，而要让人们看到行动。作家们要提供胸怀理想的战士形象。这样的形象鼓舞年轻人去建立功勋。

通过锅炉房内的情状，我想显示出，有时候，一个小伙子在关键时刻，只要并不心慌意乱，就可能干出怎样的大事来。

有件实事，大家都知道的。那天深夜，十七个布琼尼战士，跟着了魔似的，吼声一片，枪声大作，扑向波兰侵略者的一个师，引起极大的慌乱，仿佛一支大部队猛然从天而降，在四十公里的地面上，驱逐四千五百名波兰官兵。整整一个师，被十七个人击溃！十七个人，没考虑自身的安危，毫不犹豫，视死如归。这是打破常规的勇敢、出其不意的勇敢。而结果是敌军被阻遏，行动迟缓，让我军有可能调兵遣将，集中力量，将其击败。

关于书的主旨及其意义

奥斯特洛夫斯基　谈话涉及无产阶级的人道主义，涉及接受一种提法，即把最佳意义上的人道主义这个单词视为宽厚的气度。我们一次也没有辜负人们的信任，对人类的信念并未遭到损伤，这是最大的满足。我从来没有看到过，也从来没有听谁说过，革命的军队在战斗中曾采取欺骗手段——举起白旗投降，为的是随后疯狂地扫射，杀害手无寸铁的人，老爷们却正是这么干的。红色游击队可不会。他们从未使用如此卑鄙的手段，虽说在战争中似乎可以干任何事情。

我们的人，一旦中了波兰入侵者的诡计，停止抵抗，他们便为自己的轻信付出惨重的代价了。

在战争的烈火中，在与武装敌人的殊死搏斗中，战士遭到严酷的打击，他不会手软，他英勇地回击。然而，瞧吧，敌兵放下武器投降了，浑身发抖，等待着惩治。此时，那些刚才还怒火满腔的红色战士改变了态度：他们面对的，并非武装着的、如狼似虎的敌人，而是一群受军官诱骗的百姓。此刻，有个曾经的马赫诺匪帮分子，凶狠地用枪托打波兰人，要从他身上脱下军大衣，一个矿工出身的、已过中年的布琼尼战士，怒容满面地扬手高喊：“你这浑蛋，干吗打人？”其他战士都支持他。想捞外快的家伙退缩了，心里有数，这只厚实的手能一下子要了他的命……

特列古勃　长篇小说《暴风雨中诞生的》第一部的主题思

想是什么呢?

奥斯特洛夫斯基　这很难一言以蔽之。基本思想已经在长篇小说的名称中展露。小说这样取名[1]，不是为了用词漂亮。我想在其中，第一，表现在那一天等于小市民生活数月乃至数年的时代，一代人如何在革命的暴风雨中形成与经受考验。我要让读者看看，这一代人的形成与参加斗争的具体进程。

第二个命题：展示工人阶级和资产阶级——两个世界、两种精神力量的冲撞。资产阶级自诩为“文化的代表”。瞧瞧老爷们是怎样“捍卫”文化的，是怎样“保护”人类天才们创造的财宝吧。仅基辅一处，他们便怀着莫名的嫉恨，破坏了许多优秀的古代广厦和珍贵的纪念碑，这种毁灭，以任何观点看都令人扼腕叹息。

这是破坏文物的野蛮暴行，是最丧心病狂的盗匪行径。

---

① 我国读者已熟悉了《钢铁是怎样炼成的》这个书名，若据俄文原名直译，可以是《怎样百炼成钢》。

29. 答英国记者问*

罗德曼　我从英国返回，还在莫斯科的时候，就想和您会面，但在那儿没见到您。

奥斯特洛夫斯基　对，我是5月15日离开的。

罗德曼　请问，一个夏季，您在哪儿工作？

奥斯特洛夫斯基　我在这儿工作。就在这阳台上，或者在凉台上，那边树荫多一些，凉快一些。

罗德曼　您知道的吧，在国外，很多人正在读您的书。

奥斯特洛夫斯基　是的，书在译成法文、荷兰文与英文。乌曼斯基，就是负责把苏联作家的著作译成外文版的那位，已经和英国的一家出版社签订合同，不过我不晓得是哪一家。

罗德曼　可能是高蓝思出版社或永文出版社。

奥斯特洛夫斯基　英文版的书将缩减为53页。但这并非由于政治原因，而是出自商业考虑。三个月前便译好了，因此估计书不久便可面世。捷克文版和日文版的已经出版。加拿大也在准备出译本。纽约正在《新世界日报》上连载。犹太文版的打算在美国出版。

罗德曼　由共产党的出版机构出版吗？

---

* 1936年10月30日，在索契，英国的《新闻纪事报》驻莫斯科记者罗德曼登门，访问尼·奥斯特洛夫斯基，长谈了一次。作家的秘书亚·彼·拉扎列娃做了简明的访谈记录。作家生前未曾发表。首次收入尼·奥斯特洛夫斯基的《谈话·文章·书信》一书，青年近卫军出版社1946年版。

奥斯特洛夫斯基　不。今年，有个美国出版商访问苏联。他得到了苏联作家的许多著作，包括《钢铁是怎样炼成的》。他特别注意该书第一部第四章内虐杀犹太人的情节，认定这将会激起犹太人的阅读愿望。

罗德曼　我不久前开始读《钢铁是怎样炼成的》，才读了一点点，因为直接读俄文很困难。苏联文学作品翻译成英文的少之又少。

奥斯特洛夫斯基　是的，只有《静静的顿河》，以及《新垦地》（被开垦的处女地）的一部分……

罗德曼　还有诗歌选。但您只要留意苏联文学的发展状况，便可发现近来一个时期，苏联文学提供的优秀作品寥寥无几。

奥斯特洛夫斯基　您以为优秀作品寥寥无几？我觉得，《钢铁是怎样炼成的》在日本会有译本面世，是极其出乎意料的：那边必须通过宪兵一样的严酷检查。

罗德曼　不过，那边检查制度虽然严酷，却是针对政治上危险的。在日本，有为数众多的知识分子。

奥斯特洛夫斯基　以您的目光看来，《钢铁是怎样炼成的》不危险吗？

罗德曼　我才读了一点点，无法判断。可是我知道，如今在国外，您的个人情况引起很大的关注。毕竟在长篇小说里，您本人的经历起着重要作用。

奥斯特洛夫斯基　若在以前，我坚决反对把这部小说视为作者的自传，而现在，反正即使这么声明也没用。书中讲述的全是真实情况，没有任何花里胡哨的东西。当初着手写时，我还并不是作家呢。在此以前，我连一行书也没写过。当时，我非但不是作家，而且跟文学、跟报纸工作扯不上任何关系。书是一个锅炉工写的，这个工人后来成了共青团的干部。当干部要遵守一条原则——不说假话。我在文稿中描写自己的生活，并未考虑到要出一部文学作品呀什么的。我写，是为了记录青年组织的历史（团史）：讲述国内战争，讲述在乌克兰，工人组织如何建立，共青团怎样诞生。可同志们发现，这样的稿子也具有文学价值。假如把《钢铁是怎样炼成的》当作长篇小说来读，用文学专家的观点来看，那么确实存在着许多难以容忍的缺点（不少人物露了一两次脸便消失不见了）。然而，在现实生活中，确实有这样的人，正因如此，他们才会出现在稿子里。假如书稿是现在写的，那会好一些，流畅一些，不过与此同时，也可能丧失自身的价值和魅力。书稿中描绘的，是曾经出现的事情，而不是可能发生的事情。作者对真实的态度是一丝不苟的。文稿的特色便在这里。它并非幻想的产物，也不是当作文学作品写出来的。如今，我身为作家在进行创作，塑造一些人物形象，描摹着此生没遇见过的人和没参与过的事。

罗德曼　我读过一个片段：保尔回到他母亲身边的那一段，心里就琢磨，罗曼·罗兰会用整整一章来描摹这么个情节，可您却惜墨如金，然而念起来兴味盎然，其实，我是抱着极为苛求的态度来阅读的。就在这儿，读者仿佛目睹了作家如何产生。真想了解《暴风雨中诞生的》是一本怎样的长篇小说。

奥斯特洛夫斯基　我的第二本书，在风格和结构方面有别于第一本。可能此书将以虚构和浪漫主义风格吸引读者，不过

未必能够获得像《钢铁是怎样炼成的》那样的价值。从整体来看，此书是幻想的产物：无论是主人公，抑或他们的行动，都不是绝对符合事实的。我运用了文学家的权力：既不歪曲历史事件，又以自己的方式处理。

罗德曼　《钢铁是怎样炼成的》发行量如何？

奥斯特洛夫斯基　现在它的发行量达到一百五十万册，到年底还有几个版本面世，总共将达到一百七十五万至二百万册。

两三年内，《钢铁是怎样炼成的》发行了五十二种版本。1936这一年中已经出了三十六种版本。即使以我们的速度来衡量，这也是个大数目。此书找到了途径，直通读者的心灵，特别是年轻人的心灵，因为除了自身的艺术性强（不如此，或许就无法打动人），它是相当真实的。书里写到的一些人，读了书稿，纷纷给我来信，没有谁说我似乎歪曲了事件和人物。我写当时事件的参加者，都连同他们的优点和缺点、烦恼和喜悦。

罗德曼　说实话，最令我震惊的是您对共产主义思想的忠诚。一个人被生活逼迫到如此的境地，无法在工厂里积极地干活，他却找到了另一种方式来继续工作。面对这样的人，读者会肃然起敬。我便是如此，因而渴望见到您。您不仅是一位大文学家，而且以自身的经历唤起人们心中对工作的渴望，要做有益于社会的人，就像您一样。您的口号“我们不投降”，召集越来越多的人，跟随着您向前走。罗曼·罗兰来过您这儿吗？

奥斯特洛夫斯基　他来的时候我不在莫斯科，不过他下次访苏期间，我盼望和他晤面。

罗德曼　我相信有一天，他会写出一本关于您的长篇。目前，做这件事还没到时候。但在国外，人们已经知道您了。毫无疑问，您会跟西方的大作家们建立联系的。奥斯特洛夫斯基将举世闻名，就和现今已名扬全国一样。资产阶级也看重人们的勇敢。您的勇敢得到布尔什维克思想的支撑。资产阶级会无奈地领略何谓布尔什维克的勇敢，党又是如何培育这种勇敢的。读者会从书里认识一个全国敬爱、政府珍视的人。

奥斯特洛夫斯基　同志（我用这个字眼称呼您，请别见怪。从它所被赋予的含义来看，这是革命所创造的、最美好的字眼之一），我想问问您的信仰。

您是一份资产阶级报纸的代表，可您的个人信仰呢？如果您是位勇士，就应该对我讲真话。

罗德曼　我在莫斯科生活的五年内，结识了许多身为共产党员的朋友，他们对我抱着完全信任的态度。在人民外交委员会里，他们也知道我是个友好的记者……《新闻纪事报》是一份自由党的报纸。有些报社开始庸俗地看待苏联，不止一次，我曾被迫放弃在那些报社中的职务。我到这里来工作，是因为希望长住在苏联，深入地研究它。毫无疑问，在我的心目中，文明的下一阶段就是共产主义。

奥斯特洛夫斯基　肯定如此！不过现今，资本主义各国的记者不得不仰赖于撒谎。不仅如此，所有的政党，在工作中都谎话连篇。他们无法讲真话，只能在执政者和劳苦大众之间胡言乱语。

我们的党百分之八十来自无产阶级，他们在诚实地劳动。只有他们才有权做国家的主人翁。人家指责我们破坏珍贵的艺术品，然而这种污蔑卑劣透顶。没有任何地方，像我们这里一样，艺术精品得到如此的保护。而且您看到什么地方像我们这里一样，人们在读着莎士比亚[1]的作品？而且这些读者是工人，即被污蔑为野蛮人的工人。还有所谓的人道主义问题！有人说我们把这个字眼遗忘了。恶毒的谎言！相反，我们把人道主义用在敌人身上，造成了许多失误。我们的理想是人类的复兴。

罗德曼　对。在索契，大家能很清楚地看到政府关注劳动者的健康与休息。

奥斯特洛夫斯基　这仅仅是开端。要知道，车轮刚开始是不能转一千五百次的。这需要逐渐增速。您记得英国作家威尔斯[2]的《烟雾缭绕俄罗斯》吗？他认为，克里姆林宫内坐着一些幻想家和浪漫主义者，在编造童话。他是个怪人——极聪明，有天赋，可惜目光狭窄得不行。威尔斯写着幻想的东西，看得到（当然是扭曲地看到）一千五百年以后，却不愿意正视当前我国发生的情况。

萧伯纳[3]这位大师，极具个性，聪慧异常，言辞犀利，我们对他十分了解，不仅在城市，在乡间也一样。

罗德曼　无论是威尔斯或萧伯纳，跟罗曼·罗兰、纪德或

---

① 莎士比亚（1564—1616），英国诗人、剧作家。主要作品有十四行诗一百五十四首和历史剧、喜剧、悲剧等大量剧本，其中包括《理查三世》《驯悍记》《罗密欧与朱丽叶》《仲夏夜之梦》《温莎的风流娘儿们》《第十二夜》《哈姆雷特》《暴风雨》等。

② 威尔斯（1866—1946），英国作家。重要作品有《时间机器》《隐身人》《梦》《你决不会太谨慎》《烟雾缭绕俄罗斯》等。

③ 萧伯纳（1856—1950），英国戏剧家。主要作品有《鳏夫的房产》《恺撒和克莉奥佩特拉》《芭芭拉少校》《圣女贞德》《苹果车》等。

巴比塞[1]比较，总相差那么一截。这些可都是了不起的人物。

奥斯特洛夫斯基　然而，萧伯纳高于威尔斯。他没有继续向前迈步，我们谅解。七十八岁了，这确实太不容易。

罗德曼　萧伯纳不可信。为了一句出彩的俗语，他就愿意改变政治信仰。您知道的，英国报纸把托洛茨基分子当成佯装者，观察事件的进程，只有《新闻纪事报》例外。我约请成功，让著名的法学家和社会活动家佩里特在《新闻纪事报》上撰文，论述斯达汉诺夫运动。于是编辑部开始收到大量信件，指出一种危险性，即苏联国内斯塔汉诺夫式的采煤速度。英国不可能在煤炭输出方面和它争个高低。此类信函我也在人民外交委员会里，先向乌曼斯基，然后向奥尔忠尼启则出示过。次日我去了顿巴斯，从那儿接连发出报道。

萧伯纳已不可信。罗曼·罗兰却和纪德、巴比塞一样，代表着文明与人道主义的顶峰。德国人当中，除了托马斯·曼[2]，没有这样的人物。在美国，除非是德莱塞[3]，但不能完全指望他。别忘了，1935 年，他曾为虐犹主义辩护。如今的美国，法西斯主义和虐犹主义在蔓延。全球具有最光辉人格的是罗曼·罗兰。

奥斯特洛夫斯基　对，因而他吸引着所有纯洁的心。他拥

---

① 巴比塞（1873—1935），法国作家。著有长篇小说《哀求者》《地狱》《炮火》《光明》等。1917 年，《炮火》获龚古尔奖金。

② 托马斯·曼（1875—1955），德国作家。主要的中长篇小说有《王爷殿下》《马里奥和魔术师》《布登勃洛克一家》《魔山》《洛蒂在魏玛》等。

③ 德莱塞（1871—1945），美国现代小说先驱。重要作品有《嘉莉妹妹》《珍妮姑娘》《欲望三部曲》《美国的悲剧》等。

有一颗博爱的心。

罗德曼 现今在西方，和知识分子议论共产主义的时候，最犀利的武器便是罗曼、纪德、巴比塞的语言。全世界的人都心知肚明，你们这儿事情正良好地发展着。有位立陶宛教授、旅行家，不久前访问苏联。他二十年没来这儿了。他跟我交谈时说，他们以为，废除了私有制，布尔什维克无法维持下去的：没了动力呀。不料，原来事情在进展。他看见：列车在行驶，旅馆在迎客，等等。不止于此，他还观看到一处处大兴土木的现场。他发现政府正在做出极大的努力，提升居民的文化水平。就这样，他到来之时，怀着抵触的情绪，离去之际，已承认共产主义乃是一种伟力。他是哲学教授、宗教界人士，对于无神论在苏联大大获胜，极为气恼。他表示，共产党员遵循着基督教的原则工作下去，他们不管心里愿不愿意，一定会变成基督徒的。

奥斯特洛夫斯基 奇谈怪论。伟大的科学家巴甫洛夫，在很长的岁月里是有宗教信仰的，但要明白，这源自儿时的记忆，也有一点逆反心理在起作用。我想进教堂，就进教堂，谁也无法阻止我。而我们是信仰唯物主义的共产党员，懂得人压迫人的机器何等可怕。这机器已干完了它的事儿。曾经，资本主义起过传播文明的作用、引发创造的作用。虽说是建筑在剥削的基础之上，可资本主义确实曾创造出贵重的珍宝。这无须否认。然而，如今在干什么？把整桶整桶的牛奶往大海里倾倒，把几千吨咖啡……

罗德曼 反正大家都知道，鲁兹维尔特付钱给一些农场主，

让他们各自毁掉麦苗。

奥斯特洛夫斯基　难道这不是资本主义崩溃和腐烂的征兆吗？英国曾是个文化大国，如今，文化事业在继续增长吗？那儿只有古老的珍宝，被锁进木箱，任其发霉，新的却啥也没有。开始瘫痪了，需要新鲜血液，以便重新发展、创造。可他们获取不到新鲜血液，因为这样的血液只存在于共产主义社会。共产主义就是全世界的复生。在那些掌权的阶级听来，这极端可怕。英国的政治控制在应该关进精神病院的人士手里。如果一个持枪的疯子是危险的，那么一伙人，能把千百万人投入大屠杀、让整个世界变成火海的一伙人，又怎么样呢？在国外，为什么大家至今仍不知晓，苏联并不是以毁灭一切为目标的呢？

罗德曼　不，现在已经开始知晓了。

奥斯特洛夫斯基　是吗？有些独夫民贼的名字，像希特勒、墨索里尼会留存于史册，令人厌恶。奇丑无比的怪物则是资产阶级的报刊。新闻记者的处境如何？要么靠撒谎领钱，要么被轰走。谁有一颗清纯的心，他就干不下去，然而一大批人同意这样干。在那儿，很难保持名字的洁净。但这样活着，内心忐忑不安。新闻记者往往是有意识地胡言乱语。他们了解真情，但靠贩卖获取金钱。这种职业，如同娼妓一般。哪里有好新闻，法西斯分子心里有数，然而出于憎恨，就要把它扼杀。工人群众阅读报纸，许多人轻信那上面的消息。这比什么都糟糕。

我们尊重手持武器、干脆进行公开斗争的人。我自己打过仗，杀过敌。我总是冲锋在前，带领别人也杀敌。但我回忆起来，根本没有一次曾杀掉抛下武器投降了的敌兵。这已经不是敌方。十分钟前，战友们还毫不留情地砍杀这些敌人，而他们此时居然仍留存着对这伙人的温厚态度！我自己也曾把最后一撮马合烟给了俘虏。

个别人，自己不久前才反正过来的，对马赫诺分子有过少量不妥的言行。但我们跟这些人进行斗争，改造了他们。

如果我感觉到正做着的工作是非正义的，那么我想，自己脸上会永远笑不出。您知道，为了把俘虏过来的士兵变成战友，并不需要宣传员。一名战俘便是一个有所感悟的庄稼汉，一旦确知自己这个俘虏的生命绝对安全，便很快会成为我们的自己人。而红军战士一旦被俘，面对波兰军官，遭遇却截然不同。军官们挥鞭毒打，挖掉眼珠，百般侮辱。而在西方，还说这种波兰入侵者在保护文化呢?！入侵者的种种暴行，我曾亲眼看见。我敢议论这一切，我曾感同身受，才对法西斯怀着烈火般的仇恨。

我懂得，什么叫资本主义剥削制度下的压迫。从十一岁起，我就开始做工了，一昼夜干十三到十五小时。就这样，还挨打。他们打我，不是因为我没有好好干活。我干活是认真的。之所以挨打，是因为主人希望从我身上榨取到更多、更多。天底下，剥削者对待劳动者的态度概莫能外。这些人却还在侈谈人道主义！他们在家里听瓦格纳[①]和贝多芬[②]，被他们折磨致死者的灵魂，并没能使他们感到惊悸不安。他们的富贵荣华，是以对工

---

① 瓦格纳（1813—1883），德国作曲家。主要作品有《仙女》《黎恩济》《漂泊的荷兰人》等。

② 贝多芬（1770—1827），德国杰出的音乐家。主要作品有第三交响曲《英雄》、第五交响曲《命运》、第六交响曲《田园》、第九交响曲《合唱》等。

人的不人道压榨为基础的。那些工人，还由于缺少文化而受到他们的鄙视。然而，在资本主义剥削的条件下，一个工人怎么能够有文化呢？把他向后拖，拖向中世纪的，不正是他们吗？我们的人也有缺憾，但那是旧俗陋习的残余……

罗德曼　您指的是哪些缺憾呢？

奥斯特洛夫斯基　农村居民的落后状况，例如，村庄里还有许多脑子不开窍的人。千百年来，农民被迫当牛做马。不让他们获取知识，千方百计地要使他们愚昧无知。老百姓能得到的唯一的书本是《圣经》。要说还有吧，那就是谈神说鬼的故事集了。在对待少数民族方面，掌控得更为严格。直到不久前，卡巴尔齐诺-巴尔卡尔族人那里，还残存着纯粹中世纪的旧俗陋习、各种蛮横的仪式以及对待女性的暴烈行为。这完全可以理解，因为他们惧怕被压迫的民族团结起来。

罗德曼　两个星期前，我和李特维诺夫长谈过一次。他认为希特勒正在步步紧逼，要把战争强加给苏联，而且，这场战争不可避免。然而他也坚信，在德国士兵中间，在敌方的壕沟中间，将会涌现出成千上万的苏联之友。当然，确实会形成这样的态势。

奥斯特洛夫斯基　十月革命后，一切都改变了。不再有什么“沙俄”。俄罗斯的士兵带走了什么呢？沙皇的旗帜和本国资产阶级的残酷剥削。我们的军队呢，获胜后不会凶残地对付战败者。我们的红军战士懂得，他的敌人不是德国人民。他懂得，我们胜利后将会出现各族人民的团结一致。敌兵只要放下武器，不再负隅顽抗，那么他面对的并非掠夺者，并非仇敌，而是同志。我们会节节胜利，攻下一座座城市，因为革命的军队必定能战胜反动派。斗争将是酷烈的。希特勒善于挑起民族矛盾，善于点燃沙文主义的凶焰。这是一种可怕的东西。在我们苏联，存在着一百六十八个民族，同时我们如今实现了真正的民族团结。而在二十年前，我自己曾是残暴虐犹活动的目击者。那种场面如今看来荒谬绝伦。在红军中，我们特别重视对战士的政治教育。我本人在1923年前曾任旅政委，我们从未说过德国人或波兰人是我们的宿仇。这是绝对不容许的。他们是我们的朋友，他们被钉上了资本主义奴役的枷锁……压榨和暴行并非到处是一种样子：有法西斯主义，也有民主主义，虽然这里和那里都由资本家掌控着。我们并不把他们看成铁板一块。我们寻觅每一个纯朴的人。在德国和意大利，法西斯主义扼杀一切最正直、善良的好人。假如法西斯主义迫使我们战斗，那么毫无疑问，我们将进攻他们，因为只有出击才能胜利。如果法西斯分子还有前线的话，那么他们绝对不会有任何沉寂的后方。

罗德曼　哦，没错儿！连少年，甚至孩童，也知道什么叫法西斯主义。

奥斯特洛夫斯基　我们在攻占的土地上，只要个把月的时间，就会争取到朋友的。我们执行铁的纪律：我军决不使用暴力。在国内战争期间，那一座座绞刑架，还有白军大屠杀留下的痕迹，激起战士们狂怒的复仇愿望。然而，我们不让这种强烈的感情发泄到手无寸铁的居民身上去。政委的工作一直是阻止这种违背人道的行为。战士们也维护着红旗的荣誉。

罗德曼　是的，你们到处有许多朋友。我感知到并且理解这种状况。不仅如此，在关键时刻，资产阶级和小资产阶级的知识分子会转到你们这边来。我相信，英国、美国、法国的工人会表明他们帮助苏联的真诚意愿。历史的进程一直缓缓地铺展着，但如今，这种进程比任何时代都迅速了。

奥斯特洛夫斯基　我觉得，这次和您的会见特别有意思。当前国外正在发生什么情况呢？尤其是在明了真实情形的记者们中间，目前是怎么个情形呢？他们同情哪一边？我指的是英国资产阶级中官高爵显的那伙人。您一定知道，我是作为一个作家向您请教的。

罗德曼　一些活跃的高层领导人，还有新闻记者们，绝大部分都是法西斯。他们的出身特别重要，几乎全部来自资产阶级。他们唯恐丢失高官厚禄。这种惊惧促使他们变成法西斯分子。但很多人弄不懂这是怎么回事。我们这儿格外重视阶级出身。这没错儿：它确定着一个人走向何处。

奥斯特洛夫斯基　英国执行着特殊政策。我无意凌辱它，但它在政治立场上确实摇摆不定。很难说它明天将宣告什么，将朝什么方向走去，以及与谁并肩同行。

罗德曼　不久前，我访问过盖尔文（这是《观察家》杂志的发行人，我每周为这刊物写一篇稿子）。我和他交谈了六七个小时。他接近阿斯托尔、高尔德文勋爵。他通晓英国的政策。我为他详细介绍了苏维埃乌克兰的现状，谈及集体化，谈及居民文化素养的迅速提升，谈及教育。他说新闻记者应该真诚，怎么想就怎么写。但是我发现，我的新闻稿件被删改得支离破碎，有时候连主旨也被删除了。他们不让读者对苏联有个完整的印象。就这样，他听我讲了乌克兰的情况，就说虽然布尔什维克在乌克兰的确做了不少事儿，可如果是个德国人在那里当首脑，那么能做成的事情肯定要多得多。这个盖尔文是拥护希特勒的，而且持这种态度的并非只有他一人。

奥斯特洛夫斯基　资产阶级报纸的读者成了摇笔杆子的强盗的牺牲品。一天又一天，报纸翻来覆去地对苏联进行污蔑，到最后读者也信以为真了。新闻记者看得见真实的情况，他们最先感受到战争的威胁，了解世界性的力量对比。他们应该扪心自问：本人在做着什么样的工作，正走向何方？

罗德曼　就我而言，这早已确凿无疑。在英国和美国，党正在发展壮大。新闻记者当中，陆续参加共产党的，为数不少。

奥斯特洛夫斯基　这决定了一个人的命运。他把自己的生命融入公众的活动。在记者们当中，心地善良的好人有的是，只要他们十个人中间有一个怀着未被玷污的心，脱离剥削阵营，那就令人欢欣鼓舞了……

共同的事业，共同的奋斗，给人以披荆斩棘的力量。我不能走路，而且视而不见，已有八年。您无法想象，也不可能体会无法行走的感觉。即使没有患病，也没有剧痛，那也已经难以忍受。要知道，一个人纵然进入了梦乡，也是在变换姿势的。

罗德曼　请谈一谈：假如没有共产主义，您能不能这样忍受当下的艰难处境呢？

奥斯特洛夫斯基　绝对不能！现今在我心目中，个人的不幸已退居第二位。这显而易见……

当周围氤氲着愁云惨雾之时，一个人只能独自沉浮。在他眼里，所有的悲与喜全在狭小的圈子内。处境如此，个人生活的不幸（患病、失业等）会使人崩溃，因为活着丧失了目标。生命犹如蜡烛，逐渐熄灭。目标没有了呀。蜡炬成灰处，生命结束日。四壁之外是一个残酷的世界，人们彼此视为仇敌。资本主义故意在人们中间制造矛盾冲突。资本主义惧怕劳动者的联合。而我们的党培育着深厚的同志感情，培育着友谊。在这里，一个人的强大精神力量就体现在友好的集体之中。

我在现实生活里，丧失了最奇妙的功能——视力。不仅如此，还要加上一阵阵剧痛——这种痛楚使人分分秒秒不得安宁。这是对意志力的残酷考验。说实话，要是一直想着病痛，一个人真会发疯的。而且眼前会映现出一个问题：我是否已竭尽全力了？好在我对得起自己的良心。我做人光明磊落。在斗争中，我失去一切。还留下什么呢？我的面前是漆黑的夜，是接连不断的疼痛。我丧失了一切，丧失了肉体上的一切快乐。对我来说，进食也成了痛楚的过程。如此处境，还怎能有所作为？……

然而，党在我们的心中培育着神圣的感情：除非你的体内没有了生命的微光，否则就要奋斗下去。一名战士在进攻时倒下，唯一的痛苦便是自己无法帮助仍在战斗的同志。我们有过这样的情况：轻伤决不下火线。一支部队在前进，其中有二十个人头上缠着绷带。这样的斗争传统形成了，这样的自豪感培育出来了。在国外，某个侯爵或伯爵，为自己出身于古老的名门望族而趾高气扬。无产阶级则另有一种自豪感。当下，我们的同志回想起自己曾是一名锅炉工，那么他会为此而感到自豪。

这在你们那里是谈不上什么的。在你们那里，工人没有任何地位，一无所有。

我一直有很强的自尊心，从来不会忍气吞声，不允许别人侮辱我。谁要强迫我当奴隶，那是不可能的。我曾经每天工作十五到十八个小时，老老实实地干活，不破坏机器，可如果要动手打我，那我可就会朝他猛扑过去。在《钢铁是怎样炼成的》这本书里，有我的全部生活情景，一步接一步，一年接一年……

罗德曼　请您说说，除了纪德，西方著名的作家中，还有谁来拜访过您？

奥斯特洛夫斯基　我不久前才成为作家。直到最近，那本书才大量发行。在莫斯科，将会有许多次同外国作家的会见。罗曼·罗兰一定会来的。

罗德曼　您获得列宁勋章是什么时候？

奥斯特洛夫斯基　整整一年前。

罗德曼　您的第一部手稿丢失了，是真的吗？

奥斯特洛夫斯基　真的。白费了大量心血。我缺乏经验，没有留底稿。

罗德曼　如今邮局的工作情况好多了。在莫斯科您将住在哪里？

奥斯特洛夫斯基　我在那儿有寓所，位于市中心。这是为了让我不至于远离同志们。不过这个住址，知道的人并不多。在国内，年轻人对我极其关心。他们争着要来探望我。可惜我精力十分有限，希望和我见面的人中间，我即使接待十分之一也不可能。

罗德曼　那么在索契，您怎样躲避这样的探访者呢？

奥斯特洛夫斯基　同志们打算设置岗亭，但我反对这么做。我已经无法亲自接待大家，那么我的住处要对大家开放。就让年轻人看看这个生命垂危而性格开朗的小伙子是怎样生活的吧。我不能和广大的读者隔离开来。

罗德曼　您在阅读什么？

奥斯特洛夫斯基　我们主要的报纸和小说。我必须学习。生活在前进，不能落在后面。每天我要花几个小时阅读。

罗德曼　您对自己的病体感觉如何？

奥斯特洛夫斯基　假如您去问我的医生，那么他会说："三十年来，我一直以为谁哼哼唧唧，谁抱怨病痛，那么他就是患者。但这个人什么时候病了，我弄不清楚。他心脏衰弱，精神亢奋，疲惫不堪。他必须三年不干任何事，光是吃和睡。不妨读读安纳托利·法朗士[①]和马克·吐温[②]，不过也只能稍稍读一点。"实际上我一昼夜工作十五个小时。怎么样？医生们也搞糊涂了。其实，没有什么怪异的情况。从医学角度看，我是个患者。我忍受着剧痛，这种病苦日日夜夜折磨我。

罗德曼　您一天睡多长时间？

奥斯特洛夫斯基　七八个小时。

---

①　安纳托利·法朗士（1844—1924），法国作家、文学评论家。重要作品有《金色诗篇》《企鹅岛》《天使的反叛》等。

②　马克·吐温（1835—1910），美国作家。重要作品有《汤姆·索亚历险记》《王子与乞丐》《哈克贝利·费恩历险记》《贞德传》《马克·吐温自传》等。

罗德曼　您开始发病时在哪儿工作？

奥斯特洛夫斯基　我是个政工干部，团区委书记。这就是说，得从清晨六点工作到深夜两点。我没给自己稍微留下一点时间。

罗德曼　可以说您是乌克兰共青团的头儿吧？

奥斯特洛夫斯基　不，我只是一个区的工作人员，普普通通。国内战争以后，1921 年，我回到工厂。1923 年以前，干的是电工活儿。1923 年返回边境，因为没办法在工厂干活了。我骗过医生，被调入部队，当了一名政委。然后，1927 年以前，一直做着共青团的工作。这些年里，一直在发病。1927 年病魔把我彻底打垮。1919 年参军，当时十五岁，在部队里入的团。

罗德曼　我和一些非常有意思的人，和一些非常活跃的名人，有过许多次的访谈。我已经提到和李特维诺夫的谈话。但我十分肯定地说，和您的晤谈使我得益匪浅，而且永远不会忘记。您是强者。您对共产主义思想的忠诚，使您具有勇敢精神。这是有思想基础的共产主义勇敢精神。对吧？

奥斯特洛夫斯基　对。我每分钟都可能猝死。或许您刚离开，一封电报随即飞一般追来，报告我的噩耗。这并不使我害怕，因此我在不顾死活地工作。如果我身体健康，那么为了事业的利益，会悠着点儿，节省精力。可我正走在悬崖的边缘，随时可能坠落。这一点我心中雪亮。两个月前，我就曾胆汁溢出、胆囊破裂，可居然意外地没有呜呼哀哉。反正只要热度一退，我就立即着手工作，而且是每天忙二十个小时。我担心的是书没写完，人倒走了。

我感觉出来，自个儿正在冰消雪化，因此急急匆匆，争分夺秒，趁着心中还有烈焰在燃烧，趁着大脑还清明。死神窥视着我，这反倒使我增强了生之渴求。我不是一小时的英雄，我战胜生活中的一切悲剧：双目失明、动弹不得、疯狂似的疼痛。纵然如此，我依然是个非常幸福的人。这并非由于获得了政府奖励给我的一切。以前我没有这些，也同样开朗。请理解，这些从来不是我工作的目的。即便明天仍然要栖身于狭小的陋室，我仍然会这样的。

罗德曼　党什么时候开始关注到您？

奥斯特洛夫斯基　我从未被冷落。我领取着补贴，到莫斯科最好的医院接受治疗。大手术动过九次。然而我拒绝了更多的帮助，因为有办法生活下去。1932 年，我的书获得肯定，那就意味着归队了。1932 年出版的是小说的第一部，1934 年——第二部。

罗德曼　您为什么取这样的书名？

奥斯特洛夫斯基　钢是经受了烈火猛烧和骤然冷却的考验才炼成的。它变得坚硬，变得无所畏惧。我们这一代人也是在斗争中，在严酷的考验中百炼成钢。面对生活，不会倒下。我文化程度很低，1924 年以前，俄语水平差得很。顽强的自学使我成了知识分子。原先我只有政治懂得稍多些，当时这就够用了。患病后，我有了空闲，首先是用于学习。一昼夜阅读二十小时。在不能行走的六年当中，读了大量的书。

罗德曼　感谢您和我进行了谈话。非常感谢。很希望在莫斯科和您再次会面。

奥斯特洛夫斯基　但愿我们的此次会见，在您的心中留下温暖的感觉。我们是相信人的。

罗德曼　未必，您现在变得谨慎些了，对有些人不再那么轻信。这很好。虽然有时候我对自己也产生过疑惑，并因此而感到苦涩，但这是必需的。谨慎些好。

奥斯特洛夫斯基　我渴望相信人们，愿意把对方看成正直的好朋友。如果我是资产阶级的代表人物，我不会奢望获得别人的尊重与信任，可我是个诚实的劳动者，所以期待着理应得到的尊重。在我国，我们正在创造一个世界。如今，即使在你们那边，也有许多人理解这一点了。

罗德曼　我有个熟人史米德塔，他应邀从英国来到这里，要写一本关于北极的书。他去了北方，跟海员谈了这样一次话。人家问他，他的书是为什么出版社写的。

“为资产阶级的出版社。”

“那就是说，这本书将是反对苏联制度的，对吗？因为您必须指责我们的制度，否则人家不会出您的书。这样的话，您怎么还能自称是苏联的挚友呢？”我的这个熟人没能自诩为苏联之友了，现今群众要求真正的友谊。既然自称是朋友，那就得用实际行动来证明。

奥斯特洛夫斯基　假如您的正直未受损害，并且您保持着做人的尊严，这就相当不容易了。有许多事情您还不了解呢。您没有见到过革命前的俄罗斯，难以想象出那个群魔乱舞的恶劣环境。只有理解了我们悲惨的往昔，才能懂得和评介我们已经做了的艰辛的工作。糟糕的是，有些人希望贬损一切，炸毁一切，驱使我们回到昔日的奴隶社会。

您必须保持一个正直人的立场。这常常需要冒险的，必须具备勇敢精神，才能做到这一点。但愿您理解，我们当初奋然起义，并非无缘无故。要理解当时的工人有权推翻剥削者，有权消灭奴隶制度，以便营造一种自由的美好生活。可那帮人如今还在想颠覆这一切，并且发动世界大战。

罗德曼　我们正在寻觅正确的途径。我相信，我想说，自己将会在美国和英国的报纸上写一写您——尼古拉·奥斯特洛夫斯基，写一写咱们的会晤。英国的报纸会发表简短的通讯，不过他们发行量极大。《新闻纪事报》发行一百五十万份，《纽约时报》总共八十万份。但在美国，每个城市都有自己的报纸，而在英国，全国都在阅读伦敦的报纸。

30. 决不止步于已获得的成绩*

我准备好了，朋友们，要从你们这儿听取最严苛、最需要的批评。正是此刻，我必须在成书以前获得这种评论，以便能够修正所有该修正的错误。

首先，我希望知道大家对此书的印象。书有两类。一类是这样的，其中存在着好的、吸引人的章节，但这类书的本身，从整体看还不行。另外一些书很好，可惜存在着个别的瑕疵，存在着薄弱环节。那么我的书给人的总体印象如何呢？

应该说，到目前为止，我收到的关于《暴风雨中诞生的》一书的评论，都是肯定的。这使我稍觉心安。说实话，我很害怕谢·特列古勃到场。是这样的，我想他已经读完了书稿，会跑来说："朋友，你换个职业吧！喏，去发明一种肥皂的配方也好，或者到什么地方去当个会计什么的吧！"不，他甚至连这样的话也不说。这是个厉害的批评家哦，只要书不挨骂，我就会松口气。这书是我两年半的劳动成果。我感觉到，并且有自知之明，书稿离完美还很远，而且我决不止步于已得的成绩。在

---

* 1936年10月2日，在索契的住宅里，奥斯特洛夫斯基和《共青团真理报》的书记彼莱尔史坚有过一次晤谈。参加这次谈话的有该报文艺部主任特列古勃以及正在索契休养的几位共青团干部。奥斯特洛夫斯基的秘书拉扎列娃做了简短的记录。作者生前未披露。首次部分发表于他的《演讲·文章·书信》一书，青年近卫军出版社1940年版，编辑部加的标题是《永不止步于已获得的成绩》。访谈的全文收入作家三卷的第二卷，青年近卫军出版社1968年版。

批评者中间，我自己最严格，最苛刻。我必须了解此书能不能服务于对青年的共产主义教育事业，能不能使读者心潮澎湃，能不能召唤他们去斗争，去建立功勋，是不是塑造好了我们当代青年的形象？要不然的话，应该立刻抢在出版之前，把书稿束之高阁，并赶紧把它给忘掉。我收到了格利戈里·伊万诺维奇、伏罗希洛夫和安德列耶夫的评论。他们都给出了肯定的意见，这使我不至于过于心怀忐忑。我决定搜集公众的评论，然后授权出版部门，发行此书。目前寄出书稿，仅供审读之用，我对《共青团真理报》的意见很感兴趣，它是一份年轻人的报纸，是我的职业报，如同铁路员工或矿工有自己的职业报一样。他们也对其他报纸感兴趣，不过自己的报纸总排在首位……

锅炉房内的一幕，源自我和拉胡奇的一次交谈。他向我转告了高尔基对作家们的要求。阿列克谢·马克西莫维奇·高尔基要求作家别再自我陶醉，要在书里创造出性格刚毅、激情满怀的人物，要有使读者心潮澎湃的场景。

我记得发生在国内战争时期的三件事儿，都表现出了我们战士的勇敢精神的极致。我展露他们的精神，写出锅炉房的情景。作为文学家，我有权这样设置。

当红军第一骑兵师撤退之际，有一名战士掉队了，他是布琼尼战士。波兰部队占领了一片土地，他们的指挥部就设在田野上。指挥部内仓促地开会，而就在他们争论不休之时，一名布琼尼骑兵从黑麦地里飞也似的冲出，开枪打死了两个将军和一个团长，还刀砍五名指挥部的军官。突发事件把他们吓懵了。等回过神来，布琼尼战士已经砍倒了九个人，重新进入了黑麦地里，一去无踪影，怎么也找不着啦。后来，他又数次出现，总是突然袭击，枪打刀砍，随即像一阵旋风，不见了踪迹。请注意，这个布琼尼战士总是身穿军服，红星闪闪。他并没有深入敌人的后方，并没有躲躲闪闪。这是个勇敢得出奇的人。好一个传奇般的英雄，但他的名字至今无人得知。

这个场景取自雷兹·斯米格拉的一本书。这是事实，而非臆造。作者描写了这么个战士，读者不信——瞎编的吧，现实生活中没有这样的情况。然而我们知道，战争会营造成这种态势。在和平的、宁静的环境里，这种情形确实不可能出现。

第二件是毕苏斯基在其著作《二十年》中讲述的。波兰入侵者在撤退之时，士气极端低落，红军的骑兵部队使他们失魂落魄，我们的一个侦察小分队，共有十七个人，带着四挺机枪，插入敌后。他们向前冲出了十六七公里，被截断了归路。这群勇士深夜袭击波军的一个师，杀声震天撼地。他们穿着红色的呢裤，布琼尼部队的红星闪闪发亮（即便夏季，骑兵们依旧戴着帅气的盔形帽，此时看来格外鲜丽）。他们立即引发了一场极大的混乱。波兰官兵惊恐万状。他们依据呐喊声、打枪声判断，以为遭到大部队的猛攻，最怕的是第一骑兵师的队伍攻打过来，于是开始了疯狂的、莫名其妙的败退。十七个人驱逐整整一个师——四千五百人，而且一夜之间把他们驱赶了六十公里。四天后，我们的大军赶到，巩固了胜利。

必须在年轻人中间培育一种意识，即哪怕只剩下一名战士，似乎已置身于绝境，也能在自己的心中寻觅到勇敢精神，从而重创敌人。一定要培育勇敢精神，积聚强大能量，一直战斗到底。通过普达哈，我是想展呈这样的境况。九百个态度消极的工人被驱赶到大街上，他们是惊恐的、无助的人群。而普达哈，单身一人，锁在锅炉房里，他却震惊了全城，并犹如一头幼狮，与成群的官兵对峙。这种勇敢精神的勃发，有时是需要的，要让态度消极的群众看到，没有一种处境是绝对找不到出路的。反抗精神鼓舞着大家。若能展露这一点，我就高兴了。

有人对我说，让年轻的主人公们丧失警惕性，去和敌人跳舞，这不对。然而那是一些小青年，轻信，很容易上当受骗。假如西吉兹穆德·拉耶夫斯基在场，就不会发生类似情况。这个场景应该能教会他们提高警惕，能在他们的心中注入对敌人的憎恨，而且永不忘却。

我们也曾受骗上当。是否请回忆一下，无产阶级不也释放过两个反布尔什维克的将军——克拉斯诺夫和科尔尼洛夫吗？这可真是血淋淋的教训！有些人不相信，伯爵夫人会跟工人跳舞。但这是个狡黠的波兰女子，她不惜使用一切手段，以求达到自己逃脱的目的。那是怎么回事呢？我自己就知道一件事情。有个波兰的贵族夫人，被关押在肃反委员会内，她对一位年轻的红军战士搔首弄姿，其目的是要让对方迷恋上她，并进而帮助她逃离。我们知道贵族门第的代价，他们的倨傲是可以出卖的。他们的名声呀、族徽呀，都可以换钱。

有些同志担忧，这会不会贬损了共青团员的形象和荣誉呢？其实这一场景的呈现，正是年轻人遵循人道主义和轻信的结果。怎么可以和女性作战呢？普达哈渴望复仇，渴望开杀戒，他去袭击莫格利尼茨基伯爵的府邸。那么他在那儿大开杀戒了没有？

我们不和女人打仗——他把卡宾枪藏到背后，只怕吓着了妇女。而在类似情况下，贵族老爷们是会赶尽杀绝的。

我们看到西班牙现今正是这个样子。

普达哈他们，由于轻信和人道主义，付出了惨重的代价。下一次，他们将不会重蹈覆辙。敌人的使坏给他们上了一课，使他们作为战士多长了个心眼。决不能让他们，如同有些人所希望的，过于天真烂漫。对，那样的话，我所要表现的主旨——敌人绝不会手软，也无法显得那么色彩亮丽和令人信服。年轻人为自己对待贵族夫人的态度，为自己工人阶级的淳朴本性付出了代价。以此为例，我要表明敌人是必须彻底消灭的，连一分钟也不要相信他们的道貌岸然，当时若有哪怕仅仅是一位老布尔什维克和年轻人在一起，那么此种场景便不可思议了……我还由于柳德薇格而受到责难。在最后一章，她已经站立在自身软弱无力的人道主义的最高层面上。不必用人道主义来责难她。在资产阶级中有这么一种类型：这样的人形单影只，能看到事实的真相，洞悉本阶级的卑劣与没落。他们或许真诚地为此而悲哀。柳德薇格不可能继续和丈夫共同生活了，她惧怕战争，去了英国。好在那里有她的存款。她不可能积极地奋斗。她仅仅是不忍目睹血流成河、哀鸿遍野。这样的人物应该出现在莫格利尼茨基的家中，让读者从内部看清这种门庭，同时也表明了，凡是善良的和正直的人都在离开他们。

我们知道，贵族阶层中曾走出一个个杰出的革命家，例如捷尔任斯基。无法分析与总结他们的生平。不过应当显示，凡是好人，没被拖入腐臭的泥淖者，都会站到无产阶级一边来的。

必须展露，资产阶级和贵族是正在衰败的阶级，它们营垒中的分裂与及其朽烂的过程，对我们有益。

此外，以柳德薇格为例，也揭示了这类人物的人道主义带给我们的戕害。没有她的话，年轻人会反抗到底。虽说她是身不由己，但也确实背离了几个年轻人。这是给青年一代上了严峻的一课。

31. 布尔什维克的嗅觉*

拉法洛维奇　确定剧本，是剧院的一件大事。整个团队都心里雪亮：这个工作具有极大的政治意义，我们营造了一种十分特别的氛围，像过节似的，心情激奋得异乎寻常。成立了一个小组，负责搜集文字资料、照片，安排团队和当时的相关人员会面，邀请一些事件的参与者做报告。

排练尚未开始。不过，剧本已经朗读过、讨论过，角色也分配了。保尔一角由艾拉斯特·佳林饰演，朱赫来一角由包高莫洛夫饰演，他们是大牌明星。饰演丽塔的是齐兰达·拉伊赫；舞美——赛斯塔克夫，作曲——谢巴宁。

朗读剧本，感觉好得出奇。全体人员热情高涨，要把这个话剧演得名扬全苏联，就和长篇小说《钢铁是怎样炼成的》一样。

奥斯特洛夫斯基　第一场应该为共青团的积极分子演出。可以邀请长篇小说中描绘过的那些事件的参与者来观看。

对剧本提意见（之一）

第一幕。或者删去，或者彻底改写冬妮亚的母亲拒绝藏匿

---

* 1936 年 9 月 3—4 日，在索契的住所开会讨论拉法洛维奇根据长篇小说《钢铁是怎样炼成的》改编的话剧剧本，奥斯特洛夫斯基在会上发了言。文稿首次收入奥斯特洛夫斯基三卷集的第二卷，国家文艺出版社 1955 年出版。这里有所节略，主要是与会者的发言内容。

犹太孩子，使他们免遭屠杀的那场戏。决不能把母亲搞得如此面目可憎。否则，出现在话剧里的保尔进入这户人家寻求救助，便显得太奇哉怪也。这太给保尔的脸上抹黑了。假如发生过此种状况，这个少年绝对不会跨进图马诺娃家的门槛。问题在于，图马诺娃的家庭不是反动的，相反，这户人家颇具自由主义作风，虽然就其实质而言，带有小市民习气。冬妮亚并非一名战士，没有投身到暴风雨中去的胆魄，但她焕发着浪漫主义气息，崇拜英雄人物，因而毫无疑问，她会接纳犹太人的。否则，无法解释保尔对她的感情。保尔不可能允许自己背叛本阶级，爱情方面也不例外；比方说，他不可能爱上显然属于敌对阶级的列辛斯基家的女孩子。冬妮亚被抹黑，部分地也抹黑了保尔。这是难以容忍的。他必须不受玷污，而应该使观众折服。

冬妮亚和维克托·列辛斯基交谈时，应当有所戒备。她是不信任维克托的。她爱上了一个锅炉工嘛，而且晓得保尔和维克托一向彼此仇视。交谈时，她的心理状态并不稳定。长篇小说里面，冬妮亚在这个时段没有任何反动的行为，剧本内也应该没有——因为这是往保尔脸上抹黑。

到分手之时，保尔揭示了她的浪漫主义、她的软弱性，并从此各奔东西了。

朱赫来是个浓缩型的人物。他总是在深思熟虑之后才开口表态，言简意赅。他的台词要搞得精炼些。

虐犹大屠杀的一场。保尔身边是有一把手枪的，却居然只是个杀害佩萨赫老汉的现场旁观者，这让人心理上无法接受。这决不可能！他会立即扑向彼得留拉匪徒的。要停止说话，掏出手枪。此时此刻，他不会站在佩萨赫的尸体旁边。小伙伴们要么怒不可遏，要么大惊失色，绝不至于无动于衷。保尔悲苦地呼喊着自己心目中的救星朱赫来。突然，他看到朱赫来已被捕，在押解途中。他赤手空拳，猛扑过去，救助朱赫来。他可能只是紧张过头，忘了口袋里有枪。

佩萨赫跪下祈祷——不妥。这样写，贬低的不仅是老汉自己，而且是整个民族。可以改得更震撼人心，即展露其绝望与无助。

丽莎所讲述的关于大屠杀的情状，结构不适宜。那么轻描淡写，让人心理上承受不了。她跟彼得留拉没什么牵连。她略显轻浮，但不沮丧，当然也不会把大屠杀视作儿戏。而且，她对维克托是一点儿也不轻信的。这番谈话，最好从长篇小说内引用现成的词句。

弗罗霞的那场戏。无法想象，一个姑娘家会当着六个人讲述自己受侮辱的情形。两个人单独在一起时才可能这样吐露。得好好斟酌。必须确定一个事实——她卖身，是为了让全家人不至于饿死，而非不知羞耻。应当揭示阶级压迫的酷烈，展露资本主义制度强盗般的狰狞面目。把这个情节写得更真实可信些。或许，可以让保尔趁弗罗霞不在场时告诉朱赫来。

印刷厂里的片段。谢廖扎会不会出示心爱姑娘的照片给大家看呢？这是小伙子深藏的隐私。他会给一个哥们儿看看，但怎么能给大家欣赏呢？

佩萨赫如果是一名印刷厂工人，不会这样老泪纵横地死去。他的信仰不会如此热烈，因为已经崩塌。不应把他写成这么特别的犹太人。犹太工人不是这种样子的。他们和俄罗斯工人不会如此截然不同……

煤水车上的情节。贬损朱赫来的形象是无法容忍的。假使他和工人们一同在机车上，那为什么自己不动手，而指派并非党员的工人？他不应该在机车上。他不在，工人们的作用便凸显出来。他们自己把德国兵打死，并不是共产党员朱赫来指派的。这场景，显示出无产阶级的人道主义——打死一个，救助千百个，也显示了并非党员的工人们的觉悟。这情节安排得不妥。工人们和朱赫来谈话的地方，可从机车上转到仓库里，表现后者对前者的影响。他不应该说："打死他吧。"他这人善于缜密地思考，而绝对不会派遣工人去进行九死一生的活动。他会这么说"问问自己那颗工人的良心，然后凭着良心去行动吧"，或诸如此类的言辞。工人的英雄主义精神就在于，他们采取行动，并非因为有谁派遣或施压。

朱赫来可以调遣一个党支部的成员。

大屠杀的场景。事情发生处改在房间里，如何？那样的话，戏剧性更强，更夺人眼球。此情此景必须引起观众的义愤填膺，而不是悲天悯人。然后，绝对不可不展现抗争的场面（抗争的场面，例如第一部第四章，铁匠纳乌姆的顽强抵抗便是）。某个人物，比如丽塔的哥哥，抗击彼得留拉匪徒。这会调节一下酷烈的气氛，让观众获得深沉的满足感。非如此不可。

丽塔和谢廖扎的一段情节。俩人的缠绵，观众会觉得突兀。他初次见到丽塔，两个人就结合了！长篇小说里，这是逐步发展的。

舞会。尽可能多地让各式各样的人物亮相。注入诙谐因素。

"生活万岁"片段。很好的一场戏，充满着真正的嘲讽意味。老头儿应该光着脚板。

私自酿酒卖的老太婆。她不是读对保尔的判决书，而是听着。

……我感到遗憾，这次会面并没有按照跟梅耶荷德[①]同志商定的那样进行。我曾期盼着梅耶荷德同志与齐兰达·拉伊赫以及剧院的主创人员光临。只有等他们到达后，剧院才能在莫斯科做好主要的工作。在紧张工作开始之前，在着手对剧本进行使其适合舞台演出的修改之前，各位来到了索契。我的想象中，这么个创作讨论会同样必须有演员和作者参加。如此，我们就创作问题所做的争论才不会徒劳无益——剧本作者和角色饰演者受到启迪，典型人物展露情怀，反映当年实际生活的布景道具如同出现在眼前。实在抱歉，我体力不支，无法再分出时间来开另一个会。此时我无权和你们一起工作。遵循党的纪律，在付出紧张的劳动、完成了《暴风雨中诞生的》书稿的修改后，我必须休息。另外，除了长篇小说《暴风雨中诞生的》，无论在哪方面，我都无权耗费精力——不准我这样做。

我彻夜无眠，在思索。剧本的命运让我惴惴不安。梅耶荷德剧院的挫败，在一定程度上也是我的挫败。剧本可能具有中

① 梅耶荷德（1874—1940），苏联杰出的导演和人民演员、梅耶荷德剧院院长，曾为把长篇小说《钢铁是怎样炼成的》搬上话剧舞台而做出努力，并和尼·奥斯特洛夫斯基积极沟通，建立友谊。他的妻子是演员齐兰达·拉伊赫。不久，梅耶荷德无辜遭镇压，死后获平反。

等水平——它理应更好些的。假如你们事先告知何时启程，我会让你们推迟前来的行期。

拉法洛维奇——齐兰达·拉伊赫病了一场，然后她和梅耶荷德前往巴黎。这便打破了我们所有的计划。我们大家觉得不要搁置讨论为好。

对剧本提意见（之二）

奥斯特洛夫斯基　“攻打舍佩托夫卡吧！”这场戏，写得匆忙草率。把整场戏，连同抄过来的东西，全给删掉。

朱赫来跟年轻人在一起，应该和蔼可亲些。保尔向朱赫来报告，军列的任务是去杀害许多共产党员。后者立即朝列车奔去。

“为了第一骑兵军”这个片段编得不妥帖。保尔在半昏迷中说：“阿尔乔姆，好哥哥，听着，这是共青团员证，拿着呀。替我交两个月的团费。这儿是钱，一卢布七十戈比。你告诉妈妈：‘受一点点轻伤，我没事儿，会恢复健康的。’”他说这话，脸上带着祈求般的微笑。

“悲剧的开始”这个片段，令人深感不满。整场戏都不喜欢。医生没有这么蠢的，竟然当着患者的面讲，若换了他，会自戕的。这是反人道主义的，会引起医生们的愤怒。另外，在那个年代，保尔也不可能说出如此文绉绉的话。这可不是青年工人的语言。仔细些看看长篇小说里的语句吧。别把1929年的语言搬到1920年去。这一时段里，保尔在文化修养方面提升了。

保尔不可粗鲁，他有细腻的一面。剧本的文字不妥，仿佛他是在那儿佯装强健。要从容不迫地展露人物的坚毅。那是在浅笑中，在眼神内，而并非在叫阵挑战似的语调里。要晓得他才挣脱死神的魔爪，病势还很沉重。他善于思考，却又孱弱无力，但决不暴躁。

丽塔不惹人喜欢。必须删去“找不着北”这一句。在她这个人物身上，可多一些温暖，多一些仁爱。

医院——严酷的话题。或许，让保尔坐轮椅，甚至可以让他在女护士的搀护下走动。这样也可以渲染出紧张气氛。简陋的道具不好，使演员感到十分压抑。甚至不妨改在阳台上演绎故事。那儿有阳光、绿荫、蓬勃的生机。这将衬托保尔的悲剧，触目惊心。

斟酌一下丽塔如何亮相。

第四幕。已经到了第四幕，丽塔却尚未使观众感到亲近可爱。保尔和丽塔这两个人物，应该下功夫写好。从故事开始到此刻，他们的成长被描述得太简略。第五幕就将是大结局了。至此尚未让我激动起来，尚未拨动我的心弦。这兆头颇为不妙，是不祥的预警。不过，我提些至关重要的建议吧。有些改动损毁了剧本与长篇小说之间的联系，这不妥。比如车站上的一场。按说到这时候，保尔已成长了，可这一点并未显示出来。以令人眼花缭乱的举止动作吸引眼球可不行。要抓住复杂的心理仔细研究。要分析得透彻。看不到呈露抒情的场面。丽塔移情别恋，离开谢廖扎，转向保尔，是缺乏基础的，让人难以信服。而在长篇小说里，一切都有根有据。

第五幕。保尔跟母亲的交谈，写得不好。删去“画十字”、“丢失疗养院的入住证”。瓦莉娅·布鲁扎克牺牲的故事，讲得感情充沛，挺棒。

这番交谈引用长篇小说内的文字，不需任何更改。最好设定一种场景。比如，保尔独自用手风琴奏出抑郁的乌克兰曲子，等候着母亲。然后，母亲带着小包裹，要送他到火车站。他求妈妈别送了。他对妈妈依依不舍。他曾想给妈妈带来幸福，不料这会儿自己成了残疾人。

母亲采来鲜花，放上瓦莉娅的坟头。保尔伫立坟前。墓碑上已添刻着“火车司机之女”字样。坟茔尽量朴实，令人怦然心动。应该有粗壮的树木。周围绿草如茵。

此时，丽塔和扎尔基到来了。保尔很自然地听到他俩说的话。

“远远的后方”。这场戏不妥当。保尔·柯察金与阿尔乔姆·柯察金如此对立，是通不过的。在小说中，哪儿也没有这样的描摹。到了书的末尾，阿尔乔姆是一位共产党员。你们把他 1922 年的状态搬到 1929 至 1930 年的人物身上去了。

……一场国际象棋大战，昭示了保尔如何体认生死搏斗。他具有严峻的勇敢精神。这又恰似一场拳击：他摔倒下去，但转瞬之间，已站立起来，并接连不断地扑向对手。他没有垂头丧气，依旧面带微笑。这是个了不起的青年工人，是一名斗士。用不着议论悲剧，然而要让观众感受到悲壮的情怀。

此时，保尔已无法行走。让他坐着轮椅，由别人推出来。不过这必须再三斟酌。面对“你以后干什么呢?”这个问题，保尔不可回答："活着没有目标了。"

丽塔问："难道你再一次从头做起？"

保尔答："对，十七次，少一次也不行，就像当初布琼尼战士发起十七次冲锋。假如第十八次依然失败，那么或许我会考虑换一种职业。"

保尔失明，舞台搞得亮一点。不应该让母亲大放悲声。全剧应结束于独白。

保尔·柯察金说："丽塔，为我举杯吧！朋友们，人最宝贵的是生命……"

独白由此开始。这是长篇小说的主题。要讲得意气风发、精彩感人。他遍体鳞伤，却是一位胜利者。他再次成为排头兵！

我在为剧本担忧。我感觉不到作者的成功。只有几场戏触动我的内心，但我没有震撼感。我对你们直话直说——剧本没给我留下深刻的印象。倒是有不少遗憾。丽塔和保尔，写得并不招人喜欢。朱赫来好一点。他的语言到位，像个头儿。至于保尔和丽塔，尚须提高温度，优化素养，彰显人道主义。让观众感知到丽塔对保尔的爱意。然后，要更好地、更具说服力地展示保尔的成长。必须把他们推向前景。比其他人突出。丽塔要早些出场。在小医院里（千万别在大医院里），一个年轻的女医生被推上舞台。她激动地、详细地对丽塔讲述，保尔在最艰难困厄之时，表现得多么刚毅，显露出一种英雄气概。在小医院里，不妨让保尔佩戴着红旗勋章。病残的状况，为生活而付出的努力，不该使观众感到惊恐，同时也不要搞得死气沉沉。保尔别卧床，坐轮椅吧。医院里的场景，需要得到很大的关注。

请转告整个团队，我热切地期望你们成功。大家为此竭尽全力吧。要和共青团密切联系。

请仔细倾听演员们的意见。说不定，在演出的时候，他们嘴里会蹦出一句精彩的台词。你们要记在本子里。然而，我坚决不予认可的东西——朱赫来出现在煤水车上，冬妮亚的母亲和犹太人的交谈，这些你们务必删去。请相信我布尔什维克的嗅觉——这是政治性的失误。

我希望拉法洛维奇能体察到，我的发言全是肺腑之言。他会打心眼里同意吗？我的修改意见，他会接受吗？你们要理解，这个剧本是我们共同努力的成果，其成败也将是共同的。

32. 请开炮吧！*

会议主席（共青团中央委员范贝尔戈）　那么可以开始了吧？这儿集中了共青团中央的几位干部和苏联作协的同志。是尼古拉·奥斯特洛夫斯基提议开这么个会，讨论他所写的新的长篇小说《暴风雨中诞生的》。在这次会前，我们定下了这样的任务，要让凡是读过书稿，并在这方面有了个人见解的同志，能够在座谈中直抒己见。要求实话实说，真诚地发表对此书的评述。一句话，就像在作家们的会议上发言一样，应该是一种对长篇小说《暴风雨中诞生的》一书的创作研讨。时间充裕，可以先熟悉已经分送给大家的书稿。要感谢尼古拉·阿列克谢耶维奇及时做出的安排，使得大家能够就这样前来参加长篇小说《暴风雨中诞生的》一书的讨论。

尼·奥斯特洛夫斯基　我的发言，可能大家听来感到有些突然，因为作者头一个说话。

我满怀信任，期待着这次会议，它一定能使我获益匪浅。

我有个重要的请求。在我给同志们的信件内以及在个别交谈中，都曾再三提出过这一请求——让我们的讨论，顺着如下

---

* 1936 年 11 月 15 日，苏联作家协会理事会主席团在尼·奥斯特洛夫斯基莫斯科的寓所召开会议，讨论长篇小说《暴风雨中诞生的》（第一部）。经过删略的速记稿首发于《青年近卫军》杂志 1937 年第二期，标题为《关于长篇小说<暴风雨中诞生的>》。随后，有些出版物收入过尼·奥斯特洛夫斯基的发言，标题为《请开炮吧！》或《结语》。这里节略了一些与会者的发言内容。

的，符合我的和大家的愿望的方向展开。

我要求你们秉承布尔什维克的精神，或许非常严苛，而且可能不讲情面地指出我工作中的所有缺点和疏漏。有一大串情况，要求我应当特别坚决地向各位提出，必须从严批评。同志们了解我的生活及其一切特点。我担心这可能成为严格批评的一道障碍。不应该如此。诸位都知道，对自己的著作进行严格的修改是何等困难，但，既然有此必要，那就一定得做到。

我坚决要求各位，不要把我当作刚开始写东西的作家。我搞创作已有六年。这段时间内，总得有些长进吧。请你们对我要求多些再多些。我发言最要紧的就是这一条，请把我视为能对本人的作品负全责的作家吧，把我视为一个文学家、一个共产党员吧。质量上乘、文学性强，并有重要的价值，这才是我们具备高素质的人民对苏维埃作家所写作品的要求。而满足这些理所当然的要求，正是我们的光荣任务。

阿列克谢·马克西莫维奇·高尔基已经不在我们中间了。他是巨匠和大师，曾感情强烈地、毫不妥协地与文艺圈内的低俗与平庸进行斗争，因此作家协会党组的每个成员和每个非党的布尔什维克作家，必须更深刻地理解自己肩负的重任。

由此我想谈谈我们的友谊。我是从苏联共青团进入文学界的。共产党和共青团的传统提供了作家友谊的最佳榜样，党团组织教育我们，要尊重本人的作品，也尊重别人的劳动果实，让我们懂得友谊首先是诚恳，是批评同志的缺点。朋友应当头一个提出严肃的批评，让同志能改正缺点，否则免不了会有读者来纠正这些缺点，读者不会愿意阅读粗制滥造的作品。

这么美好的友情，我们必须在作家圈中加以巩固。因为在我们当中，或多或少还残剩着往昔遗留下来的东西。那个时代，作家还仅仅是小手工业个体户。

应该互相诚挚地握手，把往日的宗派摩擦所遗留下来的毒素一扫光。由于小团体的利益被置于苏维埃文学事业的利益之上，这样的宗派争斗，会把彼此的批评引向歧路。

在我们这个圈子里，还存在着斯大林同志所提到的“勤恳的空谈家”。他们说三道四，但不干活。然而在我国，每个作家都必须提高自身的素养和著作的质量。在我国，还有一种“文学谩骂家”，在他们的眼睛里，任何权威都不存在。即便提及一些最著名的作家，他们也使用轻蔑的口吻。无论对方是谁，他们都要给起个绰号，还跟顺口溜似的讲出恶意攻击般的笑话、小道新闻、流言蜚语。这已经不单单是所谓的空谈家。这更糟糕。我们一定要和散布流言蜚语的人做无情的斗争。需要阵阵清新的好风，驱散这类烟雾。

在座的每一位都已读过长篇小说《暴风雨中诞生的》第一部书稿，这是两年半的劳动成果。请指出我书稿中的错误吧。这会使我们彼此亲近，因为我们目标一致：让苏维埃文学成为最流光溢彩的文学。有原则性的批评，帮助作家成长。这种批评会提高双方的素质。只有那些既妄自尊大又鼠目寸光的人才承受不了。我们必须互相信赖，彼此倾诉各自的纠结和烦恼。我们将开诚布公地讲述曲折的经历。我曾接到纳科里亚柯夫同志的一封信，他直爽地、聪慧地谈论了我作品里的种种不足之处。我读着信，心中升腾起对他的敬意。因此我要求大家对我，要像对一名能够和愿意改正作品中的错误的战士一样。批评不会使我灰心丧气，相反，会让我感觉到自己正置身于朋友圈，这些朋友帮助我担起重任前行。我决不会忘记，在文学技巧方面，自己功力尚浅，还要向各位学习。文艺家应该感触到，脚下是一片坚实的苏维埃大地，不能离地而起。谁脱离群众，以为自己是超人或未被认可的天才，他就必定怨天尤人。集体总是能够让人振作起来，双脚稳稳站立。

我万分感激地听取各位的意见。但请记住，要最严厉的批评，要对我提出最严格的要求。

请开炮吧。这会使我进一步增强力量，并更渴望立即着手工作，以便把手头的新长篇小说第一部修改完毕。

如果我没能足够清晰地表达本人的想法，请诸位原谅。

我可以在几分钟时间内，描述我的长篇小说的主人公们置身其间、进行斗争的环境，勾勒出大致轮廓。正如你们所知道的，第一本书概括了 1918 年末在乌克兰的一隅之地的态势，此书讲述德军如何撤退，讲述工人阶级和农民怎样与波兰地主和资产阶级做斗争。

第二本书，将展示毕苏斯基党徒招兵买马，占领乌克兰的部分疆土，接着又与彼得留拉勾结，最后彼得留拉又完全归顺了波兰贵族。另一方面——对峙的另一方，由一股股小游击队合并，组建成红军大部队；农民为了反抗地主进行自发的起义，再后来，这种自发的起义接受布尔什维克的领导，又演变成反抗外国入侵者的全民运动。红军击溃了彼得留拉匪帮。

第三本书将要描绘的，是协约国以波兰地主为代表，公开进行武装干涉。而第十二军的战士，人数不多、衣衫褴褛、鞋袜破烂，却奋起抗争，英勇无畏。一万三千人抵抗六万名军服挺括、武装到牙齿的波兰官兵。

波军控制了基辅。波兰的资产阶级欢庆胜利。然而，在乌曼一带，红军酷似铁拳，正在攥紧。狠命的一击，使波军屁滚尿流地败退。

我军乘胜进攻，把轻率入侵乌克兰者驱逐了出去。这里还将展露法西斯主义的兽性。他们破坏一座座壮观无比的桥梁，野蛮地、残暴地摧毁一切美好的建筑物。他们烧村寨屋舍，炸铁路车站。野兽般的白党，“文化的保护者”，所经之处，血流遍地。

正是在这样的背景衬托下，展现出年轻的同志们如何接受布尔什维克的领导，为祖国的解放而斗争。他们面对各种不同的形势，如何参与到事件的进程之中。年轻的工人，英勇的共产党员和共青团员，在激烈的斗争中，如何经受锤炼，成长起来。这便是全书的轮廓。

……

结　语

法捷耶夫同志说得对，应该尽快出书。不过，书稿还必须加工，要梳理大家在会上提供的、所有的经验之谈。我要坦诚地说，这些经验之谈教给了我许多具体的、明确的知识，使我知道了如何着手修改。各位的高见，我是全神贯注地听取了。

格拉西莫娃[1]同志的发言我喜欢。她提出了十分中肯的好主意。

现在谈谈书吧。

需要加工，这是明确的决定了。斯塔夫斯基·弗拉基米尔·彼得洛维奇[2]和另外几位同志的意见，很容易理解，我听明白了。书没有被否定。即使连连失败，我也顶得住，就像一名真正的战士能顶住生活带来的一连串挫败。

我们知道，不去克服一道道障碍就轻轻松松获得胜利，那是不可能的。这样的获胜，在历史上几乎没有先例。在我国，每一个胜利都是战胜重重困难的成果。

假如今天明确无误地证实了（我这个小伙子可敏感着呐，用不着久久地说服，便会接受真理的），并且一致认定书稿写得不成功，那么唯一的结果只能是：明天早晨我就带着一股狠劲儿开始工作。这不是空口说白话，不是摆个漂亮的姿态，因为在我的意识中，不需要奋斗的生活是没意义的。如果活着就是为了活着，我觉得太没意思了。生活便是奋斗。

曾经，柯洛索夫建议我下大功夫修改《钢铁是怎样炼成的》，当时我没说自己力不从心，其实对我而言，这事儿特别艰难，因为身体十分衰弱。那会儿刚患过一场严重的肺炎。

如今，书稿内的缺点我基本上弄清楚了。此外我还明白了另一件事：今天这样的会不至于白开，会有成果的。

---

① 格拉西莫娃·瓦列莉娅·阿纳托利耶夫娜（1903—1970）（瓦莉娅），苏联俄罗斯女作家。

② 斯塔夫斯基·弗拉基米尔·彼得洛维奇（1900—1943），时任苏联作协理事会书记。

明天我休息，放松一下自己；后天，要开始工作，再次把诸位的评论意见琢磨几遍，然后着手修改斯塔夫斯基说过需要重写的一些章节。认真地做好这件事，我想得花三个月，不过一天干三班的话，一个月即可完成。巧了，我有失眠症，这倒正好适用于工作。有的人靠休息，治好了病；有的人靠工作，病也治好了。我打算一个月后把书稿交给团中央，或许能得到一个批语：通过。

大部分的指正，我在写第二部时颇可参考，因为目前还只写出了整个著作的三分之一。此刻已得到这样的点拨，得到这些友善的批评，我会迅即投入工作。盼着先睹为快的同志们会如愿以偿的。

这便意味着，团中央应该能收到长篇小说《暴风雨中诞生的》第二稿，是剔除了此时我们正在议论的那些缺点的。不过现在有一条，得请作家同志们理解我——作家修改书稿，必须亲自动手。

有不妥的字句，作家应该自己斟酌改动。人人心里明白，一个作家爱自己的书，不可能交给别的作家去修改，即便对方才华横溢，足以胜任也不行。

请各位相信，假如你们走到“五百公担”① 跟前说：“让我来帮你松松土吧。”对方一定不让你动手。他们会说：“我们会干好的，不过得自己动手。”

我这样讲，绝对无意贬低诸位在这儿所做的点拨。这些点拨在很多方面有助于提高书的质量，不过凡此种种，作家都必

① “五百公担”指每公顷收获五百公担甜菜的劳动突击手。

须亲自动脑子思考过。

没错儿，我需要一位文化素养很高的编辑来审稿，以便改掉像《钢铁是怎样炼成的》一书中那样的谬误。那书的四十种版本内，一再重复着“翡翠般的眼泪”这样的措辞。

我凭着工人的淳朴个性，竟忘了翡翠基本上是绿色的。这是个低级错误。写出这种东西来，那是六年前了。团中央认为，我是积极分子，是好团员。在整个共青团生活中，我从未由于缺乏进取心、没执行团中央的指令而受处分。因此，眼前这个任务，我也一定能尽快完成。我没有说笑。应当把这本书的质量提高再提高。否则，新书出版了，我会感到丢脸的。

要知道，确实存在着这么一种看法：作家把所有的生活经验都注入了头一本著作，于是往往头一本书最鲜亮、最深刻，第二本书难写些。各位朋友，你们提的建议，我在反复思索。这么友善的聚会，多开几次才好呢。我相信，斯塔夫斯基同志和作协党组的全体成员会继续这样做的。

亚历山大·绥拉菲莫维奇①、法捷耶夫、阿谢耶夫②、格拉西莫娃和巴切利斯的发言，深深地感动了我。我只是想，应该批评得更厉害些。在这方面，阿谢耶夫走在前面一步了。

作为个体的人，我们谁都可能犯错误。一个人，无论多么有本领，集体总归更聪慧、更强大。

我的朋友们，谢谢，为了我在这儿听到的那些准确、公允

---

① 亚历山大·绥拉菲莫维奇（1863—1949），俄罗斯作家。代表作为《铁流》。他十分关心尼·奥斯特洛夫斯基，多次登门探望，帮助和支持这个在特别艰苦的条件下进行创作的后辈。

② 尼古拉·阿谢耶夫（1889—1989），苏联俄罗斯诗人。

的精彩发言。现在，我和诸位已经熟悉了。现在，我的脑海里，格拉西莫娃同志是活生生的了。法捷耶夫更是如此。过去，在战斗中，在建设中，我感觉到他们近在身旁，但实际上与他们尚无接触。

我打算，这个长篇的第二部以后也拿出来讨论，届时请更坚决地向我开火。

亲爱的同志们，此时，为了这个富有成效的会议，我表示万分感谢。

附录一　尼古拉·奥斯特洛夫斯基年谱

1904 年

9 月 29 日，尼古拉·阿列克谢耶维奇·奥斯特洛夫斯基（祖籍俄罗斯），诞生于乌克兰西部边陲沃伦省奥斯特罗日县维里亚村。父亲阿列克谢·伊凡诺维奇·奥斯特洛夫斯基，是葡萄酒厂的季节工。当过兵。母亲是奥斯特洛夫斯卡娅·奥里加·奥西波夫娜。

1910—1913 年

在教会初级学校读书，曾获奖状。

1914—1916 年

第一次世界大战爆发。

随父亲逃难，来到小城舍佩托夫卡。进二年制学校就读，后在教神学的神父坚持下被开除。

在火车站食堂当锅炉工。

1917—1918 年

十月革命爆发。

再次入学。

认识了木匠林尼克。林尼克后成为舍佩托夫卡革命委员会主席。

在发电厂当司炉工的助手。

奉命张贴传单，侦察德军活动。

冒死搭救被捕的革命委员会成员费奥多尔。

1919 年

7 月 20 日，加入乌克兰共产主义青年团。

8 月 9 日，随同红军部队上前线。

1920 年

6 月，随同红军部队返回舍佩托夫卡。

8 月，再次奔赴前线；同月 19 日，身负重伤。

10 月，回到母亲处休养，并插班继续上学。

1921 年

毕业于七年制的统一劳动学校。

去基辅，当电工助手。

当选团支部书记，同时进电力技校学习。

1922 年

秋季，参加博亚尔卡工地的筑路工程。劳累过度，突患重伤寒，被护送回家。

重返基辅。继续工作，业余读书。

参加抢救大量原木的工作。

关节炎严重发作，被确认为重残，丧失劳动能力。

1923 年

前往别列兹多夫，当团支书，任全民军训第二营政委。

10 月 27 日，成为乌克兰共产党（布）预备党员。

1924 年

调往伊贾斯拉夫，任共青团区委书记。

8 月 9 日，成为正式党员。

一度担任共青团舍佩托夫卡州委书记。

9 月，病情加剧，去哈尔科夫治病。

1925—1926 年

辗转各地治疗。

与拉依萨 · 鲍尔菲里耶芙娜结婚。

1927 年

瘫痪。

在家中，辅导一些党团小组的学习活动。

写出关于科托夫斯基骑兵旅的中篇小说。

12 月，报名参加函授大学学习。

1928 年

中篇小说寄往敖德萨，向战友征询意见。

寄回途中，唯一的手稿丢失。

双目失明。

1929 年

函授大学结业。

赴莫斯科治病。

1930 年

4 月，开始写《钢铁是怎样炼成的》第一部。

1931 年

《钢铁是怎样炼成的》第一部脱稿。

1932 年

4 月，《青年近卫军》杂志开始连载《钢铁是怎样炼成的》第一部。

6月，开始创作《钢铁是怎样炼成的》第二部。

11月，青年近卫军出版社出版《钢铁是怎样炼成的》第一部单行本。

1933年

5月，完成《钢铁是怎样炼成的》第二部的创作。

1934年

《青年近卫军》杂志从第一期起，连载《钢铁是怎样炼成的》第二部。

4月，发表《争取语言的纯洁》一文。

6月1日，成为苏联作家协会会员。

7月，《钢铁是怎样炼成的》（第一部与第二部）乌克兰文版面世。

9月，《钢铁是怎样炼成的》第二部出版。

12月，开始创作长篇小说《暴风雨中诞生的》。

1935年

继续创作《暴风雨中诞生的》。

修改《钢铁是怎样炼成的》。

4—6月，《暴风雨中诞生的》前五章发表于《索契真理报》。

5—9月，与人合作，编写电影剧本《钢铁是怎样炼成的》。

《青年近卫军》杂志第七期至第十期，连载《暴风雨中诞生的》数章。

青年近卫军出版社推出《钢铁是怎样炼成的》（第一部与第二部）新修订本。

10月1日，荣获列宁勋章；11月24日，举行授勋仪式。

12月11日，抵达莫斯科，继续创作《暴风雨中诞生的》。

1936年

继续创作《暴风雨中诞生的》。

4月，被授予旅政委军衔。

5月，返回索契，迁入乌克兰政府所赠的别墅。

8月8日，会见法国作家安德烈·纪德。

8月17日，《暴风雨中诞生的》第一部脱稿。

10月24日，重返莫斯科。

11月15日，苏联作家协会理事会扩大会议讨论《暴风雨中诞生的》第一部书稿。奥斯特洛夫斯基发言，标题为《请开炮吧！》

12月14日，《暴风雨中诞生的》第一部改毕定稿；发出最后一封给母亲的信。

12月15日，肾结石与胆汁中毒，突然急剧并发。

12月22日，19点50分，与世长辞。

12月25日，遗体火化。

12月26日，举行葬礼。骨灰盒嵌藏于莫斯科新圣母陵园的墙垣。当日，《暴风雨中诞生的》第一部纪念版面世。

1952年

10月31日，骨灰盒埋入坟茔。

1954年

9月29日，尼古拉·阿列克谢耶维奇·奥斯特洛夫斯基诞辰五十周年，竖立墓碑。

附录二　尼古拉·奥斯特洛夫斯基名言荟萃

1. 人最宝贵的是生命。生命给予人只有一次。应当这样度过人生：回首往事，不会因虚度年华而悔恨，也不会因碌碌无为而羞愧。临终的时候能够说：我的整个生命和全部精力，都已献给世界上最壮丽的事业——为人类的解放而斗争。

2. 在最困难和最恶劣的条件下是可以工作的。不仅可以，而且必需，假如没有其他环境的话。

3. 战士的一生，必定有胜有负，只是要善于从挫败中汲取教训，学到东西。

4. 生活给予我们的无比贵重的厚礼，就是青春：充盈着力量、期待和愿望的青春，充盈着求知和拼搏的青春，充盈着希冀和信心的青春。

5. 斗败苦痛，其乐无穷。

6. 光阴给我们经验，书籍给我们知识。

7. 女子丝毫不亚于男子，虽然困难重重，但女性在诸多方面超越男性。

8. 有一个最亲近的人，她的恩情是我们永远报答不完的。这就是母亲。

8. 一个人如果不能改掉坏习惯，他就一钱不值。

9. 最苦涩的真话也比甜腻的谎言香醇。

10. 所谓友谊，首先是坦诚，是批评同志的错误。

11. 批评是正常的血液循环。批评缺失，就难免停滞，难免患病。

12. 只要心还在跳动，就别想使我离开党。只有死，才能把我拉出战斗的行列。

13. 纵然到了生活难以忍受的时候，也要设法活下去。要让生命变得有价值。

14. 必须抓紧时间生活。一场暴病，或者一次横祸，都可能使生命终止。

15. 人生最美妙的，莫过于停止生存时，自己所创造的一切仍在为人们服务。

附录三　参考书目

[1] 尼古拉·奥斯特洛夫斯基．尼古拉·奥斯特洛夫斯基文集（俄文版 1—3 卷）．莫斯科：青年近卫军出版社，1989—1990 年

[2] 尼古拉·奥斯特洛夫斯基．钢铁是怎样炼成的（俄文版）．莫斯科：苏联国立儿童文学出版社，1954 年

[3] 泽齐娜，科什曼，舒利金．俄罗斯文化史．刘文飞，苏玲，译．上海：上海译文出版社，2005 年

[4] B. 科瓦廖夫，主编．苏联文学史．张耳，等，译．天津：天津人民出版社，1982 年

[5] 列·费·叶尔绍夫．苏联文学史．北京：北京师范大学出版社，1987 年

[6] 李辉凡，张捷．20 世纪俄罗斯文学史．青岛：青岛出版社，1998 年

[7] 李敏榛，主编．20 世纪俄罗斯文学史．北京：北京大学出版社，2000 年

[8] 符·维·阿格诺索夫，主编．20 世纪俄罗斯文学．凌建侯，等，译．北京：中国人民大学出版社，2001 年

[9] 张捷．俄罗斯作家的昨天和今天．北京：中国文联出版社，2000 年

[10] 特列古勃．尼·奥斯特洛夫斯基．王明元，译．郑州：黄

河文艺出版社，1985 年
[11] 奥斯特洛夫斯卡娅．永恒的爱．郭锷权，译．广州：花城出版社，1982 年
[12] 拉·奥斯特洛夫斯卡娅．尼·奥斯特洛夫斯基——妻子的回忆．姚宇珍，华山，译．西安：陕西人民出版社，1984 年
[13] 奥斯特洛夫斯基．奥斯特洛夫斯基两卷集．梅益，译．北京：中国青年出版社，1995 年
[14] 尼·奥斯特洛夫斯基．钢铁是怎样炼成的．梅益，译．北京：人民文学出版社，2004 年
[15] 奥斯特洛夫斯基．钢铁是怎样炼成的．王志冲，译．上海：上海译文出版社，2006 年
[16] 车尔尼雪夫斯基．怎么办？．魏玲，译．南京：译林出版社，1999 年
[17] 高尔基．母亲．南凯，译．北京：人民文学出版社，1973 年
[18] 高尔基．母亲．刘静，兰桦，译．北京：中国致公出版社，2005 年
[19] 高尔基．母亲．仰熙，译．石家庄：花山文艺出版社，1997 年
[20] 绥拉菲摩维奇．铁流．曹靖华，译．北京：人民文学出版社，1951 年
[21] 法捷耶夫．毁灭．磊然，译．北京：人民文学出版社，2002 年

[22] 法捷耶夫．青年近卫军．水夫，译．北京：人民文学出版社，2004年

[23] 勃列伏依．真正的人．袁永乐，等，译．深圳：海天出版社，1996年

[24] 富（尔）曼诺夫．恰巴耶夫．郑泽生，译．北京：外国文学出版社，1981年

[25] 高尔基．高尔基集．余一中，编选．上海：上海远东出版社，2004年

[26] 柯罗连科．盲音乐家．翁本泽，译．南京：译林出版社，2001年

[27] 伊萨克·巴别尔．骑兵军（插图本）．戴骢，王天兵，译．北京：人民文学出版社，2004年

[28] 伊萨克·巴别尔．红色骑兵军．傅仲，选译．沈阳：辽宁教育出版社，2003年

[29] 伊萨克·巴别尔．骑兵军日记．王若行，译．北京：东方出版社，2005年

[30] 安德烈·纪德．访苏归来．李玉民，译．桂林：广西师范大学出版社，2004年

[31] 罗曼·罗兰．莫斯科日记．袁俊生，译．桂林：广西师范大学出版社，2003年

[32] 罗曼·罗兰．内心旅程．金铿然，骆雪涓，译．上海：上海远东出版社，2004年

[33] 谢·特列古勃．活生生的保尔·柯察金．王志冲，译．北京：华夏出版社，1988年

[34] 齐向．苏联解体内幕．长春：吉林人民出版社，1992 年
[35] 小杰克·F. 马特洛克．苏联解体亲历记．吴乃华，译．北京：世界知识出版社，1996 年
[36] 王铭玉，孙华勤．8·19 事件：前苏联解体诱因．北京：军事谊文出版社，2000 年
[37] 许新，陈联璧，等．超级大国的崩溃：苏联解体原因探析．北京：社会科学文献出版社，2001 年
[38] 安启念．俄罗斯向何处去．北京：中国人民大学出版社，2003 年
[39] 瓦尔鲁，编．巴黎公社诗选．沈宝基，译．北京：人民文学出版社，1957 年
[40] 高莽，编．苏联文学插图．杭州：浙江人民美术出版社，1987 年
[41] 艾·丽·伏尼契．牛虻．张伟军，译．伊犁：伊犁人民出版社，2000 年
[42] 海伦·凯勒．假如给我三天光明．夏志强，程智，编译．北京：光明日报出版社，2006 年
[43] 海伦·凯勒．假如给我三天光明．李汉昭，译．北京：华文出版社，2004 年
[44] 吴运铎．把一切献给党．北京：人民文学出版社，1959 年
[45] 张冠华，主编．当代保尔列传．上海：文汇出版社，1992 年
[46] 赵云中．乌克兰：沉重的脚步．上海：华东师范大学出版社，2005 年

[47] 尼古拉·奥斯特洛夫斯基书信集．王志冲，译．北京：东方出版社，2010年

[48] 刘文飞．红场漫步．昆明：云南人民出版社，2000年

[49] 刘文飞．文学魔方：二十世纪的俄罗斯文学．北京：中国社会科学出版社，2004年

[50] 刘文飞，编．俄罗斯文学反思．北京：中国社会科学出版社，2005年

[51] 普希金．叶甫盖尼·奥涅金．冯春，译．上海：上海译文出版社，1981年

[52] 翟厚隆，选编．十月革命前后苏联文学流派（上篇）．上海：上海译文出版社，1998年

[53] 张捷，选编．十月革命前后苏联文学流派（下篇）．上海：上海译文出版社，1998年

[54] 斯·舍舒科夫．苏联二十年代文学斗争史实．冯玉律，译．上海：上海译文出版社，1994年

[55] 张捷．热点追踪——20世纪俄罗斯文学研究．北京：人民文学出版社，2003年

[56] 蓝英年，编著．寻墓者说．上海：汉语大词典出版社，1998年

[57] 朱宝荣．解读《钢铁是怎样炼成的》．北京：京华出版社，2001年

[58] 张捷．苏联文学的最后七年．北京：社会科学文献出版社，1994年

[59] 刘文飞．苏联文学反思．北京：中国社会科学出版社，

2005 年

［60］金雁．倒转“红轮”——俄国知识分子的心路回溯．北京：北京大学出版社，2012 年

［61］刘立凯，杨进保，编．红都见闻录——苏联二十至五十年代重大事件和人物活动史实选粹（三卷）．北京：经济日报出版社，1991 年

［62］高莽，选编．俄罗斯的白桦林．北京：华夏出版社，2000 年

［63］纪德·安德烈．背德者．李玉民，译．上海：上海三联书店，2013 年

［64］纪德·安德烈．地粮．盛澄华，译．上海：上海译文出版社，2015 年

［65］赵云中．赵云中集．哈尔滨：黑龙江大学出版社，2007 年

［66］特列古勃，奥斯特洛夫斯基传．王明元，译．郑州：海燕出版社，2001 年

附录四　读·思·译十四题

王志冲

1. 首部中译本系从日文转译

一般认为，梅益先生从英文转译、1942年由上海新知书店出版的《钢铁是怎样炼成的》是最早的中译本；现经查阅发现，其实早在1937年，即《钢铁是怎样炼成的》作者逝世次年，上海潮锋出版社便出版了段洛夫、陈非璜从日文转译的中译本，书名为《钢铁是怎样炼成的?》，与俄文原著或其后一些中译本相比，后面多了个问号。该书1937年5月初版，6月底订正再版。

段、陈译本把作者的姓名译为“尼珂莱·奥斯托洛夫斯基”，而非现今通译的“尼古拉·奥斯特洛夫斯基”。人物姓名的译法，也另有一套路数，看来主要是由于从日文转译的缘故。例如主人公为“巴瓦尔·可却金”，革命的引路人为“鸠夫莱”。

梅译本因所据为英译本，人物姓名便译得有所不同。主人公为“保尔·柯察金”。这个译本印数多、影响大，之后的众多译本，其他人物的姓名间或有出入，而主人公则似大都沿用这个译法。

拙译《钢铁是怎样炼成的》（如上海译文出版社1998年的

普及版本，1999年的精装本版……）系直接译自俄文，为求与原文的读音更接近些，主人公的姓名曾译为“帕维尔·科尔恰金”。译本有数万字“附录”，即一些曾被删节的内容；精装本还收有作者夫人寄赠给我的全套10帧的奥氏生活照。

由此可见，《钢铁是怎样炼成的》主人公的名字在中译本里至少存在三种译法，即巴瓦尔、保尔、帕维尔。

首发于2000年3月18日《文汇报》

2. 卡通保尔

日前收到《钢铁是怎样炼成的》最新的一种样书，是“世界文学名著普及本”二十二部作品之一。新的装帧令人眼睛一亮。但附赠书签上的保尔形象，乍一看，我着实吓了一跳。

一身戎装，跃马持刀，似乎不错，细看则与“历史的真相”相去甚远。看看那张“阿童木”的脸，那头“轻舞飞扬”的乱发，哦，还是保尔吗？分明是卡通人物，还是模仿日本动漫画的。

中老年读者，包括我，心目中的保尔早已定型，对于这样的变异，一时很难认同。

听说，大量应征稿中的卡通倾向，在专家评议中也曾引发种种不同乃至对立的观点。又听说，这幅画最后得了一等奖。

我在吓一跳之后，细想深思，渐有所悟，觉得应该摒弃拘执和狭隘，学会包容和沟通。

青少年有自己的审美观、历史观、文艺观。这个保尔形象的绘制者——上海建筑工程学校学生吴昊天，用他的画笔，在一定程度上表达了当代一部分青少年的观点：我们心目中的保尔就是这样的，我们喜欢！

其实，凡是今人创造、塑造或扮演的古人或不太古的人，可以尽量形似，尽量神似，但终究无法合二为一。真人如此，文学作品中的人物更是如此。前人，无非是今人脑际与心中的前人。

保尔·柯察金的经历、思想和行动，至今仍然具有积极的启示和激励作用。这书签，仿佛是请柬，又有一大批青少年应邀进入“钢铁”大厦，领略其魅力而有所收获。这难道不是一桩大好事？

同时，应征作品不选作插图，而制成艺术书签，我觉得十分恰当，显示了策划者的分寸感。毕竟这仅仅反映了一部分读者的瑰丽想象和心理要求。至于见到日本动漫画的痕迹便觉得惊诧，却正是因为本人并不属于看着这类动漫画长大的那一代。恰恰是在这一点上，艺术书签本身也打上了时代性或曰局限性的印记。

于是我感到欣悦和振奋，因为从保尔形象的变异中，看到了更多当代青少年和保尔的接触和亲近。

首发于 2001 年 9 月 9 日《新民晚报》

3. 上网搜寻

好奇心驱使，我上网搜寻读者对《钢铁是怎样炼成的》这部长篇小说的评论，特别留意 2009 年的，尤其估摸是针对拙译本而发表的文字。查找、品味、摘录，感触良多。

（一）目标与激情

不少读者赞赏《钢铁是怎样炼成的》是部值得研读的好书。天津网友“青草的天空”说：“看完了主人公对生命意义的态度……我有了明确的生活目标。”重庆读者“mint”认为：“多少英雄、伟人，都是在熊熊燃烧的火焰中锻炼出来的”，“和保尔相比，我们在学习和生活中遇到的困难实在是微不足道的，我们有什么理由唉声叹气、裹足不前呢？”

很多网友以精短的字句激赏不已：“有血有肉，十分生动饱满”，“名著就是名著：文字生动，内容精彩”，“我人生的道路上又多了一盏指路灯”……

看到 21 世纪初的读者对《钢铁是怎样炼成的》这部书依然如此青睐，如此评断，我深感欣慰。此书正是有助于人们确立崇高的人生目标，有助于保持对战斗对建设对生活的可贵激情。自己以病残之身，殚精竭虑，奉献出一种尽可能自具特色的译本，值得！

（二）人名与字体

十年前的一天，收到拙译本最初的样书。我发觉人物的名字，尤其是主人公的名字被改动——保尔·柯察金变成了帕维尔·科尔恰金，颇觉讶然，但随即便恍然、释然了。当时的责编这样改动不无根据。若事先与我通个气，共同斟酌商定，则我不会愕然。比如中国化的人名“夏伯阳”，后改译为“恰巴耶夫”，顺理成章，似也未见谁提出异议。

但十年来，听到看到了一些不以为然的反响。

实际上，《钢铁是怎样炼成的》最早的中文本转译自日文，译者段洛夫、陈非璜，1937 年由上海的潮锋出版社出版。之后，1942 年，上海的新知书店出版了梅益先生依据英文译出的版本。全国解放后，梅译本由人民文学出版社出版。这个译本印数最多，影响最大。不才年轻时读到的也是梅译本，获益匪浅。当时，段、陈译本中主人公叫巴瓦尔·可却金，而梅译本中是保尔·柯察金。数十年来，后者已约定俗成。至于拙译本的底稿上，原先也是保尔·柯察金，但见书时发觉被更改了，我也认可；毕竟帕维尔·科尔恰金是现今规范化的译法，其发音更接近于原（俄）文。

近日上网查阅，却发现反感反对者不少。

重庆网友“倚门回首却把青梅嗅”既认为保尔“在人生最低潮时也没有放弃对理想的追求，这种精神值得推崇”，同时对于主人公名字的另译，又表示“窃以为不是很慎重，有标新立异之嫌”；广州的读者“天道酬勤”则表达得更直接：“主人公的名字也改了，看起来非常别扭……简直是侮辱名著!”因此，2009年7月推出的译本——配有纪念照片和原书插图的新译本，采纳读者意见，遵循约定俗成的原则，把保尔、朱赫来等主要人物的名字“恢复原样”了。衷心感谢广大读者对拙译本的关心与支持。

网友“明月花”指出“字太小了”。青岛的“amber l”也说“字确实有点小”。做类似批评的尚有好几位。我也有同感：字小了些，天地头则宽了些。据说这是目前“国际流行”的。国内的出版单位是否可以研究一下，有所改进，方便读者？

（三）历史认识作用

“倚门回首却把青梅嗅”在称赞《钢铁是怎样炼成的》的同时，还指出：“如果作为记录一个时代的载体，小说刻画得并不深刻，许多问题浮于表面，况且作者的政治立场太过鲜明，要想客观真实地反映那个特殊年代，确实不易。”

寥寥数语，却涉及了许多重大问题。这里只是最简略地表明，自己对以上论点未敢苟同。

《钢铁是怎样炼成的》正是抓住了一个特定时代的主流意识，人物刻画得相当真实。作者的政治立场鲜明，也是本书的一大特色，堂堂正正地表露出来，毫不虚假、矫情。全书宛如一面红旗，放射着那个时代的思想光芒。这是创作方法之一。其他创作方法排斥它，或它排斥其他创作方法，才是不可取的。

至于称小说对许多问题的看法“浮于表面”，我倒是在一定程度上认同的。但其缘由，我认为是有些问题本身刚开始浮于表面。保尔作为普通一兵、基层干部、重残作家，若能洞察幽微、洞察高层，恐怕反倒不像保尔了。

郝铁川先生讲得好：“苏联毕竟是人类历史上第一个社会主义国家……但‘第一个’……往往又是粗糙不堪、十分短暂的东西……第一盏电灯只闪烁了十几秒钟……巴黎公社只存在了72天……如果因为它们的简陋、愚笨而加以嘲笑，那就是丧失了起码的历史感。”（见《新民晚报》2008年3月22日）

我在始写于1998年的“译后记”中说过：《钢铁》犹如长卷绘画，艺术地呈示着一个特定时代的战斗烽烟、建设场景、思想方式、感情波澜、生活画面和社会风貌，因而具有独特的历史认识作用……这无可替代，甚至日益凸现。网友和我的观点，都无非一家之言，不妨沟通切磋，求同存异。

首发于2010年3月4日《文学报》

4. 母慈子孝

保尔·柯察金的母亲，名叫玛丽娅·雅科夫列夫娜。

其实，这是奥斯特洛夫斯基小时候一位女老师的名字。她的全名是罗让诺夫斯卡娅·玛丽娅·雅科夫列夫娜。

1918年秋，玛丽娅在舍佩托夫卡的高级小学教书。那天不少学生由家长陪着，怯生生地来登记。时间晚了，这位老师收拾簿籍，准备离去。14岁的柯里亚来了。

他独自前来，既不胆怯，也不急着登记，而是很认真地提出一些问题：高级小学是怎样的学校？用乌克兰文的课本吗？还要教《圣经》吗？

玛丽娅老师抽出一本乌克兰文的《文化史》，让他看看。

男孩对这位老师产生了好感，说自己上学特别早，在出生地维里亚村的教会初级学校读过书，获过奖；1918年，已在两年制的人民学校以优异成绩毕业。他也说出了曾向瓦西里神父家的发面里撒烟末……

校舍还没预备好，书桌不够，教师也尚未到齐。柯里亚每天来校，帮老师整理书籍，去修理书桌的工场照看，晚间则要去发电厂上班。

柯里亚的热心、勤快、求知欲强，给老师留下初步的良好印象，让他插入二年级学习。

开学后，柯里亚确实是个优秀生，自己成绩突出，还肯帮助后进的同学。因此老师们都很喜欢他。

玛丽娅老师的儿子舒拉，跟柯里亚成了好朋友。柯里亚常去舒拉家，一同做作业、看书。

玛丽娅老师知道柯里亚家境贫寒，见他身子瘦弱，衣着单薄，猜到他经常半饥不饱，夜晚还在发电厂工作，睡眠不足，就有意给他吃点东西，然而这男孩总说不饿，不肯吃。后来，老师若无其事地把吃的放在舒拉的小桌上，心想孩子之间不会客气，但愿他们一块儿吃掉……

该校后来改为统一劳动学校，奥斯特洛夫斯基断断续续上了三年，于 1921 年毕业。

正是在这座学校里，奥斯特洛夫斯基结识了柳芭。这个女孩就是《钢铁是怎样炼成的》一书中冬妮娅的主要原型。

当时局势错综复杂。舍佩托夫卡时而由彼得留拉控制，时而被德国侵略者攻陷，时而因红军部队如神兵天降而红旗飘飘。在此期间，奥斯特洛夫斯基既做工又上学，还奉革委会之命搞情报，贴传单，并参加共青团，守卫革委会，甚至跟随部队上前线，打仗立功。负伤返家时，投身肃反，进厂干电工活儿，入团，当支部书记……

短短的岁月中，战火纷飞；斗争激烈的年代里，少年柯里亚迅速成长。

当年的统一劳动学校伏·克·罗让诺夫斯基校长、玛丽娅老师，还有一些同学，后来纷纷回忆往事，生动地讲述。

校长从各个方面介绍奥斯特洛夫斯基：

柯里亚在合唱队唱歌，还参加话剧的演出。他各门功课都优秀，组织能力强，做事认真。他还是从未更换过的墙报编委。我校的教务会议有高年级的学生代表参加，柯里亚又是从未更换过的代表。

作为同学，尼日尼雅也谈了不少旧事：

柯里亚是个一下子就引起师生注意的男生。他显得比较成熟，渴求知识。他善于给同学们讲看过的书，讲耳闻目睹的事。还有一点：他特别爱劳动——仔细打扫教室，生炉子，劈木柴。学生经常得拉上雪橇进树林砍柴，因为冬季，我们大部分时间只能坐在没有取暖设备的教室里写字。缺少墨水，也缺少练习簿。教科书，全班只有一两册，不得不课前进行预习。老师指定由奥斯特洛夫斯基带领。他很严格的，预习没结束，不让谁提前回家。

他不能容忍扯谎、偷懒和其他恶习，无论对谁，无论什么时候，都不原谅。

在各种占领者称王称霸的日子里，他常常会从学校里失踪；重新出现时，坐在课桌后，对谁也不说去了哪儿，干了什么。但许多同学心知肚明：他参加地下活动，投入过战斗；他帮助布尔什维克张贴传单，获取武器。

奥斯特洛夫斯基经常缺课，但完全不影响学业，总能赶上并超过别人。

在此期间，奥斯特洛夫斯基的确参加过红军部队，离开故土；战斗负伤，又返回家乡。不过当时才十五六岁，他尚不在征召范围之内，因此缺失相关的档案资料。但有一本传记明确地指出：奥斯特洛夫斯基的军人证上写着，他于1919年8月9日志愿加入红军。我们可以理直气壮地推断，若非亲身参战，他绝不可能把保尔·柯察金的部队生活和战斗经历描绘得如此真切、生动，而且感情浓烈。

科托夫斯基旅特勤营的一位党代表这样回忆：

我们这个旅，当时离队去投奔布琼尼兵团的不下数十人。奥斯特洛夫斯基也走了。和他一起走的，是十五名科托夫斯基的战士。那以后，我们的同志碰到过奥斯特洛夫斯基。他已经是第一集团军的战士，是一名骑兵了。

他的母亲这样回忆：

我担心的事情还是发生了：柯里亚突然不知去向。头天夜里，他没有回家睡觉，我还没感到不安，因为以前他有时候也在同学家过夜的。但第二天、第三天还不回来，我可就坐不住了。我问遍了柯里亚的同学，哪儿也打听不到他的下落。老师们也一无所知。米佳到处寻找，没有结果。他说弟弟肯定上前线了，说敌人又一次进犯舍佩托夫卡，红军被迫撤退，城市的领导者们随红军撤退，弟弟也走了。果然，红军重返舍佩托夫卡，柯里亚也回来了。

是的，他未满16岁，就经受过战斗的洗礼。他长高了，变黑了，虽然几番出生入死，也对人生做了些思考，不过有时依然稚气未脱。

玛丽娅老师在柯里亚随红军部队离开后，一直牵挂着这个学生。有一天，占领军的几个丘八闯进学校，找到她，再三盘问："有个面孔稍黑的男生，帮布尔什维克干过活的，如今在什么地方？"

玛丽娅老师沉住气反问："这男生姓什么？"

"恐怕你心里有数吧？"丘八口气中透出威胁。

玛丽娅耸耸肩膀回答："我有什么数？面孔稍黑的男孩子多着呢。"

丘八们什么也没探听到。

其实这时候，奥斯特洛夫斯基已经在骑兵部队里当侦察员，干得很出色。他还获得一份有旅长科托夫斯基亲自签名的嘉奖令，上面写着"由于尼古拉·奥斯特洛夫斯基在战斗中的勇敢机智，特向他致谢……"

不久，红军打回来了，收复了舍佩托夫卡。

他找到女老师玛丽娅，绘声绘色地讲述自己一次点火炸桥的情景。

"你不害怕吗？弄得不巧，自己也会被炸死吧？"

"当然，如果呆在那儿像个木头人，非被炸死不可。必须懂得及时躲开。"

老师笑了，流露出慈爱与赞许。

柯里亚以为老师不太相信，便从上衣口袋里掏出一张灰色的厚纸片给她看。这正是那份书面嘉奖令。奥斯特洛夫斯基和老师玛丽娅·雅科夫列夫娜的师生关系就是这么亲密。

这位老师和他一家的关系也很好。怪不得奥斯特洛夫斯基在1933年3月14日的一封家信中，还提及玛丽娅老师；怪不得他把这位老师的名字给了主人公保尔·柯察金的母亲。这中间蕴含着作家对母亲和老师的双重敬爱。

奥斯特洛夫斯基去世以后，1938和1940年，玛丽娅老师两度前往索契休养，都曾去这学生家中小住，受到母亲奥里加的热情款待。

在《钢铁是怎样炼成的》一书的第一部第一章中，保尔的母亲奥里加便屡屡现身。

保尔往瓦西里神父的发面里撒烟末，被神父逐出教室。他坐在大门口最下面的一级台阶上。这时，母亲的形象便在他的脑海里浮动：

……妈妈在税务官家当厨娘，每天从清早做到深夜，对他又那么关爱，这下怎么回家向妈妈说呢？

一下子便点明了母亲的劳苦和对儿子的爱怜。这种洗练的写作特色，全书中随处可见，在写到母亲时尤为鲜明。

车站食堂老板答应留下十二岁的保尔做工。他告诉这对母子：

“条件是这样：每月八卢布，干活的日子管饭，干一个昼夜，回家歇一个昼夜。可不准偷东西。”

“决不会的！决不会的！他不会偷东西的，我敢担保。”妈妈急忙说。

这正是保尔的妈妈。读者如闻其声——急促的维护，似见其人——忧虑的容颜。作者对外貌内心并无片言只字的描绘，可人物的焦灼心情已跃然纸上。著名作家法捷耶夫称赞奥斯特洛夫斯基对话写得很成功，并非溢美。

哥哥阿尔乔姆和另外两名工友奋不顾身，砸死监视的德国兵，跳车逃匿，使敌人速运讨伐队去对付起义者的阴谋落空。

哥哥这一走，保尔家的日子过得更艰难了。单靠保尔在发电厂烧锅炉挣的工钱不够开销的。母亲要重新出去给人家当厨娘，保尔不同意：

“不，妈妈，我再找一份活儿干。锯木厂需要雇人搬木板……你千万别出去干活……”

少年保尔的懂事、孝顺，使人怦然心动。

保尔冒死救出朱赫来，自己被捕，受到刑讯，投入牢房。他坐在那里，心绪烦乱，似睡非睡。

这时候，又一次浮现出母亲的形象：面容瘦削，满脸皱纹，熟悉的眼睛是那么慈祥，保尔暗忖：“幸亏妈妈不在家，可以少一点悲伤忧虑。”

直到此时，才勾勒一下母亲的面容：瘦削、皱纹；直到此时才以“慈祥”二字形容一下眼神。母亲的形象又是出现在儿子的脑海里，强调了儿子对母亲的关切，真是梦牵魂绕。

保尔参加部队，战斗负伤，住院治疗。他在写给哥哥的信里说：

妈妈回来没有？如果她在家，就说小儿子热烈地向她问候。

三言两语，普普通通。然而家书抵万金，妈妈顿时“泪流满面”。

1920年12月，保尔乘火车返家。

玛丽娅·雅科夫列夫娜看到满身雪花的小儿子走进门来，“当即两手捂住心口，高兴得连话都说不出了”。

她那瘦小的身体紧贴在儿子胸前，无数次地吻他的脸，幸福得热泪直流。

保尔拥抱着母亲，望着她那满是皱纹、由于担忧和等待瘦了许多的脸。他什么也没说，等母亲平静下来。

这位受苦受难的妇女，眼睛里又闪出了幸福的光芒。她没有想到小儿子能回来。这些天，她说也说不完，看也看不够。

如此两百字左右，便是大段描绘了。

有动作了：手捂心口，身体紧贴在儿子胸前，吻脸、流泪、拥抱，眼睛里闪出光芒。脸自然依旧“满是皱纹”，却又“瘦了许多”。两处用了幸福这字眼。为什么小儿子回来，她会激动到、幸福到这般程度？因为多年来“受苦受难”。什么苦？什么难？尽在不言中。

母子见面“高兴得连话都说不出了”。接下来的“这些天”，“她说也说不完”。

“说不出”，自然无须写出；“说也说不完”，实际上仍然什么也没写。

上述场面出现在第一部的末尾。从人物塑造角度看，母亲已基本定型，面貌、体态、性格、心理，都已基本确定。随着情节的发展，她还得出现。相关的语言、行为，便是在此基础上的延展，而使形象愈显丰满。

的确如此。在博亚尔卡筑路工地，保尔参加艰苦卓绝的劳动，累垮了，关节炎发作，脖子上长出毒疮，在任务即将完成前，又染上伤寒，并发大叶性肺炎，被送回家中。在母亲精心照料下，他卧床一月。第四次死而复生，又要离家，去投身于沸腾的生活。

母亲为儿子收拾行装，一面偷偷落泪，一面说出整段近两百字的话：

“你留下好吗？我老了，孤零零的，过日子多么悲凉……只有在你们病病歪歪的时候，我才看得到你们。”

保尔向往着火热的社会主义建设的劳动场面，不可能留下。他要去大城市，又舍不得母亲，便以诙谐的言语“把母亲逗笑”。

善良慈爱的母亲知道留不住小儿子，也知道今后依旧只有在他“病病歪歪”时才会回家来“休整”。她不拖后腿，认了。

不久，秋水泛滥，冲散木排，顺流而下，眼看大批燃料要就此损失殆尽。正患重感冒的保尔，和年轻的伙伴们一起，跃入冰冷的河水，抢救木排成功。而他自己呢？沉睡在血液中的仇敌被“唤醒了”，住院治疗两个月后，被确定为丧失了劳动力，让他退职。他拄着拐棍，忍着剧痛挪步，要回家去。此时此刻，他想起母亲一再来信，“要他回家看看”，想起那句话：“只有在你们病病歪歪的时候，我才能看得到你们。”

然后，“接连两个星期，老人家用草药熏，用手按摩，医治他那两条肿胀的腿。才过了一个月，他已经能扔开拐棍走路。胸中激荡着喜悦，黄昏又变成黎明。列车把他送进了省城”。

医生无能为力，可母亲决不放弃。与其说是民间草药，还不如说是母亲的信念、耐性和默默的爱，救助了保尔。

保尔又工作了，又上阵了。劳动和斗争的猛火烈焰，把他锻炼得性格如铁似钢。可他一再遭受伤害的身躯日益孱弱，行动困难。此时，母亲充满关爱的来函，使他决意前往一座港口小城，并从此掀开了生活之书的新的一页……

既双目失明又瘫痪在床的保尔，顽强地进行文学创作。开始时，母亲未必完全了解这工作的重大意义，但她毫无保留地支持。

保尔发狂般地搞创作，每每需要凭着记忆，背诵整页甚至整章的内容。

有时候，母亲觉得儿子好像疯了，儿子在写作，母亲不敢走得太近，只是将散落到地板上的稿纸一张张捡起来。母亲只有乘这种机会，怯生生地说："帕夫卢沙，你还是干点儿别的吧。哪儿见过像你这样没完没了地写的……"

这不是劝阻，而是心疼——目睹儿子在几乎无法工作的情况下找到另一种方式，继续拼命工作时，发自天性的心疼。

书稿完成，谁送往邮局？母亲。

望眼欲穿，等待回音，听候发落。

过了许多日子，直到期待已经变得难以忍受之时，和他同样激动的母亲跑进房间大喊："列宁格勒来信了!!!"

短短的一个定语——"和他同样激动的"，再次点出了母子连心。

短短的"大喊"两字，表明了母亲郁积满胸的愁苦、忧虑和焦躁瞬间释放，表明了母亲强压心底的祈盼、坚信和钟爱喷涌而出。

一部三十余万字的巨著，直接描写母亲的内容不满千字，给人的印象却很鲜明。这显示了作家的功力，也得益于他的熟悉和挚爱的程度。无须用长篇大论或华丽辞藻，而以最朴实的词语来表达，越发显得自然、熨帖而情深意切。

惜墨如金是《钢铁是怎样炼成的》写作特色之一。

如前所述，奥里加·奥西波夫娜·奥斯特洛夫斯卡娅是《钢铁是怎样炼成的》中保尔的母亲玛丽娅·雅科夫列夫娜的原型。

玛丽娅的言行举止与现实中奥里加的言行举止基本相符。玛丽娅和保尔的母慈子孝，与奥里加和奥斯特洛夫斯基的母慈子孝基本相符。这里更要着重揭示的，是现实生活中这对母子精神上、气质上的传承与酷似。

先谈求知欲。

奥里加出生于 1875 年。父母是捷克人，1872 年迁居俄国。奥里加从小便很想上学读书。但父亲，即柯里亚的外祖父，是个护林员，家境贫寒。这女孩无法入学，而要帮妈妈干活，放牲畜，甚至替人家看管婴孩。一天，妈妈让她看好鹅群。天热，她坐在树荫底下，捧着看图识字本，自己认字。时间一久，她发困了，不由打起盹来，连鹅群钻进麦田也不知道，下雨了，刮风了，破旧的识字本被吹散，一页页地飞开。结果，奥里加挨了一顿打。后来，虽然仍旧偷偷看点书，终究这辈子成了个半文盲。

柯里亚从小喜欢认字，酷爱读书。这种强烈的愿望，在一定程度上是源自妈妈的天性吧。

第一次世界大战爆发，柯里亚十岁，这一家人经历了战乱……

柯里亚十一岁，在车站食堂当烧水工时，结识了一位革命者——木匠林尼克。这孩子帮助革命委员会贴传单、探情报，后来索性不辞而别，随着红军的队伍上前线……

母亲奥里加当初愿意嫁给年长二十一岁的鳏夫，原因之一是替人家带孩子带怕了，以为嫁个年龄相差这么一大截的，或许不会生育。不料，却连生六个，两个夭折，养大了四个。柯里亚最小，上面两个姐姐、一个哥哥——娜佳、卡佳和米佳。奥里加几乎是独个儿照料这些孩子，因为丈夫经常去外村或城里打工。除了照管儿女和料理家务，她还得做针线活，挣钱贴补家用。

大女儿娜佳婚后不久，于1920年患伤寒不治身亡。二女儿卡佳成亲也早，离异后二次结婚，和弟弟柯里亚感情特深，长期帮着照顾他的病残之躯。大儿子米佳，柯里亚有点怕他，但实际上两人手足情深，略似《钢铁是怎样炼成的》一书中保尔和哥哥阿尔乔姆之间的关系。此处说“略似”——虽然米佳也可说是阿尔乔姆的原型，但后者的虚构成分，相比于保尔要大得多。米佳生于1900年，十一岁起就进铁工厂做学徒，二十一岁参加红军，毕业于哈尔科夫共产主义大学，后投身于卫国战争。战后，他在全苏工会中央理事会机关工作……

下面是从奥斯特洛夫斯基1925—1926年给哥哥的信件中摘录的几句片断。

我手捧来函，再次深信，你对我怀着割不断的骨肉深情。

万一大事不好，我准会写信告诉你，不藏着掖着，因为应该了解情况的，如果不是你——我的胞兄，那是谁呢？你这次信上提及妈妈要来我这儿。哎呀，米佳，你倒说说，老人家看到我这副模样，能不哭天抹泪吗？妈妈上了年纪，见事情不顺，会急成什么样儿。我的身板，如今成了这么一辆汽车，略有颠簸就会散了架……如果情况已经糟到极点，那又当别论，否则大家就少安毋躁吧。

母亲奥里加心地善良。在她的教育下，柯里亚从小也就懂得应该同情和帮助别人。

他小时候有件事情，是母亲后来讲给媳妇拉依萨听的。

那天，母亲让柯里亚给上班的哥哥米佳送早饭，并叮嘱他快去快回，不料过了好久还不见他回家。母亲担忧了，只怕孩子为抄近路，从车厢底下爬过去而发生意外。母亲实在放心不下，出了家门，一路找去，忽见柯里亚迎面走来，便要责怪他。柯里亚赶紧讲出实情。

原来他往回走时，有位老奶奶肩扛两只装满东西的布袋，一手提篮子，篮子里有一只母鸡和许多小鸡，另一只手搀着个两三岁的幼儿。这小孩在发脾气，任性地不肯挪步。因为要赶火车，老奶奶十分焦急。偏偏这时候，母鸡乱扑腾，飞出了篮子，小鸡也逃了出来。柯里亚赶忙跑过去，把母鸡小鸡一只只捉住，放回篮子里，然后捆好篮子，又帮老奶奶提着两只布袋，送这一老一小到车站上。

母亲听了，自然不责怪柯里亚了，而且搂住他，连连亲吻。

奥里加天生一副好嗓子，喜欢唱民歌——捷克民歌、乌克兰民歌和俄罗斯民歌。冬夜，母亲手里缝制着什么，口中哼唱起来，音色浑朴甜美。两个姐姐也跟着唱。小弟柯里亚坐在长凳上，凝视着妈妈。她一唱歌，人也仿佛变了样，瘦削的面孔容光焕发，眼睛也大了。

1927 年 5 月底，奥斯特洛夫斯基由母亲和大姨子照顾着，前往距克拉斯诺达尔六十五公里的疗养院，企望硫黄浴疗能对他的疾病产生奇效。轮流陪护的是母亲、岳母、大姨子和妻子。返回时，一路照料的又是母亲和妻子。总之，母亲几乎一直和他同在。

打这以后，母亲料理生活上的一切，帮他洗脸、梳头，喂吃喂喝。不仅如此，儿子的想法她领悟，儿子的忧患她分担，儿子的欢欣她共享。居住在两地时，奥斯特洛夫斯基去信问候，称呼每每是“好妈妈”、“亲爱的妈妈”、“我的老太太”，透露出亲昵与依恋之情。

奥里加小时候没有机会读书，虽然钻研过识字本，但要念要写，仍极为困难，尽管如此，有时失明的奥斯特洛夫斯基需要写封信，旁边又没别人，也曾让母亲勉为其难地代劳。比如 1929 年 2 月 2 日，他从索契给战友诺维科夫发出的信，末尾注明了是他母亲代笔的。

在奥斯特洛夫斯基的心中，母亲绝对不仅仅是在生活上照顾他，偶尔代写一封信而已。1935 年 4 月间，他在给大学生朋友的信里，称母亲和二姐为“我的情报局”，十分倚重。

米·巴甫洛夫斯基是奥斯特洛夫斯基的医生朋友，关于他们的真挚友谊，另行述评。这里只提一点。巴甫洛夫斯基根据交谈和观察，曾这样说：奥斯特洛夫斯基“在非常困苦的条件下，作为默默无闻的年轻作家，度过了进行创作的最初年月。母亲是他唯一的听众。母亲热情地支持儿子的事业，犹如鼓风机，吹旺他的创作之火”。

1935 年 10 月 23 日，奥斯特洛夫斯基在索契市党员积极分子会议上发表广播演说。他非常诙谐地谈及自己“作家生涯的开始”，讲了一件和母亲有关的事情。

当时奥斯特洛夫斯基才十二岁，在车站食堂上班，虽然是个小男孩，却已亲身体验到什么叫资本主义奴役下的沉重劳动。那天，他带回一本长篇小说，作者是法国资产阶级的文人。奥斯特洛夫斯基为妈妈念这小说中的片段——一个伯爵怎样搞恶作剧，侮辱男仆，或是冷不防猛喝一声，吓得仆人两腿发抖，甚至扑通跪下；或是出其不意，狠揍男仆的鼻子，仆人惊得手里端着的盘子落地，随即恭顺地谄笑着往外退去……

柯里亚念着念着，渐渐地心头火起，觉得无法忍受。于是，他眼睛还是看着书，嘴里却按照自己的意思往下编了——

那时候，仆人转过身来，走到伯爵跟前，对准他的脸，狠狠地揍了一下，再来一下，直揍得伯爵两眼冒金花。

母亲怀疑儿子是不是真的在照着书上念，她叫起来：“等一等，等一等！哪儿见过仆人揍伯爵的？”

小男孩脸涨得通红：“活该，活该！这大坏蛋，对他就应该这样！要让他晓得，不许打干活的人！”

“可哪儿见过这种事呀？我不信，把书递给我，肯定没有这个内容！”

小男孩当即把书往地板上一扔，大喊大嚷：“就算没有吧，那又怎么样？换了我，非把这浑蛋的肋骨全打断不可！”

奥斯特洛夫斯基无论长到多大，身在何处，对母亲的依恋、眷念、牵挂、敬重和孝顺，始终未变。他曾动情地对巴甫洛夫斯基吐露心声：“有一个最亲近的人，她的恩情是我们永远报答不完的。这就是母亲。”

母亲照料病残的儿子，达到无微不至的程度。1932 年，奥斯特洛夫斯基写完《钢铁是怎样炼成的》第一部，来到基辅，住进“红色莫斯科”疗养院。这次，也是母亲陪同往返，不离左右。奥斯特洛夫斯基在疗养院只能住短短的一些日子，母子两人随即到滨海大街 18 号暂住，不久又搬至胡桃大街 29 号。收入太少，日子过得紧巴巴。母亲替人家洗衣服挣些钱，让儿子吃得稍好一点。

奥斯特洛夫斯基病情多变，有时非常凶险。他曾感激地说：“母亲的关怀和操劳不止一次地救了我。”

大半辈子劳累困厄的母亲，自己也体弱多病。只要不是同住的时候，奥斯特洛夫斯基总在牵肠挂肚，时刻挂念。

1931 年 10 月 25 日，他在一封信中就提及：

妈妈大病过一场，至今走路还勉强。

1932 年，奥斯特洛夫斯基收到第一笔稿费，二百卢布——

相当于他半年的抚恤金。他说："看，妈妈，我再也不是国家养着的人了，我在工作！这表明我的劳动是有用的。拿着这些钱，我亲爱的妈妈，你现在可以吃得好些了！"

1934年6月24日，他在信中表露了这样的担忧：

二姐卡佳身体不好，诊断为结核病，我想找个地方，送她去"修理"一下。妈妈的健康状况同样糟糕。我会想方设法，安排她们进疗养院……

在其他信函中，他也再三谈及："我的老太太心脏病很严重。""母亲勉强走动，心脏病又犯了。""我要想尽办法让她进疗养院。"

到1935年5月29日，奥斯特洛夫斯基在写给编辑朋友卡拉瓦耶娃主要谈工作的信中这样提及：

年迈的妈妈在疗养院里。她一辈子操劳，头一回休息，幸福、开心。

将近一年后，1936年3月27日，奥斯特洛夫斯基给母亲去信，温情脉脉，又谈得非常具体——

亲爱的妈妈：

你所有的来信，全都读给我听了。能带给你的快乐虽然只有一丁点儿，我也非常高兴。我要一本正经地跟你谈谈。求你，我的老妈，请求你，甚至央求你，再也别干任何重活儿了。我重复一遍，别干任何重活儿了！我知道，这种事情，你从来不听我们的，总是自个儿想怎么着就怎么着，即依然从早到晚做繁重的、得不偿失的家务。如今，你的健康状况极其糟糕，决不能继续这样干。近日我电汇给你一千卢布，这笔钱你得用于改善全家的伙食，也就是想买什么吃就买什么吃。这笔钱一定要仅仅花在改善伙食上。你找个女工帮忙……最重要的，是你得保重身体。和你的健康相比，其他都微不足道。

亲爱的妈妈，你以为如何，是不是进疗养院去更好些？只要你愿意这样，立刻给我拍个电报——我马上安排妥帖。考虑一下，赶紧通知我。所有的事情都会按照你的意思办好……

叙述了这么些表明奥斯特洛夫斯基与亲属相互关心爱护的实例和信件之后，我们再来看一看，他于1930年4月30日写给朋友利雅霍维奇信中的一段话，那么实在，那么亲切：

必须立即挪窝儿，要安静，要有亲人在身边。亲人是谁？是母亲、拉娅、你、洛扎、彼佳、木夏、别尔谢涅夫、淑拉、哥哥米佳。总之，就是我确信对我怀着真情实意的人……

时间到了1936年10月21日，奥斯特洛夫斯基为了完成《暴风雨中诞生的》第一部，必须去莫斯科，并已决定次日启程，长途“北征”。母亲深知他的病残已严重到何种程度，根本不适宜远行。她忧心如焚，寝食不安。

儿子让母亲在床边坐下，说出一番话来："亲爱的妈妈，为什么要难过呢？你不是知道我必须去莫斯科吗？在那儿，我把这本书写完，交付出版，办好所有的事情。这段时间很快就会过去。春季到来，我就返回。那会儿，我们仍将在这里休息，晒晒太阳，多读点书，一块儿听可爱的夜莺唱歌……来，弯下腰吻我，表示赞同吧！"

母亲一声不响。儿子紧接着又安慰她："我们都不是小孩子，自然应该心中有数：天有不测风云。不过，这还早着呢。你仍然跟以前一样，振作起来吧。许多美好的事情还在前面！我一定常常给你写信。天天想念你。"

实际上，几天前，细心的奥斯特洛夫斯基就拜托医生朋友巴甫洛夫斯基关心母亲的身体，改善她的健康状况。巴甫洛夫斯基答应，一定像照顾亲生母亲一样照顾她。

次日，奥斯特洛夫斯基最后一次离开索契，去了莫斯科。母亲是否预感到，这一别将成永诀呢？

她是否回忆起《钢铁是怎样炼成的》第一部书稿寄出后，那些令人焦虑、期待的日子？

有一天晚上，像平时一样，奥斯特洛夫斯基在听广播，母亲在缝着什么，忽然，儿子自言自语："如果我得到一个无言的否定，那就是我的灭亡。"

母亲最懂得他的心思，忙说："柯里亚，又想你的书了吧？你会得到答复的。不是所有的人做事都像你这么快，他们也不是只有你这一本书的事。"

奥斯特洛夫斯基知道母亲在竭力安慰他，便接过话头："我不过是想说，假如他们指出不妥的地方，我会修改这部书稿，直到他们表示认可。但要是连这一点也达不到，那我将做出另一个决定了……为了归队，我似乎已做了一切。”他若有所思地重复一遍：“是的，做了一切。”

奥斯特洛夫斯基去莫斯科以后，母亲心神烦乱，万分思念，不久便寄了一张照片给儿子。这照片上，她穿着乌克兰布裙。她还用夹杂着乌克兰文的俄文题了词：

给我的宝贝儿子。嫌我啰嗦吗？我亲爱的尼古拉，你啥时候回到我身边来呢？

你的亲妈

奥斯特洛夫斯基收到照片，兴高采烈，仔细地问照片是怎么样的。然后，他提出要买个精致的镜框，装入照片，放在书桌上。

12 月 14 日，儿子思母心切，寄去了一封较长的信。

亲爱的好妈妈：

今天，小说《暴风雨中诞生的》第一卷的定稿工作大功告成。我对共青团中央许下的诺言——于 12 月 15 日前改定书稿的诺言，兑现了。

这整整一个月，我做“三班”。这段时间里，我让自己所有的秘书吃足苦头，剥夺了休息日，硬让她们从清晨工作到深夜。可怜巴巴的姑娘们！我对她们确实狠心，不知道她们怎样看我。

如今一切过去了。我累得不行。好在书到底写成了。三个星期后发表于销售十五万份的《小说报》，然后由几家出版社推出单行本，总印数五十万册。

现在我将休息整整一个月。稍微做些事儿，当然，还要看身体是否吃得消。妈妈，我们俩的性格真是一模一样……冬季的几个月很快就过去，我会和春天一起回到你身旁。紧紧握你的手——圣洁的、勤劳的手，深情地拥抱你。

奥斯特洛夫斯基发出此信后才两天，即12月16日，他又心神不宁，忍不住打去电话："妈妈，是你吗？亲爱的好妈妈，你的健康状况怎么样？……闷得慌吗？……常来信……我亲爱的妈妈，听见你的声音，我真高兴。"

这便是他给母亲发出的最后一封信、打去的最后一个电话。

12月22日晚，奥斯特洛夫斯基逝世了。弥留之际，他对妻子拉依萨讲到双方母亲的养育之恩：我们应当加倍地报答她们。

噩耗如何传到索契，如何传到母亲耳边呢？

女作家卡尔玛写过一篇相关的文字，发表于1941年。其中有这样的描述：

在索契，我（奥斯特洛夫斯基的母亲奥里加）睡在自己家里，做了个梦：飞机在大海上空飞。有很多飞机，吼叫着，吼叫着，震耳欲聋。我明白这是战争爆发了。只见我的柯里亚站在那儿，完全健康，身披军大衣，头戴钢盔，手握步枪，他的周围是一个个战壕、土坑，缠绕着铁蒺藜。我想问问柯里亚打仗的事情，可惜，你清楚的，他在站岗放哨，也就是说，问他是不允许的。我打算进屋里去，但土坑越来越扩展，铁蒺藜钩钩绊绊，不让我走动。我要呼喊又出不了声。

我陡然惊醒，暗想：这个梦不吉利，可能柯里亚在莫斯科出事了。我寻思：快去买火车票，上莫斯科，看看柯里亚。

我正要去买票，忽然收到了柯里亚的来信。信上说他很好，还说不久便要回来，春季将在一块儿过。我念着信，焦虑仍然没有消除。我劝慰自己：嗨，你这老婆子要上哪儿去呀？既然柯里亚信上说一切都好，你还去干什么呢？

刚到十一点，听见有人敲门。

"奥里加·奥西波夫娜，您睡了吗？"

"睡了，谁呀？"我应声，不过从口音上已听出是市委的一个熟人。

"请您起来吧，"他说，"柯里亚病情恶化了，我们想送您到莫斯科去。"

顿时，我的心直往下沉，傻躺在那儿，只会对他说，夜里的一班车已经开走，下一班车要到明天才开。

"没关系，我们让您坐检道车去。"来人又说。

我知道这种车颠簸得厉害，所以没应声。这时，来人上前一步，紧靠着门说："柯里亚死了，柯里亚不在了！"他忍不住哭了出来。

仅仅一年多以前，奥斯特洛夫斯基荣获列宁勋章，母亲应邀参加索契市党委、市苏维埃、市团委联合召开的大会，并要发言。

当着这么多人讲话，是破天荒头一回。她抑制住激动，由衷地表示："亲爱的朋友们，我没准备对你们多说什么。每一个父亲和母亲都会理解我的心情。我感到幸福，因为他还活着，并且为大家、为我带来欢欣。"

如今这么快，儿子走了，儿子没有了。

痛彻心扉的母亲，由巴甫洛夫斯基陪同，乘车赶往莫斯科。临行前，先发出一封电报："亲爱的孩子们，振作起来！"

正是这样，当自己悲痛无比时，她仍在牵挂着儿孙。

下车后，奥里加直接来到作家俱乐部。

众人看到这位母亲，清瘦虚弱，皱纹满面，一身黑衣，快步朝灵柩走去，费力地登上高台站住，凝视儿子的面容——前额阔大突出，薄嘴唇微微翕开，神态安详。

母亲轻轻地呼唤一声："我的儿子！"弯下腰，又挺直了身躯，双手交叉，放在胸前。她忍悲含泪，默不作声，宛如一尊雕像，显得高大庄严。

她转过脸来，望着不见尽头的吊唁队伍，心里明白：父亲们、母亲们，还有无数堪称奥斯特洛夫斯基精神上的兄弟姐妹们，全在真心实意地分担她的痛苦。

……母亲的悲痛深沉而久远。她返回索契后，依旧哀思绵绵。1937 年 1 月 8 日，她写信给儿媳拉依萨，说："我没有一点力气对你描述我的孤寂心情。找不到一个安静的角落，让我可以集中心思，想想事情。屋子也显得空落落的……"

到了这年的 12 月，也就是奥斯特洛夫斯基逝世一周年之际，奥里加这位半文盲的母亲，居然写出了一首题为“追忆柯里亚”的诗，以朴素的语言，抒发内心深沉的感情：

安息吧，亲爱的柯里亚，
每天，在纪念馆里，
都有你的朋友，
向你问候，向你致意。
安息吧，我的好儿子，
我始终和你在一起，
我是你的忠诚卫士，
生生死死，永不分离。

谈不上什么诗情画意，一段脱口而出的歌谣般的文字，但，是肺腑之言。

为什么自称“忠诚卫士”？原来这是儿子生前对她的称呼。那还是在1932年，青年近卫军出版社出版了《钢铁是怎样炼成的》第一部。奥斯特洛夫斯基刚接到样书，激奋异常，当即决定把第一本样书送给母亲，并在扉页上题词：

赠给我的母亲奥里加·奥西波夫娜·奥斯特洛夫斯卡娅、从不休班的突击队员、我的忠诚卫士。

1932年12月22日，索契

看来，母亲已从丧子之痛中回复过来，要作为忠诚卫士，行动起来。毕竟，她在血缘、性格、精神和心灵上，是与儿子密切相连的。

她以通信的方式担任了西伯利亚一所新村小学的少先队辅导员。她会见过塔甘罗格市青年剧院的演员，因为他们在演出话剧《钢铁是怎样炼成的》……

1939年2月，列宁夫人娜·康·克鲁普斯卡娅七十诞辰时，奥里加向她祝贺，感谢她支持尼·奥斯特洛夫斯基纪念馆的筹建工作，并且赠送了奥斯特洛夫斯基的整套纪念照。她自豪地说："我最感幸福的，是了不起的儿子让我过上一个美好的晚年。他战胜凶残的病魔，写出作品，帮助人们生活，引导他们按照布尔什维克的方式去斗争，去克服重重困难。"

苏联卫国战争开始后，奥里加扩大了和部队的联系。

第三军团正向奥寥尔市挺进，军团报纸《战旗》编辑部做出决定：为了鼓舞士气，特辟专页，刊文介绍"当代保尔"——战斗英雄们的事迹。为此，编辑部要求奥里加大力支持。奥里加立刻寄去一封给战士们的信。这封信和介绍战斗事迹的文章同时刊出，收到了很好的效果。第三军团一举攻下奥廖尔市，《战旗》编辑部便寄去信和报纸，向奥斯特洛夫斯基的母亲报喜。

已经六十八岁的奥里加心情激奋，工作得更积极了。

她经常访问部队医院，探视伤痛难忍的官兵。她身穿黑色旧大衣，带上留声机。一放唱片，伤病员们便听到了奥斯特洛夫斯基那坚毅的声音："你是否已经竭尽全力去冲破铁环呢？纵然到了生活难以忍受的时候，也要设法活下去。要让生命变得有价值。”

伤病员们脸色开朗了。

奥里加给前线的战士们写信，寄书，让儿子实现生前的愿望：保尔·柯察金和今日的战士们一起冲锋杀敌。

奥里加不断收到注明战地邮局号码的信件。下面就是其中一封的片段：

亲爱的奥里加·奥西波夫娜！我们向您，向我们的母亲、我们的尼古拉的母亲，表示前线共青团的衷心问候。在红军进行的必胜战斗中，您的英雄儿子、我们的老战友的形象，出现在战士们眼前，栩栩如生……亲爱的奥里加·奥西波夫娜，我们向您发誓，绝不玷辱红旗，这红旗闪耀着列宁共青团战斗荣誉的光辉。我们要证明，新一代的保尔·柯察金能建立怎样的功勋。祝您长寿、幸福。

奥斯特洛夫斯基的母亲奥里加，善良、勤劳、乐观、积极。她帮助儿子完成《钢铁是怎样炼成的》一书的创作，又竭尽全力，让战斗的书更多地发挥战斗的作用。

她体弱多病。她痛恨身患的肝病，犹如痛恨希特勒。

她是幸福的，因为虽然体质不佳，却一直活到七十二岁高龄……

5. 琴声五变

有的评论家认为，《钢铁是怎样炼成的》这部长篇小说中的主人公保尔·柯察金，其性格始终不变，没有发展。愚意这样评断有失偏颇，似乎意在贬责。

擅自从一支部队转到另一支部队去的战士保尔，和强忍剧痛、坚持徒步参加演习的政委保尔，当然是同一个人物，但性格有所变化，有所发展吧？看到丽塔家中出现一位年轻的军人，便找个借口离去，随后得知那是丽塔的哥哥，却仍固执地“把联系着双方的那条线掐断”的保尔，和后来与丽塔意外重逢时真诚地说出“无论如何，我得到的，还是比失去的要多得多”的那个保尔，当然也是同一个人物，但性格没有变化、没有发展吗？答案都应该是明摆着的。

作家不仅用生动的情节描摹了这种变化和差异，还别出心裁，以五次出现拉手风琴的场面来刻画性格，揭示其变化与发展。

第一次。

那是个令人舒心的夏夜。保尔虽然干着一份苦活、累活，可毕竟年龄还小，阅历不多，对生活、对未来怀着天真又朦胧的憧憬。何况，疲劳之后总需要调剂、放松。恬静的夜晚，花香浓郁，空气微颤，星星在深邃的天幕上闪烁，宛如萤火虫。此时，一群年轻人聚集在保尔家旁边的原木堆上，说笑逗乐。

保尔拉手风琴了。“灵活的手指一触摸到键盘，便迅捷地自上而下滑过。低音一声呜响，随即奏出欢快的旋律。”

尽管在上学和做工的过程中，已经初尝人生的苦涩，保尔拉琴时仍然充满激情——甩掉烦恼，撇开愁苦，“生活在世界上多么美好！”

接着，是邻家石匠的女儿加洛奇卡亮出女中音唱起来，圆润悦耳。

然后，在伙伴们的要求下，保尔缓缓启合风箱，手指轻柔地来回移动，拉出一首“大家熟知的家乡小调”，“年轻人响亮的歌声传向遥远的树林”。

虽然受过委屈，遭过打骂，也窥见了“生活的底层，那里的霉烂味和泥沼的恶臭扑面而来”，保尔依旧渴望着“一个未知的全新世界”。

如果说作品的开头叙述“撒烟末”和“发大水”事件，显示了主人公性格中倔犟、坚忍与反抗的一面，那么此刻的琴声传达给读者的，该是另一面：纯朴、乐观与随和。

第二次。

保尔参加红军部队，“转战祖国各地已有一年”的他“身强力壮”，然而心智、思想充分成熟了吗？未必。

他求战心切，急于从普济列夫斯基团转到布琼尼的骑兵第一集团军去，因为那里“肯定要打大仗、恶仗，轰轰烈烈”。得不到支持，挨了批评，他便擅自跑了，心里这样寻思：“我又不是开小差，溜到后方去。”现实生活中，当时有数十名战士这样思索，这样行动。奥斯特洛夫斯基是和十多个人一齐“换个地方”的。然而，他并未简单地把自己的“走法”挪移给保尔。他似乎随手拈来，其实是精心设计了部队生活中的热烈场面。

在学校旁边的土丘上，一群骑兵围成大圈子。在载运机枪的大车的尾部，坐着布琼尼部队一个健壮的骑兵。

他拉手风琴。

手风琴不合节拍，断断续续地轰响。一个英武的骑兵，穿着肥大的红色马裤，在圆圈里跳着狂热的戈巴克舞，他的步法也是错乱的。

村里的姑娘和小伙子们爬上大车，攀上篱笆墙，兴致勃勃地看战士们欢快地跳舞。

纵然大家兴奋得吆喝着鼓劲，“但是手风琴手那粗厚的手指能够扳弯马蹄铁，按起琴键来却不大灵活”。

战友们不由怀念起一位已经牺牲的伙伴——既是骑兵连的排头兵，又是优秀手风琴手的阿法纳西。

好，铺垫已毕，主角登场。

保尔挤进圈子，“把手放在手风琴的风箱上。手风琴哑了……”

给我，我试一下。

读者心中有底，看来保尔要露一手，而且肯定出手不凡。这是他的强项嘛。

果不其然。

保尔以习惯的姿势把手风琴搁到膝盖上。然后，他使劲一拉，波浪似的风箱跟扇子般张开，手指在琴键上灵巧地滑过，立刻奏出了欢快的舞曲。

舞者托普塔洛随着熟悉的旋律跳了起来。如同飞鸟展翅，他扬起双手，绕着圈子，做出各种花哨的动作，豪放地拍打皮靴筒、膝盖、后脑勺、前额，又用手掌把靴底拍得震天响，最后是拍打大张着的嘴巴。

手风琴以起伏不断的声浪为他鼓劲，以热情奔放的旋律催促。于是，托普塔洛顺着圆圈，跟陀螺似的飞快旋转起来，双腿交替着伸直缩回，同时气喘吁吁地吆喝。

“嗨，哈！嗨，哈！”

作家一再以音乐来展露性格，塑造人物，发展故事。

第三次。

保尔的命运是坎坷的。在战斗中，他多次负伤，而且伤得不轻。于是他再三思索，对人生的价值领悟渐深。

当又一次死里逃生，来到烈士墓地时，保尔触景生情，因情而思，因思而阐发了一篇名言，映射得全书愈加鲜亮瑰丽：

人最宝贵的是生命。生命给予人只有一次。应当这样度过人生：回首往事，不会因虚度年华而悔恨，也不会因碌碌无为而羞愧，临终的时候能够说：我的整个生命和全部精力，都已献给世界上最壮丽的事业——为人类的解放而斗争。

读者是否注意到，几乎紧接其后，保尔要离家去继续干他的革命。母亲依依不舍，他好言劝慰："妈妈，我们干吗把分别弄得这么不愉快呢？给我手风琴吧，我好久没拉了。"

他奏出崭新的曲调，使母亲感到惊讶。

惊讶什么呢？

以下百把字，便是通过琴音，描绘了心声：

他的演奏跟以前不同了。没有浮躁和飘忽不定的音调，没有花哨而狂放不羁的节奏，也没有曾使他闻名全城的那种令人如痴如醉的亢奋旋律。如今，他的琴声是那么和谐有力，而且显得深沉多了。

对于前面的那段名言，这像不像贴切的、绝妙的"背景音乐"？

实际上，刻画的是主人公的性格、精神，表明他在人生之旅走过一程后的成熟。难能可贵的，是作家并非使用最高级的字眼，而仅仅是"显得深沉多了"。从全局来看，主人公的人生之旅还长着呢。

这次，手风琴是为母亲拉的。通过音乐，母子实现了心灵上的交融。

第四次。

《钢铁是怎样炼成的》第三章末尾，在庆贺两个好友塔莉娅和奥库涅夫结合的晚上，保尔拉手风琴了。

屋子里响起清亮悦耳的旋律与雄浑低沉的和声。这天晚上，保尔演奏得格外精彩。等到大高个的潘克拉托夫出人意料地跳起舞来，保尔更是忘却一切，手风琴也舍弃时髦的风格，如同烈火冲天一般，昂扬奔放地奏响起来。

在一对好友结婚的喜庆场合，自然应该演奏得十分欢乐。同时这也是年轻战友们的一次与吃喝无关的快乐聚会。

手风琴声描绘着往事，描绘着战火纷飞的岁月，又赞美今天的友谊、斗争和欢欣。

手风琴手的心情、个性，在对种种经历的回顾中，鲜明地呈露。看来，此处作者有意掀起一个欢乐的高潮，因为后面，要描绘主人公更为艰辛的人生。保尔将全身瘫痪，将双目失明，“体力几乎全部丧失”，“所剩的仅仅是不熄灭的青春活力”。他将在特别困厄的条件下，创造一种特别的生命辉煌。这时，保尔不能单单拉琴，必须“手之舞之，足之蹈之”。于是手风琴转到了别人手里。

有一个人随着乐曲，旋风般地跳起狂热的切乔特卡舞。这并非别人，正是保尔·柯察金。他跺着脚，跳得如痴如醉。

最后一句，石破天惊，令人心头为之一震：

这是他一生中第三回，也是最后一回狂舞。

第五次。

保尔已来到边境小镇别列兹多夫。

他身兼二职，既是第二军训营政委，又担任着刚成立的共青团区委会的代理书记。

八个月前，铁路工厂团委让保尔作为团组织的负责人，和一百五十名抢修队员一起，赶往各车站，争分夺秒，清除残破不堪的车厢，修复石头供水塔，修补炸坏的水箱。他是电工，不精通钳工技术，但为了医治战争造成的创伤，也硬是握住扳手，“拧紧了不止一千个螺帽”。入冬之前，正患重感冒的保尔又和本区的共青团员一起，浸在冰冷的河水中，抢救出大批原木。这使他旧病复发。急性风湿病折磨了他两个月。他被确定为丧失劳动能力。母亲用各种土办法，治他那两条肿胀的腿。他扔开拐棍，再进省城，要求工作。这样，他终于来到了别列兹多夫。

保尔每天一下马，就走向办公室；一离开办公桌，就赶往训练新兵的操场；还要去俱乐部，去学校，还要参加两三个会议。到了夜晚，他骑马挎枪，厉声喝问：“站住！什么人？”还得细听，有没有车轮声，是不是越境走私者的大车。

同时，作为基层团干部，保尔还付出大量心血，在当地培育“第一批共产主义运动的幼芽”。

在各村的晚会上，在街头巷尾，手风琴起到了前所未有的宣传作用。手风琴使保尔成了大伙儿的“自家人”。不少农村小伙子，正是在美妙琴声的引导下，走上了入团的道路。保尔的手风琴时而奏出快速的进行曲，热烈而扣人心弦，时而奏出优美的乌克兰民歌，柔和而情深意切。大家听着琴声，也听着手风琴手的讲话——他过去是工人，如今成了军训营政委和共青团书记。话音与琴声，和谐地回荡在人们心头。

至此，手风琴已不仅是抒发情愫、呈示个性的乐器，而且成了开启心扉、提高觉悟的奇妙钥匙。如果说第三次拉响手风琴，显示了思想品行的升华，人生跃向高远纯美的境界，那么这第五次的琴声所表露的，却是身在人间、脚踏实地、奋斗不止的风采。

纵观五次对保尔拉手风琴的描绘，心理和性格的逐步嬗变，不但角度更迭，层次分明，而且有声有色，光彩熠熠，直至达到了服务于壮丽事业的、绝非孤芳自赏可比的这么一种人琴合一的极致。

保尔的琴音、心声，显然又是与俄罗斯、乌克兰的传统文化、民族特点和时代色彩紧密联系、融为一体的。

6. 相似又迥异

米·巴甫洛夫斯基医生是奥斯特洛夫斯基的一位知识分子朋友。

这位医生出生于1874年，父亲在中学任教，母亲是歌剧演员。幼年“舒适”，但不久后，父母离异，他随父亲生活。读八年级的时候，秋去冬来，父亲驾着雪橇横穿伏尔加河，不慎连人带雪橇掉进冰窟窿，淹死了。

巴甫洛夫斯基无以为生，何况尚未完成学业。他不得不在课余时当家教，再靠画画儿挣些钱……1902年，二十八岁，毕业于哈尔科夫大学医学系。他不仅具有医学专业的高学历，而且还结业于法律学校及声乐班，他写得一手好文章，在报刊上发表过通讯报道；绘画方面也下过功夫，还是位收藏家，陆续搜求版画、邮票、古钱币、牙雕和瓷器，甚至珍藏着伏尔泰时期的龟甲烟盒，上面刻有这位18世纪法国杰出思想家、作家的肖像和著作名称。

1904至1905年的俄日战争期间，巴甫洛夫斯基是团部的医生，两次立功，获得嘉奖。国内战争时期，他作为军医参加，受到锻炼。1914至1918年第一次世界大战期间，他担任六十八炮兵旅的主任医生，随军转战各地。1920年，红军从弗莱格尔男爵手中解放克里木时，他是一所野战医院的院长。巴甫洛夫斯基属于这样的一部分党外的俄罗斯知识分子，他们从十月革命的最初日子开始，靠拢、追随布尔什维克，坚定地站在苏维埃政权一边，因而得到重视和重用。这位精通本行、博学多才的医生还曾有幸直接见到弗拉基米尔·伊里奇·列宁。

1933年2月，巴甫洛夫斯基正在索契市立医院当主任医生，市执委会书记邦达列夫找到他，请他登门探视病残作家奥斯特洛夫斯基。当时，《钢铁是怎样炼成的》第一部已发表，第二部正在赶写，作家本人尚谈不上有什么知名度。

这天，汽车驶到胡桃大街四十七号的一栋房子前，巴甫洛夫斯基走进坐落在院子深处的简朴厢房。院子的右半部花草繁密。奥斯特洛夫斯基的住处由两个不大的房间组成。屋顶偏低，光线较暗，里外两间，有框无门，挂着帘子。外间较小，是母亲和二姐卡佳的住室。里间也不大，他本人住着。两扇窗户，朝向东北。两张桌子、几把椅子和一个书橱，便是全部陈设，俭朴到简陋的程度。

比巴甫洛夫斯基年轻三十岁的奥斯特洛夫斯基，躺在房间正中的一张床上，黑发稍稍遮住宽阔的前额，双唇绽露亲切的笑意。失明的双目无效地努力着，想看清来客。

巴甫洛夫斯基开始了初次的例行问诊，要了解病史与现状、生活习惯和自我感觉。奥斯特洛夫斯基的回答简洁、准确而沉静。显然，他对自身的病残情况一清二楚，对可能导致的结局也心中有数。

医生通过检查，做出诊断：脊椎硬化，进行性关节风湿症极为严重，并尚在恶化。双目失明，肾结石，左侧干性胸膜炎后遗症，已有肺结核。此外，肌肉极度萎缩，由于关节僵化，四肢活动能力基本丧失，颈部也无法扭动，仅桡腕关节和手关节保留有限的活动能力。下颌活动艰难，嘴巴只能张到上下齿间距离一厘米。心脏功能尚可，但病情有恶化的趋势。

在同病的患者中，奥斯特洛夫斯基是属于最严重的，疼痛剧烈。据患者自述，所有的内科治疗和外科手术均无效果。在当时的条件下，医学基本上无能为力。

巴甫洛夫斯基很自然地观察这个重残者的外貌，倾听他的谈吐，其自控能力、表达方式和情绪心态令他暗自惊诧。

雕像般的奥斯特洛夫斯基脱口而出的言辞，清新活泼又乐观，扣动着医生的心弦。他明白了，眼前这个年轻人视病残为一种障碍，正殚精竭虑，在为生存和为创作所进行的斗争中，以坚毅的精神横扫这种障碍。年轻人没有时间去悲悲切切、凄凄惨惨。他从事着有意义的工作，而且已初战告捷。至关重要的是坚持不懈，一直做下去。

巴甫洛夫斯基中等个儿，粗脖子，头光面滑，表情生动，栗色的眼睛闪耀着善良与智慧的光彩。他衣履整洁、讲究，虽年近花甲，头发已白，但形貌神态显得比实际年龄要小得多。凡此种种，奥斯特洛夫斯基视而不见，但感觉得到。从初次交谈中，他还感觉出这位医生心灵纯美、阅历丰富、知识渊博、和蔼可亲，还具备洒脱、诙谐的文人气质，不由被深深吸引。

巴甫洛夫斯基则觉得自己遇见的，是一位驰骋疆场的战士，是一位孱弱的躯体内搏动着健强心脏的奇人，自己责无旁贷，应该协助他与厄运斗争。同时，医生也产生了和他结为莫逆的强烈愿望。

就这样，他们一见如故，相见恨晚。

才过了两天，巴甫洛夫斯基再次登门，然后便成为常客。

他们有太多的共同语言，一聊几个小时，都无倦容。

昔日既相似又迥异的戎马生涯，使他们的战友情谊油然而生；涉及文学艺术，更是谈得投机，十分欢悦。

巴甫洛夫斯基家有藏书三千册，这在当时堪称藏书家了。奥斯特洛夫斯基从小爱读书，虽无钱多购，却热衷于借阅，千方百计，挤时间细读。他还曾把午饭让给摆书摊的人吃，换得免费速读速还的“权利”。巴甫洛夫斯基发觉他记忆力特别强，又善于思索，对看过的书往往既能牢记许多故事情节，又能讲出独到的见解。他们议论屠格涅夫、陀思妥耶夫斯基、托尔斯泰、契诃夫、绥拉菲莫维奇、法捷耶夫，直至巴尔扎克、司汤达、菲尔丁、马克·吐温、杰克·伦敦的小说，也涉及叶赛宁、马雅可夫斯基直到惠特曼、泰戈尔的诗歌。至于普希金、高尔基的作品，更是他们所津津乐道、击节叹赏的。

奥斯特洛夫斯基善于从往昔和现代作品中吸取思想和文学的养料，尤其喜欢主人公心灵纯净、理想远大和行动果决的佳作，而对于以描摹病态心理见长、散发迷茫气息的作品则嗤之以鼻。即便听音乐，他也偏爱节奏明快、旋律奔放、令人振奋的乐曲。这与他本人的经历、思绪、心境、情怀大有关系。巴甫洛夫斯基未必和他观点完全一致，但表示理解这样的鉴赏态度。这位受过专业训练的医生，有时谈着谈着，兴之所至，会引吭高歌一首奥斯特洛夫斯基喜欢的民歌或咏叹调。然后两人话题变换，谈论格林卡、柴可夫斯基、贝多芬、柏辽兹、肖邦、比才。巴甫洛夫斯基这才觉察到，这位患者不仅曾经是优秀的手风琴手和吉他手，对于一些大音乐家的生平，也研读过传记，知之甚多。

奥斯特洛夫斯基还谈及在他创作《钢铁是怎样炼成的》时，音乐也起过一定作用。

我在自己的意念中展呈所要口授的一切情景……我听着柔美和谐的旋律，尤其是听到这样的小提琴曲，由想象所引发出来的画面，就会分外清晰。谢廖扎之死那一段是我亲笔写下的，当时我正从收音机里听着伊波利托夫·伊万诺夫的《高加索小曲》。

奥斯特洛夫斯基身残体弱，经常发病，有时某个部位感到阵阵剧痛，但他善于自控，使得近在床边的人也未必能发觉他正忍受着痛苦的折磨。

巴甫洛夫斯基毕竟是一位临床经验丰富的医生，他细心观察，从面部肌肉的松紧、嘴唇的翕张、额头汗珠渗出的多少，便可推断出对方是否在控制剧痛。一天，巴甫洛夫斯基诚挚地向奥斯特洛夫斯基探问，他是怎样做到自控的。

一开始，我在小事上克制自己。我总认为，必须战胜任何病痛。灰心丧气，服软认输，那是怯懦，是可耻的。在家里，在前线，在战斗中，在战地医院，我逐步锻炼。在包扎时，在手术中，我学会咬紧牙关，自我掌控。即使松懈一分钟，也会发生不幸，无法挽回。起初我和别的伤员没什么两样，一会儿要求拉拉被子，一会儿要求塞塞枕头。后来，慢慢地稳定情绪，对让自己不好受的琐事置之不理，甚至关节和其他部位疼得厉害，也不去管它。要是屈服于这类感知，成为它们的奴隶，那真会发疯的。我修炼到这样的程度，可以从意识中祛除躯体任何部位的痛感……

1935 年 3 月 17 日，《真理报》发表作家柯里佐夫的特写《勇敢》后，奥斯特洛夫斯基引起社会的普遍关注，知名度也日益提高。他表示不安，说柯里佐夫对他个人的评价过高了。

此前，巴甫洛夫斯基把《钢铁是怎样炼成的》连读两遍以后，就对奥斯特洛夫斯基认真地说："我坚信你迟早会荣获勋章。"随即列举种种应当获奖的理由。奥斯特洛夫斯基笑了，不以为然。

过了不久，许多报纸报道，有工人、共青团员，向政府呼吁，为奥斯特洛夫斯基颁发勋章。

10 月 1 日晚间，巴甫洛夫斯基正巧尚在奥斯特洛夫斯基家没走，电话铃响了。二姐卡佳取下听筒，放到弟弟耳边。

……是呀……您是《索契真理报》编辑部？请讲……哦，哦……

原来，编辑从广播中得悉，奥斯特洛夫斯基荣获列宁勋章，特地来电祝贺。

巴甫洛夫斯基和奥斯特洛夫斯基一起，和他的母亲、二姐分享了最初的欢愉。

奥斯特洛夫斯基沉疴缠身，治愈无望。他接触过不少医生，在治疗过程中，特别是在接受手术的过程中，吃苦不少，因此对医务人员，总的印象不佳。但他也确实和几位医生护士成了挚友。巴甫洛夫斯基便是其中之一。怪不得奥斯特洛夫斯基的母亲奥里加对他说："只有您的话他才肯听。"也怪不得这位作家送给他一本《钢铁是怎样炼成的》，扉页上这样题词：

赠给米哈依尔·卡尔洛维奇·巴甫洛夫斯基。感谢您为治疗一个小伙子的痼疾所做的不懈努力。

后来，巴甫洛夫斯基在笔记本里写下一段与奥斯特洛夫斯基相关的感悟。

痛苦往往会使人变得不仅任性、斤斤计较，而且烦躁、蛮横，自己心境不好，却向周围的人发泄。有《叶甫盖尼·奥涅金》中的诗句为证："可是天哪，这多叫人难过，/日日夜夜陪着这位病人，/寸步不离把人活活折磨！"但也有另一种情况：自我剖析的能力增强，内心不断地沉思默想；人变得更聪慧，更富于同情心。我正是遇到了这样的患者。他尝遍痛苦而保持着对生活无穷无尽的、火热的爱，依旧是个乐观主义者。

7. 漫话冬妮亚

2004年全国及十一省市高考作文试题，6月7日当晚披露，福建的试题格外引起我的注意：它列出中外人物和文学形象各五个，其中一个是冬妮亚。

《钢铁是怎样炼成的》中的冬妮亚，很有意思，值得思索。可着重谈在当时环境下，这一人物的真实性、优缺点、历史位置，更可侧重于以今日的目光回顾、审视，做评断、出新意。不同于保尔，冬妮亚并无明确的原型。她是作家基于所遇所见所思所想，而在极大程度上另行塑造的人物。少年冬妮亚具有清纯靓丽、天真活泼、浪漫大胆的一面，初恋的执着浓烈更是感人至深。奥斯特洛夫斯基的创作才华在这里也闪烁异彩。

我国读者的反应呢？上个世纪，尤其是五六十年代，尽管许多人感触到少年冬妮亚纯美如水、激情似火的可爱处，却囿于“统一”的偏见，未便或未敢充分表露，而总是强调她后来婚姻选择的不当和平庸生活的“酸臭”。

21世纪初的年轻人则往往率直地认可这个形象。与小说同名的电视连续剧热播之时，天津师范大学中文系的几位女同学对此的评价，我以为不失公允：“她让人觉得近在咫尺。她浪漫多情，却又虚荣，喜欢过安逸、舒适的生活。她的选择也是处于那种环境中的许多女性都可能做出的……也许应受到责备，但她真的很可爱。”有位北京读者，探究冬妮亚和保尔分手的原因，可谓一语中的。他指出有关描写，“贯穿着一条阶级路线”，“这个结局符合1919年共青团员的思想实际”。

作家并非超人，他以自己所认同并赞赏的那个时代的取舍标准去写人写事。因此，我曾斗胆断言：保尔是时代之子，他会在世界文学人物形象的长廊中恒久地熠熠生辉；冬妮亚则丰满而不圆满，但正是由于这一形象的出现，《钢铁是怎样炼成的》才至少成功地塑造了一个半人物。

这回是冬妮亚而非保尔进入高考作文题，倒也别出心裁。这有利于考生开拓思路，见仁见智，抒发感情，坦陈自具特色的视点和结论。

首发于2004年7月28日《新民晚报》

8. 是保尔忘了手枪在哪里吗？

苏联名著《钢铁是怎样炼成的》（以下简称《钢铁》）有个关于手枪的细节，作者写得前后矛盾，出了差错。《钢铁》第一部第二章（可参阅华夏出版社 2016 年版的精装本），说保尔从小男孩那儿“夺下步枪”，“飞快地往家里奔”，“跑进小板棚，把步枪藏在棚顶底下的横梁上”。

然后，描写保尔和哥哥阿尔乔姆“一同走进小板棚，把步枪藏在棚顶下的横梁上”。卸掉枪栓和刺刀，抓住枪筒，竭尽全力，往栅栏的柱子上猛砸。枪托四分五裂了。剩下的碎块被远远地扔到小花园外面的荒地里。阿尔乔姆又把刺刀和枪栓丢进粪坑。

后面，说保尔偷取了住在邻居列辛斯基家的德国中尉的手枪，“朝一座废弃的旧砖厂飞奔而去”，钻进一座破窑豁口，用破布裹好手枪，放在破窑最底层的一角……

再后面，有如下描述：保尔“走进了板棚……来到棚顶底下，从秘密的角落里掏出用破布包着的、沉甸甸的手枪”。

显然，差错在于：手枪藏在破窑里，却从曾藏过步枪的板棚里取到。

浅层原因，是小说多次地交叉地写到步枪和手枪。游击队发放一批步枪，众多居民领取；德军下令收枪，人们交去或扔出；尤其是设置过一个场景——保尔的朋友谢廖沙用破布包好三支步枪，秘藏于不知谁家废弃不用的“破棚子”里，作品还提到保尔要把藏在自家院子内一棵树上的乌鸦窝里的手枪送给谢廖沙……

深层的原因，是作家既瘫痪又失明，或在自己摸索着挖出几条长格子的硬纸板上写，或让亲友等帮着记录，其中有邻家女青年、书店出纳员、退休老太太、普通家庭妇女等。他在头脑中想象着细节、安排段落、设计对话、逐字逐句口授，甚至整章整章地硬记、背诵，还需要不断斟酌，反复修改。除了瘫痪和失明，尚有肺结核、肾结石、尿毒症、支气管炎和大量骨刺轮番向他猛攻。但只要症状稍减，高烧一退，他便全力以赴，继续进行艰辛异常的文学创作。

《钢铁》中偶现这一差错，白璧微瑕而已。笔者的心里充满对全球数一数二的残疾人作家的无限崇敬和深切缅怀。

——首发于 2001 年 4 月 15 日《新民晚报》

9. 一身而四任

丽塔·乌斯季诺维奇首次现身于第一部第七章。

当时，她是苏维埃乌克兰第一师政治部的人员，“抓青年工作的”，“十八岁的姑娘，一头乌黑的短发”。她经常身穿条纹衬衫、蓝布短裙，肩上搭着一件绵软的皮夹克。描述她和保尔·柯察金的接触，是在第二部的第一章。丽塔要代表团省委去出席一个县的团代会，保尔奉命“随行协助”。他们约好在车站天桥碰头。

保尔朝丽塔走去，在她侧面两三步远的地方停下。丽塔没有发觉。保尔怀着异样的好奇，从旁观察丽塔……她头发蓬松，脸蛋晒得黑黝黝的。她站在那儿，微仰着头，强烈的阳光照得她两眼眯缝起来。保尔头一回以这样的目光审视这位朋友和老师，也头一回意识到，丽塔不仅是团省委的委员，而且是……不过他立刻发觉自己的“邪念”，便深深自责，赶紧招呼……

“朋友和老师”、“战友和同志”，这是保尔心目中的丽塔；丽塔确实辅导过保尔的政治学习，是他的老师。而且，这位老师挺严格，威信不低。一天，保尔和朋友潘克拉托夫议论一个部门时，说出“一句不堪入耳的骂人话”，回头一瞧，丽塔正走过来，吓得“脸都白了”，“赶紧溜走了”。丽塔虽年轻，却已品尝过爱情的甜蜜和痛苦。她和保尔相互的好感和倾慕之情逐渐增强，但尚未到吐露与表白的程度。一件偶然的小事——丽塔的哥哥到来，使保尔产生误会，中止交往，最终他俩没有成为真正的恋人。后来，保尔去了博亚尔卡筑路工地，丽塔托人给他捎去一件毛皮短大衣。保尔已死这一误传的噩耗，使丽塔悲伤不已，在日记中流露了内心深处的情愫。

我为什么这样难过？在坐下提笔以前我就哭了。谁能想到丽塔会失声痛哭？而且哭得这样伤心？难道眼泪一定是意志薄弱的表现吗？今天流泪是因为悲痛难忍。怎么会悲从中来？今天本是喜庆的日子，可怕的严寒已经被战胜，铁路各站堆满了宝贵的木材，我也刚开完祝捷会回来。那是市苏维埃为表彰筑路英雄而召开的扩大会。为什么恰恰在这个时候，悲痛突然涌上心头呢？确实胜利了，但是有两个人为此献出了生命：克拉维切克和保尔。

保尔的死使我明白了真情：他对于我，比我原先想象的更珍贵。

为了避免睹物思人，伤悲无限，丽塔决定离开这座城市，同意去乌克兰共青团中央委员会工作。

可是阴差阳错，保尔九死一生，病愈后重返基辅，却已找不着丽塔。丽塔也一直没有得到关于保尔的任何音讯。

有缘无分。

至于保尔未能和丽塔进一步发展感情，如果把原因仅仅归结于一次小小的误会，那就未免太简单了。《钢铁是怎样炼成的》一书的作者不会仅仅使用这类“误会法”编织故事。他基于对现实生活的观察和思索，精心构思，巧妙安排，来展示主人公从幼稚到成熟的心理、性格乃至思想的发展过程。因此，很自然的，其中呈现出时代的特色。

正因如此，保尔会这样思考：“爱情给人带来多少烦恼和痛苦，难道现在是谈情说爱的时候吗？”他会这样表示：“妈妈，我自己发过誓，在把全世界的资产阶级消灭以前，不跟女孩子谈情说爱。”

也正因如此，在第六次全俄共青团代表大会上，保尔和丽塔意外重逢，他们之间才会有一番情感与理性交融的、睿智的交谈。

当初，保尔“把联系着双方的那条线掐断”，自以为正确得很，不知道这样做，既折磨自身又伤害了对方。此时此刻，他觉得“可笑”，觉得“遗憾”了。

不过，奥斯特洛夫斯基塑造丽塔这一形象，绝非仅仅作为保尔的陪衬，恰似冬妮亚具有独立存在的意义，具有典型性，丽塔也是如此。身为阅历相当丰富的、年轻的革命女性，她在许多读者心中留下良好的印象：热情、大方、沉稳、干练，展示出一种成熟之美。

丽塔这个人物，一般认为是虚构为主的。身为作家，奥斯特洛夫斯基“行使了自己的虚构权”。所谓“虚构”，恐怕就是作者把平时在现实生活中观察到的，并非一个或数个，而是更多的同一类人，甚至并非同一类人身上的某些特点特征，杂糅提炼，重新塑造成全新的形象。

奥斯特洛夫斯基在创作《钢铁是怎样炼成的》第一部第七章，即丽塔首次亮相的那一章时，为他记录的是“志愿秘书”加利娅。后来加利娅回忆起这么一件事：奥斯特洛夫斯基添进了一个新的人物——丽塔。这个人物在生活中有原型。有一次，奥斯特洛夫斯基和“丽塔”，一同出差到一个县里去。半途中天黑了，只能借宿。两人在一间屋子里过夜。丽塔心中爱着奥斯特洛夫斯基，当夜向他表白，可他实在羞怯，硬是躲开了。次日见面，彼此别扭得很。

小说中的丽塔，作为师政治部的人员，在一辆列车上工作。

奥斯特洛夫斯基刚到布琼尼的部队，在去第四骑兵师当战士之前，曾是宣传列车上的警卫。

瞧，这些可靠的点滴资料，已使我们隐约地感到，作家笔下的丽塔这个人物及其工作环境，显然也源于生活积累。

关于丽塔，非常有意思的是，奥斯特洛夫斯基曾兴味盎然地要让她除了做自己，还要担起重任，一个顶四，即兼当保尔的妻子塔娅、初恋情人冬妮亚，还当他的小伙伴谢廖扎的姐姐瓦莉娅。

怎么回事呢？

1935 年 4 月 5 日，奥斯特洛夫斯基在一封信中，告诉挚友费杰尼奥夫：“曾接到乌克兰电影制片厂的一封信，现附上此信的复印件。周围所有的人在召唤我工作，召唤我行动……” 4 月 20 日，又在致《世界文学》杂志编辑部的信里透露：“乌克兰电影制片厂近日将派出一个小组，从基辅到我这儿来，要根据长篇小说《钢铁是怎样炼成的》编写成剧本。”

那段时日，他正忙于《暴风雨中诞生的》第一部的创作，还患了一次胸膜炎，发烧、心跳、失眠。他十分需要休息，可《钢铁是怎样炼成的》要拍成电影的消息使他再次激奋不已。5月25日，他写信告诉好友卡拉瓦耶娃：“电影剧作家来了。必须写剧本。在这个行当里，我是刚进门的学徒。然而，乌克兰共青团中央坚持要我参与写作。这是光荣的任务，应当把共青团的影片拍得光彩夺目、激动人心。这都是必须投入精力的。我的精力却已消耗殆尽。”

奥斯特洛夫斯基原本打算6月1日起“休假”的，但电影剧作家蒙塞·博利索维奇·扎茨于5月下旬抵达，奥斯特洛夫斯基自然便和他一起搞剧本了。

扎茨曾以为奥斯特洛夫斯基失明多年，连看电影也不可能，因而担心他难以编写剧本。他能掌握电影这一艺术样式的基本规律吗？他会同意根据电影的特殊要求，大刀阔斧地对小说的结构进行创造性的调整吗？

接触数次后，扎茨确知自己的担心是多余的。奥斯特洛夫斯基对于二度创作，态度极其诚恳、虚心、大胆而且谨慎。他先是仔细研究敖德萨电影制片厂拍摄的一些佳片的剧本，再对原著中的人物、情节，一个个地筛选，保留一部分，舍弃一部分，重新衔接、组合，还发展某些线索，新增某些元素。直至人物各就各位，整个结构基本确定，奥斯特洛夫斯基才认为可以落笔写了。

剧本的创作持续了四个月。

这就是说，奥斯特洛夫斯基脑子里一直考虑着大改。后来长篇小说《钢铁是怎样炼成的》一版一版地出版，奥斯特洛夫斯基总是一次一次地改。此时编写电影剧本，反映出了他的一些想法。有些构思，显然在小说中不宜体现的，他倒借助于电影剧本这一特殊艺术形式展现出来了。

原著共有两百多个人物，改编成电影，无疑必须大加精简。比方说，重要的女性，在整部影片中打算仅仅出现两个——保尔的母亲奥里加和一身而四任的丽塔：

……镜头把观众的视线引向池塘边的一棵垂柳，树底下，十六岁的保尔正坐着垂钓，裤腿卷到膝盖以上。和他并肩而坐的，并非冬妮亚，而是丽塔。她在给保尔念伏尼契的《牛虻》。

……保尔所在的骑兵部队，以迅雷不及掩耳之势，解放了重要的城市日托米尔。几千名政治犯绝处逢生。保尔冲进监狱，打开牢房，一个女囚犯热泪盈眶，扑向保尔。原书这样描述："一个妇女泪汪汪地扑到保尔身上，仿佛见了亲生儿子，抱住他大哭起来。"虽然无名无姓，但该是个中年甚至老年妇女吧？而在电影剧本里，妇女一抬头，保尔看到的是丽塔。接着又是丽塔替代小说中的排字工萨穆伊尔，讲述一些难友怎样被绞死。

如此大删大改，要做到重新理顺情节线、感情线，铺排妥帖，严丝合缝，确实煞费苦心。

《钢铁是怎样炼成的》第二部第七章，有短短一段，描述保尔意外遭遇车祸。

那天保尔带着两名工作人员，乘坐地区党委会的汽车，前往离城很远的一个区。汽车掉进路旁的壕沟了。

车上的人都伤得不轻。保尔的右膝盖压坏了……医生主张立即动手术。

手术室里……厚实的面罩遮住了保尔的脸……

保尔深深地吸了一口气，开始数数，尽量吐字清晰。就这样，他进入了个人悲剧的第一幕。

以上是节缩了的。小说中这一段约千余字。在剧本里，字数翻倍，内容增添，医务人员退居次要地位，突现了保尔和丽塔强烈而挚诚的情感。

这个由奥斯特洛夫斯基亲自参与改编的电影剧本，最终不知何故，未被电影制片厂采用，实际上没有摄制。因此，这里从剧本稿中摘录一些文字，读者可据此想象出其场景的转换、情感的激荡乃至人物的外貌内心……

汽车全速飞驰。在坎坷不平的道路上颠簸跳动，车里，保尔被颠得头昏脑胀。远方，工厂的建筑物依稀可见，保尔坐在车上。司机拼命踩油门。突然一声巨响，车胎爆裂。汽车滑行，侧翻。

司机被扔了出去，保尔被压在汽车底下。

在四轮朝天的轮胎上，露出了几个钉子帽。

医院刺目的墙壁。走廊里可听到轻微的呻吟。手术室的门紧闭着。

丽塔和扎尔基在静候。

手术室的门仍然紧闭。

丽塔凝视着这两扇门。慢慢地，门开了，从里面推出躺在担架车上的保尔。

丽塔跑进手术室，一个护士想拦没拦住。教授在洗手。水脏得发黑，流到盥洗池内。

丽塔激动不安地走过去。

“教授!”

外科医生一扭头。在他面前，是一张激动得痉挛的少女面孔。

“教授，保尔怎么样?”

“暂时没什么危险。”教授一边洗手一边回答。

丽塔不相信。她惊恐地注视，只见发黑的脏水从教授的双手中流到盥洗池内。

“教授，您应该全都告诉我……他是我最心爱、最亲近的人，是我的丈夫……”丽塔眼含热泪地说。

教授同情地看了她一眼，然后甩了甩手上的水，决心要说出实情。

“孩子呀，确实应该让你知道全部实情。”

教授一边擦手一边继续说:“车祸本身造成一定的伤势。不过，他原先脊椎就有暗伤，加之在筑路工地得下的风湿症，还有伤寒……病情复杂……”

教授心软了，缺乏足够的勇气和盘托出。听他说每一句话，丽塔都要竭力控制自己的情绪。

“教授，请您把话说完。”丽塔请求。

教授看到她那刚毅的神色，便又接着说：“我对您深表同情，他肯定是要瘫痪的。”

为了不让丽塔发觉他眼中含泪，教授说完就匆匆离去了。丽塔两眼蓄满痛楚。看来她已经站立不住。

但她蹒跚地跨出一步、两步……随着次数的增多，她的步伐变得沉稳起来。

保尔望着丽塔，柔情地望着这女友。

可是不知为什么，他觉得女友的脸蛋前面薄雾缭绕。他眨了眨眼，想驱散这层令人懊恼的障碍物。他以为这是自己的眼睛疲乏了，所以又闭上一会儿。

歌声在轻轻荡漾。

保尔睁开了双目，但是那层薄雾并未消散，而且显得越来越浓，丽塔的面容更加模糊不清。

他竭力要看看熟悉的脸，可看到的却是颇为陌生、难以辨认的面庞。

据说，记忆在瞬间能再现亲人的音容笑貌，可此时映入他眼帘的，是模糊的面容。

保尔明白了，这是他最后一次看到丽塔的容貌了。

他拼命咬紧嘴唇，强压呼叫，极力自持，几乎不露声色，平缓地说道：“丽塔，把头伸到这里来……向我的手跟前伸。”

丽塔困惑地看了看保尔。

“我要记住你的容颜。”

丽塔此刻才发觉，保尔已经是在用视而不见的双眸凝望着她。

丽塔缓慢地把头低垂到棉被上，低垂到保尔的手掌上。

他的手指在丽塔的脸上徐徐移动，感触着每一个轮廓和特征，以便永远牢记心上人的容貌。

手指抚摸着她满头蓬松柔软的青丝。

丽塔泪珠滚滚。

保尔的手指感觉到了她面颊上的泪水。他想捧起丽塔的头，丽塔却用力把头埋在棉被中，紧贴着他的手。

保尔全身都感受到丽塔的双肩在抖动。

保尔默默不语。丽塔的双肩逐渐停止了战栗。

保尔这才轻轻启口："丽塔，现在你需要离开我。你已经等了四年，期盼着……我怎么配做你的丈夫呢？"

丽塔抬起头，泪水已经干了。她怨艾地看了保尔一眼，简直忘记保尔已看不见她的一颦一笑。

她问道："你在哪里见到过，战士丢下负伤的战友，甩手而去呢？"

她站起来，挺直身子。

丽塔挺立在观众面前。

"我们还要共同战斗。"

小说的结尾极其简洁。

这是州委发来的电报。电报纸上只有寥寥数语：

小说大受赞赏。即将出版。祝贺成功。

保尔的心在欢跳。哦，萦回心头的梦想终于成真了！铁环已经冲破，他拿起新的武器，重返战斗队伍，开始了新的生活。

电影剧本的结尾则写得场景生动，声情并茂，仿佛可让纷纷起立的全场观众恋恋不舍，产生跃上银幕，同喜共庆的冲动。

朋友们聚拢在保尔的床畔。

房间中央，桌子上摆满了糕点水果。长颈玻璃瓶里，紫红的葡萄酒闪烁发亮。

保尔卧床的上方，小书架上摆满了书，是他那部著作各种文字的译本。

每个光临的客人，都受到雷鸣般的“乌拉”声的欢迎。

这儿是阿尔乔姆和扎尔基，那儿是潘克拉托夫和谢廖扎。这儿是朱赫来，那儿是姑娘和小伙子——飞行员和海员、骑兵和坦克手，全是《钢铁是怎样炼成的》一书的读者。

丽塔和母亲在往玻璃杯里斟酒。

房间里安静下来。

朱赫来端着酒杯，走近保尔，说：“保夫卡，来，首先敬你一杯！”

为了不让酒洒出来，他小心翼翼地把一杯酒递给保尔。

又是一片安静。保尔要致祝酒词了。

他说了一句“我们是儿女”，随即便唱起战斗的共青团之歌："我们是儿女，父辈们……"

在这纵情欢唱、笑容满面的人群中，领唱者保尔的嗓音分外响亮。即将离去的观众似乎看到保尔行进在队列中，引吭高歌。

10. 一脉相传

打算着重以车尔尼雪夫斯基的《怎么办?》和高尔基的《母亲》，来同《钢铁是怎样炼成的》比照，或者说以《怎么办?》中的人物拉赫美托夫和《母亲》中的人物符拉索夫，来同保尔·柯察金比照，看看《钢铁是怎样炼成的》一书是否继承了悠久的俄罗斯文学传统。

不朽巨著《怎么办?》出现于公元19世纪60年代。它也是水，也是木；它也有源，也有本。基辅罗斯这个古罗斯国崛起于公元9世纪，正值我国五代至宋初时期。独立的俄罗斯文化，是以东斯拉夫各部落丰富的文化遗产为基础，并吸纳一些非斯拉夫部落的文化因素而形成与发展的。文化遗产中的民间口头创作，对后世的文学具有深远的影响。

英雄壮士歌谣——壮士歌，于公元10世纪前夕大量涌现，高耸为民间口头创作的峰巅。

以古代俄罗斯文字进行创作的书面文学，源于民间口头文学。《伊戈尔远征记》被公认为古代俄罗斯文学中最杰出的作品，其主旨为呼吁团结一致，抵御外侮。从此，爱国主义成了俄罗斯文学最主要的传统思想，千百年来继承、绵延、嬗变，生发出崇高的理想、纯洁的道德、自我牺牲精神、深邃的思考等特质……

《怎么办?》是19世纪中叶文学领域的纲领性佳作。它对俄国当时的民主青年产生积极的思想影响，而且作为“生活教科书”，“代代相传”着，后世的进步青年和革命人从中汲取到“精神力量和对美好未来的信念”。

尼古拉·加夫里洛维奇·车尔尼雪夫斯基（1828—1889）是思想家、革命家、作家。他出生于萨拉托夫的一个牧师家庭。十八岁考入彼得堡大学历史语文系，求学期间，便逐步确立了革命民主主义的观点和空想社会主义的思想。二十三岁返回萨拉托夫，任中学语文教师；二十五岁又前往彼得堡，先为《祖国记事》杂志撰稿，后去《现代人》杂志编辑部工作。他发表重要的哲学、美学与文学论文并出版专著，与此同时，还投身于秘密的革命活动。三十三岁，即1861年，写了革命传单《告领地农民书》，还指导过革命组织“土地与自由社”。

19世纪50年代末、60年代初，车尔尼雪夫斯基已成为俄罗斯的革命思想领袖，因而遭到沙皇政府的迫害。1859年，他秘密赴伦敦，同革命家赫尔岑共商对沙皇反动派进行斗争的问题。1862年7月被捕，入狱将近两年。从当年的12月起，他费时四个月，在狱中写成《怎么办?》，引起强烈的社会反响。

1864年开始，车尔尼雪夫斯基被判处在矿场服苦役，并终身流放西伯利亚。整整二十一年，他在遭囚禁、服苦役和被流放期间，始终保持革命气节，多次拒绝劝诱，不愿呈请赦免。直至1889年，他才被准许返回故乡萨拉托夫。就在当年，车尔尼雪夫斯基终因久受磨难，身患重病，与世长辞了。

列宁赞扬他善于“宣传推翻一切旧权力的群众斗争思想”，说《怎么办?》这样的作品，“能使人一辈子精神饱满”，“在他的影响下，成百上千的人变成了革命家”。

习近平总书记说，他是在梁家河窑洞里读的《怎么办?》，在心中引起很大的震动：主人公拉赫美托夫为了磨炼砥砺意志，甚至睡在铁板床上，扎得浑身是血，年轻的习近平和伙伴们当时觉得锻炼毅力就得这样，干脆也把褥子撤了，遇上下雨下雪天，就出去摸爬滚打，在井台边洗冷水澡……①

长篇小说《怎么办?》描写了一些“新人”。他们是登上历史舞台的平民知识分子，“善良、坚强、诚实、能干”。他们在贫困中长大，渴求改造俄国社会。只因受到恶劣环境的限制，他们不得不以“未婚妻”来暗指革命，憧憬着“光明、温暖和芳香”的未来，并且满怀信心，努力地“给这个美好的未来做准备”。

几个“新人”的形象塑造得很成功，其中勾画了一个“特别的人”——拉赫美托夫。这个人物的出现，使作品异彩夺目，具有非比寻常的思想意义和艺术魅力。

高尔基（1868—1936），原名阿列克谢·马克西莫维奇·彼什科夫。父亲是木匠，母亲是小业主的女儿。高尔基十一岁起到“人间”谋生，做过码头装卸工、烤面包工。二十岁至二十三岁两次游历各地，进行革命宣传活动，参加进步工人的秘密小组。二十一岁被捕，获释后长期受到警察的监视。他不畏艰险，继续从事革命活动。

1892 年，高尔基二十四岁，开始发表作品。1898 年出版两

---

① 增添此段，是依据 2016 年 10 月 14 日《人民日报》的《习近平总书记的文学情缘》一文。

卷集《随笔与短篇小说》，轰动俄国文坛，饮誉全欧。

高尔基生活道路坎坷不平，创作思想曲折发展。小说、诗歌、剧本、政论、文艺批评等，形式多样，成果丰硕。

早期作品《鹰之歌》（1895），即已展示了渴望战斗的激情。《小市民》（1901）一剧中的尼尔是首次以崭新精神面貌出现的工人形象。《没用人的一生》（1907—1908）揭露沙皇政府反人民的本质及其色厉内荏。《意大利童话》（1911—1931）塑造出为了光明、幸福和社会主义而斗争的人民集体的形象，赞美劳动者的团结友爱，获得列宁的高度评价。自传体三部曲《童年》（1913）、《在人间》（1916）和《我的大学》（1922），是高尔基最优秀的作品之一，描写作家如何从生活底层，攀登文化高峰，最后踏上革命征途。特写《列宁》（1924—1931）真实地记录自己和列宁的交往，表达了对列宁的崇敬之情。《克里木·萨姆金的一生》（未完成的巨著，1925）描绘十月革命前俄国社会四十年的变迁……列宁充分肯定他的革命热情和文学成就。高尔基认为，塑造新的英雄人物形象是社会主义现实主义精神的主要表现。

长篇小说《母亲》（1907）塑造了巴威尔·符拉索夫这样一个自觉地为社会主义斗争的工运领袖形象。出书的当年，高尔基就告诉列宁，《母亲》是他匆匆忙忙写出来的。列宁立即表示："赶写得很好，这是一本必需的书，很多工人都是不自觉地、自发地参加革命运动的，现在他们读一读《母亲》，一定会得到很大益处。"

三年后，即1910年3月，列宁又在《政论家札记》中称高尔基为“无产阶级艺术最杰出的代表”、“无产阶级艺术领域的权威”，说他“做出了许多贡献，并且还会做出更多贡献”。

《怎么办?》《母亲》和《钢铁是怎样炼成的》，成书于不同年代，拉赫美托夫、巴威尔·符拉索夫和保尔·柯察金，无论出身、经历还是思想、行动都各不相同，各具时代和个人的特点。然而，其间仿佛由一根无形而坚韧的线联结着，呈示出一种亲缘般的传承关系。

首先是三部巨著都反映了特定时代的先进思想，赞颂了特定时代的先进人物，政治倾向与艺术特色都十分鲜明。

1861年至1895年，俄国解放运动处于资产阶级民主主义时期，平民知识分子现身于社会斗争的前台。作者车尔尼雪夫斯基高瞻远瞩，写成《怎么办?》这样一部杰作，指出道路，给出榜样，召唤人们做革命洪流中的弄潮儿。

列宁非常重视文学作品的战斗作用。1906年，革命正值低潮，他的《暴风雨之前》一文引用过高尔基《海燕之歌》中的话：“……无产阶级在准备斗争，他们同心协力、精神焕发地迎接暴风雨的到来，准备投入最激烈的战斗。胆小的立宪民主党人，这些‘胆怯地把肥胖的躯体藏在悬崖底下’的‘蠢笨的企鹅’的领导，已经使我们忍无可忍。‘让暴风雨来得更猛烈些吧！’”不久，《母亲》问世，这正是列宁所倡导的“真正自由的、公开同无产阶级相联系的写作”。

这部小说以真实的人物和事件为基础，塑造革命工人的光辉形象——他们不怕恫吓、不怕迫害，为了让俄罗斯成为“世界上最光明的民主国家”而坚持斗争。

《钢铁是怎样炼成的》描写保尔·柯察金从少年时代开始，就为建立和保卫苏维埃政权而战斗，为恢复经济建设而劳动。在英勇的战斗和顽强的劳动中，他负伤、患病、致残，既瘫痪又失明。在生命随时可能终止，几乎无法工作的状况下，他发奋自学，奇迹般地写成三十多万字的巨著，胜利归队。保尔在重残后的拼搏是特殊的，但恰恰体现了当时千百万苏维埃人，为了捍卫和建设祖国而不惜牺牲个人的一切，乃至献出生命的钢铁意志和大无畏精神。因此，作品获得广泛的共鸣和热烈的欢迎。

三部长篇小说中的三个主要人物，都具有明确的生活目标、远大的革命理想。

职业革命家拉赫美托夫，掌握了革命理论，立即投身于革命的实践。他不知疲倦地“干别人的事，或者说干那不是专属任何人的事”。巴威尔·符拉索夫旗帜鲜明地宣称“我们工人用劳动创造了一切，大至各种巨型机器，小到儿童玩具。我们是被剥夺了为自己的人之尊严做斗争的权利的人。谁都极力把我们变成工具，以牟取私利。现在，我们要求获得足够的自由，以便将来能夺取全部政权”。巴威尔·符拉索夫所说的“将来”，到了保尔·柯察金这一代新人那里，便成了“现今”。保尔二十四岁时这样思索人生：在如火如荼的岁月里，他没有睡大觉；在夺取政权的激战中，他找到了岗位；在鲜红的革命大旗上，也有他的几滴鲜血。

拉赫美托夫被作者称为“优秀人物的菁华”。他出身于贵族家庭，从小锦衣玉食，四体不勤，但下定了为革命事业献身的决心后，便一切都改变了。衣着朴素，甚至显得“很寒酸”，不用床垫，只睡一条毡褥子，还不让把毡褥子折成双层；除了听说有助于增强体质的牛肉以外，他尽量吃得节省，比如只吃黑面包，不吃白面包，总的原则是“老百姓只能偶尔尝一尝的，只要有机会我也吃一点。老百姓永远吃不起的，我也不应该吃！”他深入民间，种庄稼、做木匠、摇摆渡船甚至当纤夫，走遍伏尔加流域。为了磨砺自己的意志，为了即使被捕、受到严刑拷打也能挺住，他甚至如前面所说过的，睡在扎满小钉的毡毯上，弄得一身鲜血，把房东老太太和朋友们吓得不轻。

巴威尔·符拉索夫，作为一名身强力壮的青年工人，也曾只知道干活挣钱，也曾买胸部浆得硬硬的衬衫、色彩鲜艳的领带，也曾和多数同龄人一样，跳舞跳得晕头转向，喝酒喝得烂醉如泥。但自从为了“渴望知道真理”而读了“禁书”，并接触了革命者之后，他大大变样。外表朴实了，关心母亲了，待人和气了。保尔·柯察金用不着深入民间，体验他们的疾苦，了解他们的所思所虑。他很小就当童工，活儿重，工钱低，“窥见了生活的最深处”，“渴望一个未知的、全新的世界”。

拉赫美托夫自己生活俭朴，却卖掉田产，默默地资助七个大学生完成学业。还有人似乎发现他只身去欧洲旅行，到过罗马尼亚、匈牙利、德国、奥地利、瑞士、法国、英国……接触多国不同阶层的人，了解他们的生活状况……显然，他所关注的，并不仅限于俄国劳苦大众。他是革命领袖式的人物，放眼世界。

巴威尔·符拉索夫是普通工人，更是觉醒了的、无所畏惧的战士和工运领袖。他在受审的法庭上大义凛然，从容演说：对于工人的伟大作用的认知，使全世界的所有工人融为一体，同心同德……

保尔在烈士墓地，想到“同志们就是在这里英勇就义的。他们献出生命，是为了让出世即受穷、降生便为奴的人们过上美好的生活”。于是，胸中的感情汹涌澎湃，喷吐出那段后来脍炙人口的名言，表明他誓将“整个生命和全部精力”、“献给世界上最壮丽的事业——为人类的解放而斗争”。

在崇高理想的鼓舞下，无论拉赫美托夫、巴威尔·符拉索夫还是保尔·柯察金，在学习上都是特别刻苦、特别能学以致用的。

大学生拉赫美托夫读书，自定一套方法。他认为：“每种学科的主要著作并不多，这少数著作阐明的内容都相当充分，相当清楚了……必读的只是那少数著作。”他还联系实际，化为行动。

巴威尔·符拉索夫说：“我们工人必须学习。我们应当知晓，应当了解，为什么咱们的生活是这样的苦。”他和革命同志们一起研读、探讨。读完一本又一本，“好像蜜蜂从一朵花飞到另一朵花上似的”。保尔文化水平低，自学更是如饥似渴。冬妮亚家的图书室里藏有几百本书，使他惊喜。之后，“为了保卫本阶级的政权而在祖国的土地上征战”，保尔依旧利用战斗间隙读书。他在篝火边也“看书入了迷”。为战友们读《牛虻》，引发热烈讨论的场景，令读者难忘。他在筑路工地上，艰苦卓绝地大干，劳累过度，又患伤寒。总算九死一生，捡回一条命后，重回铁路工厂上班。“每天晚上，保尔都在公共图书馆里待到深夜”。他在地处边境的别列兹多夫担任民兵训练营政委，又兼任着团委书记，极其繁忙，却仍常常在执委会主席“利西岑家的大桌子旁边，从傍晚坐到深夜”，“参加学习”。后来，他在塔娅家寄居养病，经常“从清早直到黄昏，读着写着，只有吃饭的时候才中断一会儿”，当地“最大的港口图书馆主任当他的读书指导”。婚后，病残日益严重，为了争取归队，保尔在给哥哥的信中说：“现在，我的生活就是学习。读书，读书，再读书。学完共产主义函授大学一年级课程，考试也及格了。晚上，我抓一个青年党员小组的学习……”这样的自觉学习，这样的苦读猛攻，使他虽陷入既瘫痪又失明再加体弱多病的困境，仍有可能继续钻研，开始创作。

或许是巧合，拉赫美托夫、巴威尔·符拉索夫和保尔·柯察金，在婚恋方面，都曾有过类似的想法。

拉赫美托夫“英雄救美”，邂逅一位女性，彼此心仪。对方主动示爱，但他是决定“不碰女人”的，当即坦言：“我必须抑制住心中的爱情。对您的爱会拴住我的双手……我不应该恋爱。”

巴威尔·符拉索夫的婚恋观，反映在他对革命同志霍霍尔的一番话中：“你们俩结了婚……生下一些孩子，那时你就得一个人去工作，而且十分忙碌。你们的生活不过是为了面包啦、孩子啦、住房啦，事业嘛，再也没有你们的份了。两个人全完了！”

保尔·柯察金也一度这么思索：“对，今天应该去见她，把联系着双方的那条线掐断。爱情给人带来多少烦恼和痛苦，难道现在是谈情说爱的时候吗？”

这样的观点，似乎偏激得厉害，但 19 世纪中叶至 20 世纪 30 年代相继出现的新人中之佼佼者，包括思想领袖和普通一兵，他们忠于崇高理想、献身革命事业的执着坚贞，确实令人怦然心动，钦佩之情油然而生。

11. 巨擘和奇人

奥斯特洛夫斯基没有机会和高尔基见面，甚至没能聆听或看到高尔基对《钢铁是怎样炼成的》这本书、对他这个人的评价。他有自知之明，知道小说里一定有不少自己尚未发觉而当今文学巨匠必能洞察的瑕疵、缺点、差池乃至严重的失误。他两次赠书，但不见回音。

高尔基工作繁忙，又体弱多病，可很关注重残作家奥斯特洛夫斯基和他的作品，却又一直无法真正动笔撰文。一再阴差阳错，使他们未能直接建立友谊，但奥斯特洛夫斯基对前辈的仰慕之情，高尔基对后进的关切之意，令人感慨。

奥斯特洛夫斯基一向喜欢读高尔基的著作，有些作品，一读再读，赞不绝口。

无论作为一名爱好文学的少年，抑或作为“立志以笔代刀”要写小说的青年，奥斯特洛夫斯基和大多数读者一样，面对浩如烟海的图书，有自己的选择标准。

他借阅过普希金、谢德林、契诃夫、冈察洛夫、高尔基、陀思妥耶夫斯基和托尔斯泰的作品。其中，陀思妥耶夫斯基的小说，他看了一些就觉得没劲儿，说：“这是一位大作家，不过太沉闷，不健康。他不是为我们写作的。对他，我理解不了。我不欣赏这种挖掘人们心灵阴暗面的写法。”

他也大量阅读西方古典作家的上乘之作，读过拜伦、莎士比亚、莫里哀、海涅、歌德……但第一次世界大战后被称为“迷惘的一代”的那些作家的作品，他也无法卒读，因为这类书“总是挖掘一个人空虚的心灵，看不到摆脱绝望的出路”。

他讨厌无病呻吟、怨天尤人和醉生梦死。他爱读给人启迪、鼓舞，令人精神振奋、积极向上的作品。高尔基的《海燕之歌》《伊则吉尔老婆子》，引发他的激赏和共鸣。

海燕在叫喊着，飞翔着，像黑色的闪电，箭一般地穿过乌云，翅膀掠起波浪的飞沫。

看吧，它在飞舞，向着精灵——高傲的、黑色的暴风雨的精灵——它在大笑，它又在号叫……它笑那些乌云，它因为欢乐而号叫！

这是勇敢的海燕，在怒吼的大海上，在闪电中间，高傲地飞翔，这是胜利的预言家在叫喊：“让暴风雨来得更猛烈些吧！……”

这是海燕的呐喊。奥斯特洛夫斯基觉得，这也是从自己的胸腔里迸发出来的。

《伊则吉尔老婆子》中有这样的描写：

忽然，他用手抓开了自己的胸膛，从那儿取出一颗心来，把它高高地举过头顶。

他的心燃烧得跟太阳一样亮，甚至比太阳更亮……

“我们走吧！”丹柯嚷着，高举起他那颗燃烧的心，给人们照亮道路，自己领头向前奔去。

众人勇敢地跑着，而且跑得很快……丹柯一直跑在前面，他的心也一直在燃烧，燃烧！

这是丹柯的心。奥斯特洛夫斯基觉得自己也愿意为人民献出这样的一颗红心。

在他的眼里，高尔基是苏联文学界的“组织者”和“鼓舞者”，是自己的前辈。因此毫不奇怪，《钢铁是怎样炼成的》第一部刚刚出版，他就很想赠送一本给高尔基。

他的好友诺维柯夫在回忆文章《友谊永存》中做了这样一段记录：

奥斯特洛夫斯基想把自己的书寄给高尔基，但犹豫不决。他问：“也许应该等第二部出版了再寄吧？”我劝他还是就寄的好，“或者等我去莫斯科时，由我带上，转交给高尔基”。我到了莫斯科，找着了高尔基的住所。大作家的秘书克留奇科夫从我手里接过书和奥斯特洛夫斯基的一篇自传。不过，我要求和高尔基面谈，却被拒绝了，借口是高尔基身体不适。

这里提到的自传，该是和奥斯特洛夫斯基写于 1932 年 1 月的那份一样的。那一份和《钢铁是怎样炼成的》第一部原稿一起，送交了《青年近卫军》杂志编辑部，因此还有个副标题：给《青年近卫军》杂志编辑部的信。

《钢铁是怎样炼成的》第一部首次出版于 1932 年 11 月，奥斯特洛夫斯基拿到样书是在同年12月22日。照此推算，诺维柯夫赴京，并去高尔基住所转交这本初版书，大致是在1933年春夏季节。

克留奇科夫是何等样人？对，高尔基的秘书，但并不仅此而已。

作为秘书，克留奇科夫先行拆阅所有的信函，选出一些交给高尔基；对来访者，也由他决定是否让高尔基接见。

1935年，罗曼·罗兰应高尔基的邀请访苏。他撰写的《莫斯科日记》，提到克留奇科夫的秘书身份时加了引号，并在《补记》中这样说："我一直以为，克留奇科夫和克里姆林宫及斯大林的关系极为密切，这与事实有很大出入。我完全搞错了，把他当作斯大林安插在高尔基身边的特工。其实恰恰相反，他是另外一个营垒的人，尤其是雅戈达的……"

1934至1936年，雅戈达任内务人民委员，1938年被处决。

看来，克留奇科夫的真实身份颇为暧昧、诡秘。牵涉到高层的政治争斗，这里且放开。当时克留奇科夫接过《钢铁是怎样炼成的》第一部，是否报告了高尔基，或怎样报告的，现已不得而知。但这本书的下落，后来意外发现了，并且发现时另有一种"发现"，容后陈述。至于那篇《自传》，则确已下落不明。

1934年3月18日，高尔基的《论语言》一文发表于《真理报》。奥斯特洛夫斯基"读"后深有感触，立刻写了《捍卫语言的纯洁》，表示响应和赞同。

我掀开自己的第一部小说重读，准确地说，是听一听那些熟稔的字句。这种时候，巨匠的文章使我顿然醒悟，明白了自己的书哪儿写得不行，于是一些多余的、扎眼的词句就被毫不可惜地涂抹掉了。如果小说有幸再版，那么书中便已删去了这类文字。

1934 年 8 月 17 日，苏联第一次作家代表大会开幕。在会间休息时，卡拉瓦耶娃曾找机会向高尔基谈及奥斯特洛夫斯基。当时高尔基很注意地听，还提了些问题：年轻的作家病残情况如何？治疗效果如何？谁在照料他？工作怎样进行？有没有助手和秘书？卡拉瓦耶娃一一作答，还告诉他，《青年近卫军》杂志编辑部正设法协助奥斯特洛夫斯基，要在莫斯科争取一套较好的住房。高尔基点头赞成，说："这很好。"

1935 年秋季的一天，教育家和记者拉缅斯基曾去拜访高尔基，因为他写了关于列宁格勒共青团员的作品，想让高尔基指教。高尔基坐在办公室里，身上盖着方格毛毯，显然身体不适……高尔基问拉缅斯基："你知道尼古拉·奥斯特洛夫斯基这个作家吗？"他从桌上拿起一本《钢铁是怎样炼成的》，不等回答，只管往下说："从我这儿往前，沿着特维尔林荫道走，在受难者修道院附近，苗尔特维胡同里住着，确切些说，是躺着这位奇人。他动弹不得，双目失明，但体内蕴蓄着伟力，写出了一本关于共青团的书。啊，多好的一本书！我们这儿有些人对这本书持各种各样的态度，但这是他们的良心问题。我认为，应该向谁学习呢？应该向奥斯特洛夫斯基这样的人学习！我建议你到他那儿去一次。他病得很重，也许不能交谈。但一定要去探望他，一定要去。去了你才会明白，什么叫生活和斗争……”

稍停，他又继续说：“我也要去探望他的。瞧，我这是第二次在翻阅他的书，手早就发痒了，很想写写他。等病好了，我亲自去看望。要知道，这就是英雄，这就是新世界、新文艺的文学家，而未来是属于新文艺的……我们已经是老头子了，未来属于你们。”

此时，拉缅斯基才接过话头，告诉高尔基，正是这一年，他已两次去索契，探望过奥斯特洛夫斯基。

1936年4月间，《共青团真理报》文艺部主任特列古勃去克里木拜访高尔基，奥斯特洛夫斯基托他当面奉赠一本《钢铁是怎样炼成的》给文学巨匠。这本书的扉页上，有奥斯特洛夫斯基亲笔写的几个字：“怀着儿子般的爱”。

高尔基表示感谢。特列古勃向他介绍奥斯特洛夫斯基的情况，也谈了《钢铁是怎样炼成的》这本书在青年读者中引起的不寻常的反响。高尔基听得认真、仔细。他用右手捋捋被烟草熏成红褐色的胡子，审慎地问，奥斯特洛夫斯基会不会像某个青年作家（他当时直指其名），很快就“安享荣誉”，会不会由于处女作的成功而患上“自命不凡龃脓肿”，会不会“捧一个人，把他给捧杀了？”

特列古勃竭力向高尔基说明，奥斯特洛夫斯基绝不是那种人，并且转述了法国作家罗曼·罗兰和俄罗斯作家巴别尔赞赏奥斯特洛夫斯基的话。他甚至引用了巴别尔在一次作家会议上的发言：奥斯特洛夫斯基的书使我这个极为苛求的读者感到惊喜。坦率地讲，这是我心潮汹涌地读到底的为数不多的苏联作品之一。这是意志坚强、满怀激情、了解自己所做工作的人在大声疾呼！这个人，诞生在战争的烈火和风暴中，被不幸的遭遇严酷地损害了嗓音……

高尔基听着，含笑说："巴别尔是个聪明人。"随即自语般地表示："不错，看来他不是那种人。至于他的书，我一定读，还要写点东西。"

特列古勃来到奥斯特洛夫斯基那儿，讲述了赠书和交谈的详情。

奥斯特洛夫斯基侧耳倾听，露出懊丧的神情，说："那么还得等喽。"

这是因为早在两年前，他就听说高尔基要撰文评论《钢铁是怎样炼成的》。他在给朋友们的信中，一再表示期待着大师的批评。他也知道，高尔基有意严厉评析青年作家自命不凡、安享荣誉的现象。虽然他自己绝非这种人，但由于文化底子薄，"处女作里有不少芜杂的东西"，存在着大量缺点和错误，因此他既热切期望，又忐忑不安，说："我要挨骂了。"但高尔基一直没有发表这类文章。

1936年5月1日，高尔基在给斯大林的信中提到奥斯特洛夫斯基的《钢铁是怎样炼成的》。此时离特列古勃为奥斯特洛夫斯基向他赠书才不久。这以后，同年6月1日，高尔基从市内前往郊区哥尔克别墅，途径新圣母陵园，一定要下车，去看看英年早逝的儿子的坟茔，而他自己到6月18日就病逝了。

高尔基逝世后，著名的研究家奥夫恰连柯教授在查阅他的《克里木·萨姆金的一生》第四卷的各种草稿、手稿时，意外地发现了高尔基亲笔所写的一段文字："尼古拉·奥斯特洛夫斯基——索契，胡桃大街47号。米·柯里佐夫处的材料。双目失明，四肢瘫痪，除了胳膊肘子以下。"据奥夫恰连柯教授探究推断，上面这段文字写于1936年4月特列古勃登门拜访高尔基之后。

特列古勃本人也有重要的发现。他偶尔获悉，在莫斯科市郊哥尔克的高尔基纪念馆里，有一本《钢铁是怎样炼成的》，那是1932年初版的第一部，而且在这本书里还打着一些记号，令人费解。特列古勃直奔高尔基别墅纪念馆，在藏书室里看到了这本《钢铁是怎样炼成的》。于是，他和纪念馆的科研人员，还有高尔基的孙女马·马·彼什科娃一同查阅研析。

果然，这本书有很多地方画了线条，打了问号，还有勾儿、短横线等。是高尔基阅读时做的记号吗？不对。高尔基习惯用彩色铅笔——红、绿或蓝色的，这里用的却是普通铅笔，有几处甚至用了墨水笔。高尔基画的线条笔直，打的问号接近于椭圆形。可见，这些记号并非出于高尔基之手。

与后来出版的《钢铁是怎样炼成的》对照研究，发觉凡是打过记号的地方，后来都作了修改，或删除，或节缩，或调整。特别是第六章开头，显眼地写着一个字母"д"。1934年的修订本中，此处出现五页新添的文字。于是"д"的含义明朗了。它是"дополнение"的缩写，即"增添"的意思。

至此，似乎可以做出合理的推定了。

奥斯特洛夫斯基发觉，《钢铁是怎样炼成的》第一部初版的文字缺漏删节严重。在那些日子，从索契发出的信函中，他多次对上述编校方面的缺点错误表示不满和气忿。于是，他请人通读全书，并根据他的提示，打上各种记号，以便进行修改增删。这本打过记号的书，后来夹在了其他书中间。当诺维柯夫愿意带上作品到莫斯科去交给高尔基时，奥斯特洛夫斯基让人取一本交给诺维柯夫。那时没有细看，这本书就阴差阳错，辗转到了高尔基这里。

估计秘书克留奇科夫并不重视，未向高尔基介绍奥斯特洛夫斯基的情况，但书是交了的。高尔基至少大致翻阅过，作为行家，自然很容易发觉编校得十分粗疏、草率，便留下一个很差的印象。那段时日，正好他又注意到文学界个别青年作家初露锋芒后自命不凡，便也联想到奥斯特洛夫斯基。正因如此，很自然地，他致信斯大林时会提及《钢铁是怎样炼成的》，在与特列古勃交谈时会说出一些疑虑。

1935 年 3 月 17 日，即《真理报》发表高尔基《论语言》一文的前一天，发表了柯里佐夫赞扬奥斯特洛夫斯基的特写《勇敢》。同年 10 月 1 日，奥斯特洛夫斯基荣获列宁勋章。这两件公众瞩目的事情，高尔基不会不关注。他认真听取介绍，了解有关奥斯特洛夫斯基的生活与工作，他记下奥斯特洛夫斯基的住址和简况，他建议别人去造访这位重残作家，甚至表示自己健康状况改善后也要去探望。他在考虑怎样写奥斯特洛夫斯基才真实、准确，才能在感动读者的同时，对年轻的病残作家也产生恰到好处的鼓励作用。

他是审慎的。奥斯特洛夫斯基对高尔基则始终怀着晚辈该有的景仰之情，期盼得到批评与教诲。

相差三十六岁的一老一少，一位巨擘和一位奇人，始终无缘会面，无缘建立直接的联系，而且仅仅相隔半载，于同一年相继逝世。

以上依据点点滴滴的资料，试做梳理连缀，由此可以推断他们的关系是“意合则未见而相亲”。

据高尔基的第一任夫人叶卡捷琳娜·彼什科娃回忆，高尔基对奥斯特洛夫斯基曾做过这样的口头评断：“他的一生是精神战胜肉体的光辉榜样。”

或许，“精神战胜肉体的光辉榜样”正是高尔基欲写却未能写的文章之主旨吧。

12. 一盆炭火

1936年8月8日，奥斯特洛夫斯基在索契的家中，接待了一位贵宾——应苏联作家协会邀请而远道来访的法国大作家安德烈·纪德。

奥斯特洛夫斯基对纪德的状况知之甚少，只晓得他已明确宣称信仰共产主义，积极参加国际反法西斯运动，是苏联的朋友。

这天，奥斯特洛夫斯基和纪德交谈甚欢，双方都觉得相见恨晚，分手时依依惜别。当日，奥斯特洛夫斯基在给妻子的信中提及此事，并于同一天特意致函《共青团真理报》文艺部主任特列古勃，讲述了此次会见的全过程。

纪德回国后，于同年11月出版《访苏归来》，回顾此行，并在“附录（一）”中以专门的一节记录此次会晤。

奥斯特洛夫斯基和纪德的叙述，篇幅相近，千字上下，粗看内容亦相似，都给人一种温婉的、时而激奋的感觉。

会面四个月后，1936年12月14日，奥斯特洛夫斯基在给母亲的信中，痛心疾首地斥责纪德的欺骗与背叛行径。

这是怎么回事？

纪德的《访苏归来》一书，基于见闻和思虑，发表感想，并不缺失赞美，但对苏联提出了一连串尖锐的批评。当时，此书很快被译成多种文字，在不少国家出版，其中的一些资料与观点，被利用来攻击苏联。而在苏联，则直至1989年才有俄文译本首次发表于《星火》杂志。

书中，纪德以《奥斯特洛夫斯基》为标题的“千字文”，描绘难得的相遇，钦敬奥斯特洛夫斯基的坚定信念、顽强精神。至于奥斯特洛夫斯基在私人信函中宣泄的愤怒，纪德是否得知，或是否有过反应，迄今尚无文字资料可做依据，故难以判定。

奥斯特洛夫斯基和纪德两人短促的交好，奇特的疙瘩或矛盾，引起包括我国在内之世人的瞩目，众说纷纭。

安德烈·纪德（1869—1951）生于巴黎。他写作勤勉，著作丰硕，1947年获诺贝尔文学奖。纪德应邀访苏，是在1936年6月17日至8月21日。回国后出版《访苏归来》，对苏联有赞佩，也有批评，赞佩往往带有保留，批评则每每尖锐，甚至尖刻。纪德自己或许也意识到这一点，因此“前言”的最初两句话，似乎便有剖白心迹的意思：“三年前我曾表明，自己赞赏并热爱苏联。那里的尝试前所未有，让我们心中充满希望，期待那种尝试获得巨大进展，并带动全人类向前飞跃。”

下面的一段话，是一种更为直接的表白或事先辩护：“对于自己希望能始终如一地拥护的人，我要求极为严格。仅限于颂扬——这样来表达热爱，实在糟糕得很；我认为毫无顾忌，直言不讳，才是极大地帮助苏联，帮助她所代表的事业。我要提出批评，正是由于我钦佩苏联，钦佩她已实现的奇迹，也由于我们还对她有所期待，尤其是由于她还会让我们产生希望。”

亲者严，疏者宽。重要的是，纪德写下这些话，直至写成《访苏归来》一书，包括以《奥斯特洛夫斯基》为标题的附录第二节，显然感情都是真诚的。

纪德访苏，不乏颂扬：

苏联的成就，大多令人赞佩。她在全国范围内，展现了喜人的幸福图景。

在一片土地上，乌托邦正在变成现实，而且已经获得的巨大成就，让我们心中充满渴求。

在工地，在工厂，在疗养院，在公园，在文化宫，能直接同劳动人民接触，我由衷地感到一阵阵喜悦。在这些新结识的同志中间，我觉得当即建立起了一种兄弟般的情谊，我也心花怒放，乐不可支。这也就是为什么我在那里拍下的照片总是面带笑容，甚至笑逐颜开……多少回呀，我在那里大喜过望而涌出眼泪，涌出温情和友爱的泪水。

他们最乐意向人展示的，则是最出色的成绩：自不待言，这完全合乎情理。然而也有许多次，我们随意走进一些农村学校、幼儿园、俱乐部，都是些他们根本没有想让我们看的场所，却居然跟其他许多地方毫无差别，而我恰恰最欣赏这些地方，就因为不是摆样子给人看的。

我在苏联最欣赏的，也许莫过于教育措施：几乎到处都想方设法，让最普通的劳动者接受教育（这只取决于他们自己），提高素质。

这里说的是"成就"、"巨大成就"、"全国范围内"、"幸福图景"，是作者本人"喜悦"、"欣喜"、"笑逐颜开"、"心花怒放”、“乐不可支”。

纪德去过少年先锋营。

孩子都很漂亮，营养良好（每日五餐），受到极好的照料，甚至备受宠爱，一个个非常快活，目光清澈，充满信心；他们的笑容也没有狡黠和恶意，而我们作为外国人，在他们看来，很可能显得有些可笑，但任何时候，无论在他们哪个人的身上，我也没有捕捉到一丝一毫嘲笑的迹象。

纪德也去过莫斯科文化宫。

那么多青年男女，处处举止端庄，十分得体，看不到一丝一毫的打情骂俏。到处是热情洋溢的欢乐气氛。这里组织游戏，那里举办舞会；通常有一位男的或女的辅导员，安排并指导活动，一切都秩序井然……民间歌舞，往往只有一架手风琴伴奏；各种杂技，有一名教练在监视“危险的空翻”，不时地指点……体操器械……排球场。我观赏不够的，是那些排球队员健美的身姿……国际象棋、国际跳棋……孩子有孩子的游戏。就是幼儿，也有专门的场地。小房子、小火车、小船、小汽车……各种猜谜活动，没有一点儿低级趣味；那么多人，都显得那么正派、庄重，彬彬有礼，而且无拘无束，那么自然而随意。除了儿童，来的全是工人……体育锻炼、休息娱乐，或者学习（这儿可还有阅览室、讲演厅、电影院、图书馆，等等），有人临时充当教师，在上面高谈阔论，宣讲事件、历史或地理，并借助图表，甚至还讲解实用医学、生理学。听讲的人极为认真。

纪德和旅伴，在行驶中的列车上邂逅过一群共青团员。他们一起玩纪德随身带着的小玩具，互相讨论，甚至争论，唱歌、跳舞，笑声阵阵。

我们怀疑，在别的国家邂逅，能否这样一见如故，自然而热忱地交往。在任何别的国家，青年是否也这样可爱呢？

他参观过一座集体农庄，是已度过六年初创的艰难时期的模范集体农庄。“到处呈现幸福的景象”、“草木庄稼欣欣向荣”、“每户住宅都是木质结构、吊脚悬空小楼，如画一般秀丽可爱。相当宽大的院子，种满了果树、蔬菜和鲜花。去年农庄收益惊人”。“苏联再也不存在少数人剥削多数人的现象了。这是巨大的成就”。

这里说的是“营养良好”、“欢乐气氛”、“健美”、“无拘无束”、“没有一点儿低级趣味”、“收益惊人”、“再也不存在……剥削”。

以上是赞美。涉及面相当宽泛，不吝啬颂扬的词语。但《访苏归来》更多的是，或者应该说，主要的是批评——尖锐的评断、猛烈的抨击和惊人的“预言”。

纵使在概括和具体的称赞中，可以看到少儿、青年、工人，看到列车、农庄、国家，然而很少直接提及“苏联”、“苏维埃”、“政府”，尤其是不提党和国家的领导者，虽然他也一定知道，巨大成就和幸福景象并非是在沙皇统治的国土上自然地冒出来的。

纪德的批评，源自他的目睹耳闻，实实在在，剖析锐利，振聋发聩。

纪德有时心态相当平和，头脑冷静，考虑周全。他说："大好局面，往往要付出巨大努力。而努力并非每时每地都能获得预期的效果。有时就会想：时候未到。"然而，这位作家也抱有不切实际的幻想："前去访问之前，我多么希望再也看不到穷人，或者说得明确些：正是为了再也看不到穷人，我才前往苏联访问。"

怀着这样一种"朝圣"的心情，纪德进入了苏联。他的眼敏锐，他的心善感，察幽烛微，鞭辟入里。这又是和他的出身、阅历、政治主张和文艺观点紧密相连的。在列宁格勒，纪德说自己"所欣赏的，是往昔的圣彼得堡"。到了莫斯科，他"完全清楚，莫斯科正在改观，日新月异"，"是一座建设中的城市"，"到处都显示变化"，"生机勃勃"，却又觉得"房屋建筑除极少例外，都非常丑陋"，"不堪入目"。

他注意到，"人们的衣着打扮，异乎寻常的清一色"，也发现商店门前排队购物的长龙延伸至另一条街，"总有两三百人"。他进入商店观察，"里边拥挤得难以置信"，但售货员"不慌不忙"，顾客"一点也不乱"，"如有必要，他们会等一上午，甚至一整天"。

人们为什么如此平静，如此有耐心？纪德正确地指出：对于物资匮乏、供不应求，大家都习以为常了。然而，他在记述民众的穿戴“异乎寻常的清一色”后，没忘了接上一句：“大概头脑也同样如此，假如能看得到的话。”这是法国式的幽默还是纪德式的讥诮？似乎更像一种先入之见的自然表露。

如果仅仅发觉衣着单一、物资匮缺，那就不是纪德了。他深刻地指出：“关键是让人相信，已经得到了最大限度的幸福，以后会更好；还让人相信，任何地方都不如他们幸福。”“在他们看来，苏联之外，漆黑一团。除了几个无耻的资本家，世界上其他所有人都在黑暗中挣扎。”因而他认为，苏联人的幸福是虚假的，是“由希望、信赖和无知构成的”，而且纪德并不因为本人受到贵宾级的款待而“吃了人家的嘴软”，却以此为实例，无情地如实描摹：“几乎天天宴请，冷盘就那么丰盛，还未等上主菜，一个人有三个肚子也塞饱了；主菜有六道佳肴，要吃两个小时，把人搞得精疲力竭，浪费惊人哦！”他和同来者一行六人，陪吃的主人有时还大大超过客人。这么吃一顿，每人的花费估计要三百多卢布，而他接触过的“力工”，每天只挣四五个卢布。

贫富不均！纪德是悲天悯人的。他在 1937 年 6 月撰写的“补正”中，引用可靠的统计数字，以支持自己“广大群众缺衣少食”的论点——

最低和最高月工资：工人七十至四百卢布，小职员八十至二百五十卢布，供食宿的佣工五十至六十卢布，中等职员和技术员三百至八百卢布，高层负责人、专家、高官、某些教授、艺术家、作家一千五百至一万卢布，甚至高达三万卢布。

高低差距何其大。纪德由此推断，那里依旧存在着剥削，

“方式还特别狡诈，特别巧妙，特别迂回，弄得冤无头债无主，劳动者不知该向谁算账了”。

纪德通过观察研究，忧心忡忡地担忧，在苏联，“熏心的利欲、私人占有欲，已重新抬头”，“正在形成一种贵族，即使还未成为阶级，也已成为社会阶层”。

纪德所要谴责的现象远不止此。

他发现，“斯大林的肖像到处可见，斯大林的名字挂在所有人的嘴边，对他的颂扬也无一遗漏地纳入所有的讲话中”。有一件事，让他留下尤为深刻的印象。那天，他们一行乘车途经斯大林的故乡——小城哥里。纪德觉得，若从这里发感谢电给斯大林，“无疑很合乎礼节”。他拟的电文稿上这样写：“在我的美妙的旅行中，途经哥里，我由衷地感到需要向您……”

译员当即建议加上“劳动者的领袖”、“人民的导师”之类，说否则只用一个“您”，太不“尊敬”。纪德感到这样做实在“荒唐”，但是“争也白争”，若不如此，电报便发不出去了。

纪德认定，苏联的专政已经成了“一个人的专政”，而不再是“团结一致的无产者、苏维埃的专政”，“新资产阶级”正在形成，而且“具有我们的资产阶级的一切恶劣品行”。

而在文学艺术方面，纪德有自己的见解。

在索契宾馆的大厅里，他和一位即将展出近期创作的画家有过一番争执。画家表示“创造出一种新艺术，无愧于我们这样伟大人民的艺术。艺术，今天必须是大众的，否则就称不上艺术”。纪德不以为然，说这是要迫使所有艺术家随大流，不同意的就被迫沉默：“你们口口声声说，要……发扬光大，并且要捍卫文化，那么将来肯定会成为文化的耻辱。”

画家指责记德这种“资产阶级思维方式”，继续辩驳，“声调越来越高，简直像讲课或者背书”。

两人不欢而散。但稍后，画家来到纪德的客房，压低声音说：“咳！我当然清楚了……可是刚才，有人在听我们聊……”

在列宁格勒，纪德原定要去一个文人和大学生的集会上发表演讲。然而，由于他的发言稿不符合“路线”，通不过，没讲成。这篇稿子里有如下的阐述：

必须坚信，艺术如果依附一种学说，哪怕是依附最健全的、颠扑不破的一种学说，那么从来都不能赋予艺术品以深层价值，并使其流传下去。

获胜的革命能够也应该向艺术家提供的，首先是自由。

社会主义国家如果发生翻天覆地的变化，消除了艺术家抗议的一切动因……艺术家不必再起而抗争，那么除了随波逐流，还有什么可做的呢？

一个伟大的作家、伟大的艺术家，本质上是不安分的，总要逆潮流而动。

显然，纪德对于20世纪30年代中期的苏联社会、人民阶层、经济生活、思想观念、文学艺术，乃至政权领袖，表达了许多真知灼见，同时也夹杂着不少值得商榷的看法。后者在当时复杂的国际环境中，会产生对苏联不利的负面影响，纪德是否预料到了呢？答案是肯定的。然而，他的态度鲜明得很，率性得令人叹惋。

“别人怎么利用我写的东西，我管不了，能管我也不想管。”

下面两段似乎彼此矛盾的话语，清晰地表明他内心的骚动不安和猛烈冲突。

假如我不是坚信不疑，这本书就不会出版，甚至不会写出来：我坚信苏联最终能战胜我指出的特定错误。

苏联……背叛了我们所有的希望。如果不让我们的希望陨落，那我们就必须另找寄托。

纪德是位诤友，骨鲠在喉，不吐不快，甚至无所顾忌到不适当的程度。

纪德不无偏执，觉察了一些糟糕的、恶劣的端倪，有时会结论下得过早，或并不精准。

纪德本人的世界观、文艺观，更是复杂的。他追求绝对自由，仿佛永远愤世嫉俗，永远与现政权对立，方可成为伟大的作家、艺术家。

换个视角看吧。良药苦口利于病，忠言逆耳利于行。当时的苏联政府、首脑，若并不讳疾忌医，而是心平气和，仔细研读《访苏归来》，不计较语气轻重，接受其中应该与可以接受的观点和建议，纠正一些错误于刚冒头之时，那该多好。但实际上，苏联不仅启动本身管控的宣传机器，而且召唤世界各国的左翼进步力量，口诛笔伐，实行围攻。纪德不服，予以回击，形成论战。于是，双方都有过火出格的指责。比如，苏联报刊辱骂纪德是“披着羊皮的狼”、“法西斯的奸细”，纪德则再次强调：“我不免怀疑，今天，在任何别的国家，哪怕是在希特勒统治下的德国，思想也不会比这里更不自由，更低三下四，更战战兢兢……”

纪德是了不起的。当苏联的社会主义事业如日中天，兴旺发达之时，他敏于审察，勇于指出其缺点、失误甚至严重的偏离。无论从哪个角度看，纪德都是真诚的。激赏的话语、正确的话语，出于真诚；揭露的话语、偏执的话语，同样出于真诚。

1936年8月8日，奥斯特洛夫斯基写信给妻子拉依萨，一开头就谈了纪德当天的来访。我国1956年初版、1995年第二版的《奥斯特洛夫斯基两卷集》收有此信，但缺失了以下一段（日期误为8月9日）。

安德烈·纪德和他的旅伴——几位法国作家和一位荷兰作家，刚刚离去。

我们的会面友好而热情，我心里激动。安德烈·纪德是极好的人。虽然通过译员交谈，然而我仍能感受到这位天才作家的襟怀坦白、宅心仁厚。我在自己的手上，此刻仍感觉出他犹如工人般的大手的温热。

奥斯特洛夫斯基确实激奋不已。就在这天，他又致函《共青团真理报》文艺部主任特列古勃，专门叙述此次会面。《奥斯特洛夫斯基两卷集》未收此信，我们国内一般以为从未译成中文。其实，1992年，就在特列古勃所著、拙译《活生生的保尔·柯察金》一书中，已曾全文披露这封“千字信”。

亲爱的谢苗：

安德烈·纪德和他的同行者们刚刚离去。这次晤谈令我兴奋、激动。我手上还感觉到这位老人双手紧握留下的温热，感觉到偶尔掉落在我手上的泪滴……

我没想到，他以充满人性的诚恳感动了我。于是我的心扉打开了。我相信，自己感触到了他全部举止的真挚。他有一双大手，劳动者的手。我对他讲了这一点。他高兴得笑了起来。

“感谢您的盛情邀请。不过即使并非如此，我也非来拜访您不可。”他说。

我听着他那轻柔、温厚而亲切的语言，他的激奋也感染了我。

“我和我的朋友们返回法国，要竭尽全力，把您的著作介绍给法国青年，并且让这本书在他们中间找到像在您的祖国那样多的热心读者。”他的这番话语由译员译给我听了。他的手紧紧地捏着我的手。

他谈国家的使命。

“不错，为千百万人而写作的快乐是无可比拟的。我打算多写爱，少写恨，但这是将来的事。而当前，我们西方作家必须写的，不仅是拥护什么，还有反对什么。”他说。

“当然，富有才华的作家为人民写作，会招来人民的敌人——法西斯分子的仇视。但这一点点毒汁与爱和友谊的海洋相比，显得微不足道。这爱和友谊是劳动人民慷慨地奖给把自己的才能献给人民的坦诚而正直的作家的。”我回答。

“哦，对!”他感叹。“这一点，我比任何时候都理解和感受到了。”

在交谈中，安德烈·纪德柔和地抚摸着我的手，他说：

“有时候语言是多余的。我们手上的温热可以代替语言。况且，您这愉快的笑脸，比最美好的、充满友谊的话语所能告诉我的还要多。”

他感情深沉地谈论高尔基。他讲了阿列克谢·马克西莫维奇之死使他何等震惊。

“我内心悲痛地站着，注视这人的海洋、这不见尽头的洪流，他们是前来向敬爱的朋友，不仅仅属于苏联的作家诀别的。这表明人民和文学巨匠之间的广泛联系。这种场面我在哪儿也没见过，而且永远不会忘却……”

一个小时过去了。安德烈·纪德担心我是否疲劳。我说不累。我们又谈开了。他问我正在写什么。临走时他深情地吻了我的额头。我们要分手了。

他在自己的著作《刚果之行》扉页上题了词。别人把他的题词念给我听：“1936年8月8日赠给奥斯特洛夫斯基同志。兄弟般的安德烈·纪德”。

再见吧，安德烈·纪德同志！一路顺风！愿苏法人民之间的友谊日益巩固……一路顺风!

“再见!”他用俄语说。在我家人的相送下，他们离去了。

尼·奥斯特洛夫斯基

1936年8月8日

纪德《访苏归来》中的那则“千字文”，又是怎样记录这次会面的呢？

我只能怀着最诚挚的敬意，来谈论奥斯特洛夫斯基。如果我们不是在苏联，我就会说：他是个圣徒。宗教没有培养出更为光彩的形象。并不是唯有宗教才能塑造出类似的人，他便是明证。一种火热的信念就足够了，不求将来的回报；除了完成庄严的职责的这种满足感，别无所求。

一次事故之后，奥斯特洛夫斯基便双目失明，全身瘫痪了……他与外界的接触几乎断绝，找不到施展身手的空间，而他的灵魂似乎升华，达到了崇高的境界。

我们赶紧走到他久卧的床铺跟前。我坐在床头，伸出手让他抓住。我应当说：他紧紧抓住，就像抓住生命似的；而且，他那枯瘦的手指，在我们拜访的自始至终，就没有停止过抚摸我的手指，同我的手指绞在一起，向我传递动人心弦的情义。

奥斯特洛夫斯基看不见了，但是他能说话，也听得到。也许除了肉体上的痛苦，再也没有什么来分散他的注意力了，因而他的思想尤为活跃，尤为凝神专注。然而，他并不抱怨。尽管这样缓慢地走向死亡，他那清癯而美丽的脸上，还能绽开笑容。

他休息的房间很敞亮，从开着的窗户传进鸟儿的欢唱、飘进花园的馨香。这里多安静哪！他母亲、他姐姐、他的朋友和来访的客人，都坐在离病榻不远处，不出一点声音：有人在记录我们的谈话。我对奥斯特洛夫斯基说，看到他这样坚忍不拔，我感到极大的欣慰。可是，他听了这种赞颂，似乎很不好意思。他认为应当称赞的是苏联，是苏联做出的非凡努力。他关注的仅仅是这一方面，而不是他自身。我两次向他告别，怕累着他，因为这样持续地释放激情，我想只会有伤身躯；然而，他一再挽留我，让人感到他需要说话。就是等我们走了以后，他还会继续讲下去；对他而言，讲话就是口授。他叙述自己生平的这本书，就是这样写出来的（让人代笔写的）。他告诉我，现在他正口述另一本书。他从早到晚工作，直至深夜。他不停地口述。

我终于站起来，要告辞了。他请求我吻他一下。我把嘴唇放到他的额上时，简直要忍不住流下眼泪：我忽然觉得和他相识已久，我要离开一个朋友；我也意识到是他离开我们，而我是在同一个垂死者告别……有人告诉我，他就是这样，好像马上就要死去，过了几个月，又是几个月，唯有一腔热忱，在维系这虚弱的躯体内将熄的火焰。

仅仅过了四个月多一点，同年的12月14日，奥斯特洛夫斯基刚刚修改好《暴风雨中诞生的》（第一部）书稿，在给母亲的一封信里再次提及纪德。他已得悉纪德回国后写出了《访苏归来》这本书，报刊上说纪德忘恩负义，攻击苏联，成了披着羊皮的狼、疯狂的反苏反共分子。奥斯特洛夫斯基很想看看译成俄文的《访苏归来》，但他找不到的，因为当时根本没有此书的译本。他和绝大多数苏联人一样，只能依据报刊上零星的引文和所下的断语做出反应。

亲爱的妈妈：

小说《暴风雨中诞生的》第一卷的定稿工作，今天大功告成。我对共青团中央许下的诺言——于12月15日前改定书稿的诺言，兑现了。

……

你大概已从报刊上读到安德烈·纪德背叛的消息。他当时把我们蒙骗得好苦！妈妈，有谁能料到，他会干得如此卑鄙恶劣?!这个老头儿将为自己的行为感到羞耻！他所蒙骗的，不仅是我们，还有曾把他当作朋友接待、友善地伸手给他的我国全体强大的人民。如今，他那本叫作《访苏归来》的书，被我们所有的敌人用来反对社会主义，反对工人阶级。在这本书里，我被安德烈·纪德写得“很好”。他说，我如果生活在欧洲，会成为“圣徒”，等等。

不过，我再也不想谈这件事情了。这种背叛行径使我心情沉重，因为我那时真诚地相信他的话语、眼泪，相信他曾为我们的一切成就和胜利欢欣鼓舞。

记录同一次会面的两篇千字短文，粗看似乎大致相同，视角各异罢了，细察并非如此。

在纪德眼里，奥斯特洛夫斯基是个“圣徒”。他知道奥斯特洛夫斯基决不会接受这类带宗教意味的赞誉，但又觉得只有这样称颂才最恰当。因此，他才会在文章的开头，便“怀着最诚挚的敬意”表示：“如果我们不是在苏联，我就会说：他是个圣徒……”开宗明义，为全篇定下基调。

为了强化这一基调，紧接着从宗教角度阐发一句："宗教没有培养出更为杰出的人物。"又一句："并不是唯有宗教才能塑造出类似的人，他便是明证。"意犹未尽，变换视角，直接写人，以简朴的语句、浓烈的情愫，描绘世间最高的精神境界，表达最高的崇敬。这便是第三句："一种火热的信念就足够了，不求将来的回报；除了完成庄严职责的这种满足感，别无他求。"

纪德深切地了解奥斯特洛夫斯基信仰什么，了解他视什么为庄严职责。这位大作家"访苏归来"，此时对苏联的社会主义制度，对社会主义现实主义的创作方法，已有了不以为然的、新的认识或观点。他"十分担忧，充满纯马克思主义精神，并以此获得成功的大量作品，过不了多久，就会让来接触的人闻到无法忍受的诊所味；而我认为，作品只有摆脱这种顾忌，才最有价值"。奥斯特洛夫斯基的文学观与此大相径庭，甚至针锋相对。他认定作家——"人类灵魂的工程师"，肩负着重任："我们每一个人，不仅要以自己所写的文字，而且要以自己的整个生活和作风来教育别人"，"应该教育青年，让他们明白，一名战士，纵然处境险恶，只要心中有勇气，他也能重创敌人"。奥斯特洛夫斯基主张文学作品应具备鼓舞和教育作用。在纪德看来，这便是"无法忍受的诊所味"。

因而，随后的叙述、描摹和赞颂，都明显地带着宗教意蕴。他佩服奥斯特洛夫斯基"灵魂似乎升华，达到了崇高的境界"。他敬佩重残作家"尽管这样缓慢地走向死亡，他那清癯而美丽的脸上，还能绽开笑容"。关于分别时刻的描绘，给人的感觉更是如此，而且平添几分伤感、几分悲壮，九转回肠，恰如永诀。纪德吻对方的前额，“简直要忍不住流下眼泪”，觉得“是在同一个垂死者告别”。

这份真挚的善意，奥斯特洛夫斯基是充分感受到的。他在自己的“信”里说，纪德“以充满人性的诚恳感动了我”。我国闻一先生甚至认为，纪德这临别一吻，“像是神父在给濒临死亡的人做临终祷告”。这是审视到纪德的内心深处去了，不过，法国大作家毕竟对奥斯特洛夫斯基满怀钦仰，他在表露的不仅是“悲”，还有“壮”。奥斯特洛夫斯基“好像马上就要死去，过了几个月，又是几个月，唯有一腔热忱，在维系这虚弱的躯体内将熄的火焰”。

纪德确实敬佩奥斯特洛夫斯基。但他在当面由衷地赞美时，也敏锐地察觉到对方“听了这种赞颂，似乎很不好意思”，而且完全明白，对方之所以如此，是由于“他认为应当称赞的是苏联做出的非凡努力。他关注的仅仅是这一方面，而不是他自身”。

他们谈论文学，谈论作家，纪德尽量避免直接评价《钢铁是怎样炼成的》一书的政治倾向和艺术特色，而是热忱地表示，愿意“竭尽全力”，向法国青年介绍，让“这本书在他们中间找到像您祖国那样多的热心读者”。

有意思的是，即便这样的表态，在纪德的文章中也看不到，我们是在奥斯特洛夫斯基致特列古勃的信中发现的。此信写于会面当日，应该确凿可信。紧接着，双方谈及作家的使命，倒是纪德率先表示：“当前，我们西方作家必须写的，不仅是拥护什么，还有反对什么。”

奥斯特洛夫斯基觉得这是爱憎分明的立场，非常重要，完全赞同。他还设身处地，想到像纪德这样既坦诚又正直的作家可能因此而招致“法西斯分子的仇视”，所以说出一番鼓劲、支持的话，情感深厚，比喻贴切。纪德当即为之动容，并表示，自己比任何时候都更深刻地领受和感悟到了。

值得注意的是，这些交谈的内容，我们同样是在奥斯特洛夫斯基的“千字信”中读到的。纪德归国后写的文章，当时的感慨也许已稍稍浅淡，着力写自己认为更其重要的情景、心绪和评断了。

他坐到奥斯特洛夫斯基的床头，两人始终握着手，他说对方枯瘦的手指，“向我传递动人心弦的情义”，这是准确的。然而，他也说对方紧紧抓住他的手，“就像抓住生命似的”，因为在他的意念中，对方是“与外界的接触几乎断绝”的。奥斯特洛夫斯基的确并非没有孤独和苦闷的时候，可他无论身在何处，总是努力联系党组织、团组织，身旁有家属、朋友；他主动争取，抓青年学习小组，参加文学爱好者的讨论……有位外国记者直截了当地提问：“党什么时候开始注意您的呢？”奥斯特洛夫斯基明白无误地回答：“我从来也没有被遗弃过。”

纪德的两次表述，即觉得奥斯特洛夫斯基抓住他的手，犹如抓住生命，即临行觉得在同一个垂死者告别——似乎还隐隐透露出怜悯。这怜悯又与景仰纠结在一起，显得非常复杂。他和对方似乎真是神父与弥留者的关系。

纪德还引用过一则神话故事——

荷马在颂扬得墨忒耳时讲述，这位伟大的女神为寻觅女儿到处奔波，这天来到了克勒俄斯宫。女神扮成老妪模样，宫中无人认得；王后墨塔涅拉派她照看刚出世的小王子得摩福翁，即后来开创农耕的特里普托勒摩斯。

夜晚宫门紧闭，人们都已入睡，得墨忒耳将得摩福翁抱出柔软的摇篮，将其赤条条的身子置于炽热的炭火上。此举看似极为残忍，其实却出于无限的爱：她渴望将孩子带上神界。我想象得出，伟大的得墨忒耳俯视着光灿灿的婴孩，恰似俯视未来的人类：他经受炭火灼烧，在这种考验中强壮起来。他身上正孕育着不知何种超人的、强大而出人意料的光辉品性！得墨忒耳的大胆尝试，怎么就不能进行到底？她的挑战，怎么就不能毕其功于一役！根据传说，只因墨塔涅拉忐忑不安，受母性担忧的错误引导，闯进实验室，一把推开女神，移走炭火，毁弃了修炼中的超人品性，结果为救孩子而丧失了一个神。

荷马是约公元前9世纪至前8世纪的古希腊专事行吟的盲歌手、诗人。是否确有其人，至今尚无定论。得墨忒耳是希腊神话中的谷物女神（罗马神话中称为色列斯）。她和主神宙斯生有一女，名叫普西芬妮。这女孩正在采花，突然土地开裂，冥王哈得斯跳出，把她劫往冥府，强娶为冥后。得墨忒耳悲痛万分，四处寻女，她一离开奥林匹斯山，人间便赤地千里，饿殍遍野。于是宙斯命令哈得斯，让冥后普西芬妮每年回去与母亲得墨忒耳团聚一次。那时便大地回春，谷物繁茂。

纪德这样引用神话故事，要阐明什么呢？女神、得摩福翁、炭火，各影射谁或暗指什么呢？

谷物女神——纪德本人；一盆炭火——《访苏归来》这部小说；得摩福翁——苏联这个国家。纪德是出于无限的爱，在做一次大胆的尝试，把婴孩放到炽热的炭火上烤，但愿毕其功于一役，帮他修炼成神。然而，纪德对此似乎并不乐观。实验不成，婴孩得摩福翁未能获得超能品性，未能成神，最终变为非人非神、半人半神的特里普托勒摩斯。换言之，纪德自比为谷物女神，预感到《访苏归来》这盆炭火难以帮助苏联脱胎换骨、超凡入圣，变成他心目中的理想世界，“再也见不到穷人”、再也见不到残存着“意志薄弱、追求享乐、不关心他人”等“资产阶级本性”的人，再也见不到“遗产和遗赠的恢复”、“熏心的利欲”、“私人占有欲”的“重又抬头”，再也看不到“新资产阶级”、“官僚阶级”和“所有特权”，再也看不到“一个人的专政”。

纪德在苏联发现了种种恶的、坏的事物的苗子、兆头，决策者的一些失误、偏离，及其造成的恶果，并勇敢地指出、谴责。但有时候，他自己也看走眼，说过头，下错结论，且只管发表，不管后果。《访苏归来》这盆炭火确实没有烤出预期的成效，这是居高临下的纪德的悲哀，更是不纳忠言的苏联的悲哀。

然而，纪德毕竟是真诚的。奥斯特洛夫斯基对纪德无论赞扬在前，还是责备在后，也是真诚的。

真诚与真诚，在特定条件下相碰撞，有时也会火星飞溅。

那么，奥斯特洛夫斯基和纪德是绝对意义上的如同冰火、势不两立吗？倒也未必。

在《访苏归来》一书的附录（一）中，第五节的标题为“弃儿”。纪德描述在塞瓦斯托波尔看到的一些流浪儿的生活情形，还特意去观察他们的栖身之所。他目睹了苏联警察怎样关切地、耐心地把一名不满八岁的流浪儿扶上车去。纪德虽然不清楚孩子将被送往何处，但如实地记述了苏联警察“那令人幸福的温和声调、那由笑容所表达的至爱、那抱起孩子时的深情呵护”。

纪德在做客观的记录，同时也自然地表露了一位善良作家对弃儿（流浪儿）的深刻同情。

奥斯特洛夫斯基也曾关心一名流浪儿。尽管当时，他自己腿脚已不大灵便，仍为此奔走，使得这个孩子得到妥善的安置。显然，奥斯特洛夫斯基和纪德同样都具有关怀弱势群体，尤其是关怀孩童的悲悯心肠。

《钢铁是怎样炼成的》一书的作者，确实并非仅仅具有“钢铁性格”和“钢铁意志”。

俄罗斯乃至世界文学最伟大的天才之一——列夫·托尔斯泰曾提出真正优秀作家的三条特征，其中第一条就是“为全人类着想和说话”。

纪德怀着复杂的心情发声：“我看到苏联的胜利、它的成就——能让人憧憬更大幸福的胜利和成就。唉！我同时也看到它的匮乏、缺陷和苦难。”“我坚信，苏联最终能战胜我指出的特定错误。”“真话讲出来再怎么令人痛心，刺伤也只能是为了治病。”

但他又十分明确地表示：“在我的心目中，还有比我本人更重要，比苏联更重要的东西，这就是人类，这就是人类的命运、人类的文化。”

奥斯特洛夫斯基则借保尔之口，抒发壮怀：“人最宝贵的是生命。生命给予人只有一次……”

作为后人，作为21世纪的新人，我们联想到苏联的解体，应该更能体味出当年，纪德目光之犀利与心绪之沉抑，奥斯特洛夫斯基思考之宏阔与情感之激扬。

13. 永远的保尔·柯察金

今年是中国“俄罗斯年”，又正逢《钢铁是怎样炼成的》一书作者尼古拉·奥斯特洛夫斯基逝世七十周年，缅怀之情，涌上心头……

1931年11月，奥斯特洛夫斯基既失明又瘫痪，僵卧床榻，克服万难，写完了《钢铁是怎样炼成的》第一部。

1932年，小说开始在《青年近卫军》杂志连载；同年12月，单行本首次出版。当时他本人尚未见到样书，而且体质虚弱不堪，肺炎又一次发作，险些丢命。但是无论在莫斯科还是在索契，无论在家中还是在疗养院，他都没有停止工作，继续创作着《钢铁是怎样炼成的》第二部。亲友、邻居，甚至才九岁的小侄女珍娜，也晓得要帮助这个身残志坚、奋斗不止的人做点事。

1933年12月22日，奥斯特洛夫斯基终于收到了样书——《钢铁是怎样炼成的》第一部。他用颤抖的手指抚摸着封面，接触到压印的图案花纹——凹陷的长条，失明的双目立即不转了，眉头紧皱，聚精会神，琢磨着，猜测着，最后激动地问：

“这是不是一把刺刀？”不错，正是一把银光闪烁的刺刀，斜插在由细棉布封面做成的、浅灰色的背景上。奥斯特洛夫斯基禁不住欢呼起来：“简直太棒了……这就是我的刺刀、我的新武器。我要用这新武器，和党，和整个国家一起战斗了！”

又经历了多少健全人难以想象的艰难困苦，奥斯特洛夫斯基于1933年6月结束第二部的创作。到1934年9月，第二部也终于问世。

从1934年12月开始，奥斯特洛夫斯基又着手创作长篇小说《暴风雨中诞生的》。现在是他口授，由秘书扎拉列娃记录。

《钢铁是怎样炼成的》在苏联各地引起热烈反响。人们从四面八方来信，赞扬他的作品。1934年约收到两千封，1935年将近六千封。

巴库的一位团员读了《钢铁是怎样炼成的》，不由联系实际思索："我常常自满，把注意力用在琐碎的事情上，还嫉妒，并有一些市侩习气，保尔可不是这样的。"

一位女跳伞员说："我头一次跳伞，心里有点害怕……想起勇敢无畏的保尔·柯察金，我就能按照要求做动作了。"

贝尔沙德斯基曾是一位青年水手。船遇险，他双目失明了，内心充满绝望，自杀的念头挥之不去。同志们关心地劝导他，为他读《钢铁是怎样炼成的》。他有所触动，有所感悟。使他心灵为之震撼的，是保尔在郊区公园思考人生时的一段自语：

每一个笨蛋，任何时候都会冲着自己打一枪的，要摆脱困境，这是最怯懦、最省劲的方法。活得艰难，就啪的一枪。可你试过战胜这种生活吗？……纵然到了生活难以忍受的时候，也要设法活下去。要让生命变得有价值。

贝尔沙德斯基决心像奥斯特洛夫斯基那样，顽强地自学，团支部也大力支持。后来，他成功了，深有体会地表示："现在，你们看，我正在大学里讲课，生活很美满，很幸福……"

这部小说陆续被译成法、德、英等文字出版，引起广泛注意。诺贝尔奖获得者、法国大作家罗曼·罗兰在一封信中热情地赞扬道："在意志战胜叛逆的命运方面，您给全世界做出了极高尚的好榜样。"

在这和谐的声音中，偶尔也出现过令人厌恶的噪音。有些外国记者说，什么奥斯特洛夫斯基写书，一个普通的司炉工，瘫痪了，连眼睛也瞎了，怎么写得出这样的书？

登门访问的客人越来越多，有单独来的，也有成群来的。有人称奥斯特洛夫斯基为保尔·柯察金，他总会解释：不对……我不喜欢把我和小说的主人公混为一谈。这会妨碍评论家给小说以正确的评说。

1935 年 10 月 1 日，奥斯特洛夫斯基荣获列宁勋章。

11 月 27 日，乌克兰政府决定在索契建造住宅，赠给奥斯特洛夫斯基。

来信来访日益频繁，社会活动也更多了。

为了写好第二本书《暴风雨中诞生的》，需要参考许多资料，只有亲自去莫斯科才能觅到。医生了解他的体质，一再劝阻。然而，在奥斯特洛夫斯基的坚持下，医生让步了。

12 月 11 日，奥斯特洛夫斯基终于乘火车抵达莫斯科。他投入紧张的工作——搜集资料，进行创作。

1936 年 5 月 17 日，奥斯特洛夫斯基返回索契，迁入新居。

体质本已极孱弱，去莫斯科一趟，4 月 28 日父亲病故，6 月

18日高尔基逝世，使得奥斯特洛夫斯基一再心情沉重、精神抑郁。

然而，他具备很强的自制力，不久便又全身心地投入创作，继续写《暴风雨中诞生的》第一部。

这年夏季，奥斯特洛夫斯基时常发病，到7月间，他心里明白，自己随时都可能离开人世。

7月31日，他给在莫斯科的妻子写信：

我在工作，全部精神和体力都扑了上去……我的身体背信弃义，忽好忽坏。每分钟都可能崩溃。因此我急急匆匆，争分夺秒。现已弄清楚，上回是胆囊破裂，与死神擦肩而过。

8月2日，他又写信告诉妻子：

我的健康状况一塌糊涂，不过仍在工作，一天两班，十二个小时……

8月6日又是一封：

我全线出击，拼命进攻。

为了听取更多行家的批评与建议，奥斯特洛夫斯基于10月22日再度赴莫斯科。

11月15日，苏联作家协会理事会在奥斯特洛夫斯基的莫斯科住处举行扩大会议，讨论小说《暴风雨中诞生的》第一部。作家、诗人、编辑，还有团中央代表、报社记者聚集一堂。大家肯定了作品的成功，也诚恳地指出种种缺点。

奥斯特洛夫斯基当即计算了一下：修改作品约需三个月，不过如果一天工作三班，那么一个月便可完成。

他还诙谐地表示：有的人休息可以治好病，有的人工作可以治好病。

会后他休息了一天，立即开始工作，自己规定必须于 12 月 15 日修改完毕……

12 月 15 日，奥斯特洛夫斯基收到列宁共青团中央委员会的决议，要他休假一个月。

当夜，他的肾脏病复发，来势凶猛。

12 月 21 日晚上，他告诉妻子："我现在对你说的，可能是最后的连贯的话了。我这一辈子过得还不算糟糕。是的，一切都是自己争取来的，什么也不是凭空得到的……我们的两位老人，一生为我们操碎了心，应该加倍报答她们。可我来不及做什么了。拉依萨，爱护她们吧……"

他昏迷了过去。

1936 年 12 月 22 日下午 7 时 50 分，尼古拉 · 奥斯特洛夫斯基与世长辞。

奥斯特洛夫斯基走了，但他留下了名著《钢铁是怎样炼成的》。

米哈依尔 · 肖洛霍夫说得好："人们将以热爱、感激和赞赏之情来怀念他。"

奥斯特洛夫斯基生前，1935 年 10 月 12 日在索契、基辅和舍佩托夫卡各城间的无线电通话中，发表过题为《我们的任务——巩固祖国》的演说。其中，他这样讲："当霹雳一声，流血的黑夜到来的时候，我深信，将有无数像保尔·柯察金那样的战士奋起，保卫我们的祖国。但那时我已经不能和你们在一起了。我请求你们替我砍杀，替保尔·柯察金砍杀……"

1941 年 6 月，德国法西斯进攻苏联。奥斯特洛夫斯基虽已逝世，但他的书，尤其是《钢铁是怎样炼成的》，在这场严酷的战争中发挥了巨大的鼓舞作用。

在斯大林格勒防卫战中，崔可夫将军麾下的战士被称作保尔·柯察金的后代；在列宁格勒的战场上，作战最勇猛的士兵被称为柯察金战士。

索契的奥斯特洛夫斯基纪念馆内，挂着近卫军准尉、卫生员金娜的一帧照片。她二十岁上前线，救助过一百二十三名伤员。后来她自己身负重伤，不得不截肢。她住在医院里，想想将来如何生活，心中便不寒而栗。

就在这样的日子里，金娜用嘴唇翻着书页，读完了《钢铁是怎样炼成的》。她后来写信给奥斯特洛夫斯基的母亲，说自己当时非常羞愧，因为还不够勇敢。打这以后，没有谁看到她流过泪。她得知一家制造坦克的工厂遇到困难，便向那里的青年工人讲述自己的切身体会。大家深为感动，克服万难，超额造出五辆坦克……

在中国，保尔精神教育和鼓舞了几代人。莫斯科的奥斯特洛夫斯基纪念馆里，陈列着一本中文版的《钢铁是怎样炼成的》，扉页上题写着："中国人民解放军的战士们曾怀揣这本书，投身于争取自由的战斗。"

是的，我们把奥斯特洛夫斯基视为与刘胡兰、董存瑞、黄继光、雷锋、吴运铎、张海迪一样的英雄模范，学习他的精神，去克服大大小小的困难，充满热情地学习和工作。

1991 年，苏联解体，导致整个社会的剧烈震荡，文学也难幸免。在否定苏维埃时期的一切的汹涌浪潮中，也有人出来反对、诋毁《钢铁是怎样炼成的》。

2001 年 9 月，世界著名的电缆专家、俄罗斯科学院院士梅先什尼克说："这纯系神经错乱、热昏了头的人的不正派的个人行为。"

如今，人们可以看到，奥斯特洛夫斯基的画像依然悬挂在莫斯科大学语文系的 20 世纪俄罗斯文学教研室的墙上。1999 年，格奥尔基耶娃在《俄罗斯文化史》一书中谈及奥斯特洛夫斯基的小说《钢铁是怎样炼成的》，指出这是一部"对人类产生巨大影响的光辉文献"。

莫斯科第一副市长什维措娃表示："尼·奥斯特洛夫斯基这样的榜样今天仍然需要，因为他是人能经受一切考验的真实的证明。"

在中国，不能说没有受到过俄罗斯否定《钢铁是怎样炼成的》一书那股思潮的影响，但就总体而言，好几代读者一直是热爱这部著作的。

1989 年，共青团中央为了给全国青年树立"人生的路标"，选出十种必读书，《钢铁是怎样炼成的》排名第一。

1992年，文汇出版社推出《当代保尔列传》，介绍四十多位残疾人的模范事迹，他们的拼搏精神和奥斯特洛夫斯基一脉相承。

1998年7月下旬，大连广播电台文艺台接连做了两期节目，讨论《钢铁是怎样炼成的》。绝大多数听众认为，《钢铁是怎样炼成的》是一本激励人们直面人生、奋发向上的好书，曾伴随许多人成长，给人们以美好的理想主义教育和人生启迪。

1999年，《中国文化报》进行一次社会调查，请读者评选对自己人生影响最大的五十本书。结果，《钢铁是怎样炼成的》位列榜首。

2000年2月，中央电视台播出中乌合拍的二十集电视连续剧《钢铁是怎样炼成的》，在全国引发收看和议论的热潮。

在全世界，《钢铁是怎样炼成的》至今已发行四千多万册；在中国，发行量已达三百万册以上。

中国残联主席邓朴方这样评价奥斯特洛夫斯基："他给世界做出了榜样，也给我们所有的人做出了榜样。"

毋庸讳言，一些年来，《钢铁是怎样炼成的》一书的中国读者呈现锐减趋势。《文学报》2005年12月1日刊出的一篇文章提及："在一个由六十位小学四年级至初中二年级学生组成的随机样本中……近九成的同学没有读过《钢铁是怎样炼成的》等经典中外文学作品。"原因是多方面的。学业负担重、兴趣多元化。对彼时彼地的陌生感，无疑也有关系。然而，在我们成长的道路上，机遇与挑战依旧并存，引导与诱惑依旧同在，要获得成功和胜利，必须有面对挫折、身处逆境而毫不动摇、顽强前行的充分思想准备。《钢铁是怎样炼成的》一书，它的作者的光辉一生，在这方面依旧具有启迪和励志的作用。

尼古拉·奥斯特洛夫斯基走了，而他本人的一句话，耐人寻味：“人生最美妙的，莫过于停止生存时，自己所创造的一切仍在为人们服务。”

首发于2006年第八期《档案春秋》

14. 人中俊杰

——我写《尼·奥斯特洛夫斯基传》

尼古拉·奥斯特洛夫斯基既是长篇名著《钢铁是怎样炼成的》一书的作者，又是小说主人公保尔·柯察金的原型。苏联解体，对该小说、该作者的评价出现分歧。俄罗斯国内这方面的重大分歧，犹如浪潮汹涌，其余波迅速影响到中国。专家学者们以明显对立的观点，相互碰撞、交锋，激起广大读者的惊讶、思索。不少读者依据各自的阅读体会、人生经历，重新认知着、索求着与以往大致类似或截然不同的视角。思维空前活跃，真理越辩越明。

这种再阅读与再思考，需要可靠的资料做基础、做依据，否则难以逐渐接近正确或较正确的判断。为此，我付出千日的劳作，翻译了《尼古拉·奥斯特洛夫斯基书信集》，由东方出版社出版，但愿为我国对其人其书感兴趣的各年龄段的读者提供重要的资料。

由于译过《钢铁是怎样炼成的》和奥氏书信集，由于为此必须研读大量相关的资料，进行较多、较深切的思考，面对不少或褒或贬的论点，我的头脑中也在渐渐形成异于以往但并不全盘否定的，更换了视角而似乎有所突破的一些想法。

于是，继2007年出版《还你一个真实的保尔》之后，又写成《尼·奥斯特洛夫斯基传》，由华夏出版社出版，想以确凿的事实为根据、塑造传主活生生的形象，并希望与厚重的《尼古拉·奥斯特洛夫斯基书信集》相比，会引起较多的阅历不同的读者瞩目。

既是传记，本书叙述传主自诞生至去世的全过程，这与已有汉译本的几种奥氏传记基本一致。但就其细节的描绘，就其内涵的开掘而言，则不无差异。

略举数例。

奥斯特洛夫斯基的一生，仅为短促的三十二年。他的幼年与童年生活，亦是传记所十分关注的。尤其因为苏联时期的著作，每每强调传主很幼小的时候便具备很高的政治觉悟，勇敢无畏地与阶级敌人进行斗争。本书则着力刻画他的个性，聪明、调皮，有时挺懂事、挺大胆，有时则犟头倔脑、脾气不小。他会做出一些仿佛相当了不起的事，但无悖于他的年龄、性格，显得可信可爱。

奥斯特洛夫斯基后来成为作家，其实从小就具有的则是“军人情结”。先是和小伙伴们一起玩时，他喜欢做打仗游戏，而且要当指挥员，带领“士卒”作战，常常打胜，兴奋不已。然后，根本没到从军年龄，已一再离家，要去投奔红军，最后居然还如愿以偿，成了正规军里的编外“红小鬼”，而且立功获得表扬。他珍视这份军人的荣誉，见到老师，还得意地“显摆”。我反复搜求资料，较自然地从生理、心理乃至遗传的角度出发，进行剖析，给予适度的肯定与称赞。其中有一个因素，正是过去的传记作家所忽视或规避的：传主的父亲乃至祖父都曾是作战勇猛的军人。为什么绕开这一点呢？那时候当的是沙皇的兵呵！因此，多种资料对于祖父和父亲的描摹尤其稀缺。奥斯特洛夫斯基创作成功，名扬遐迩后，至亲好友纷纷口述、撰文，甚至编写成书，记述各自心目中的奥斯特洛夫斯基具备怎样的品行，如何待人接物，何等善于讲故事……唯独其父亲未留下回忆与谈论儿子的只字片言。而且根据资料来看，父亲似乎长期未与妻儿一起生活。父子不和吗？否。现能看到的奥斯特洛夫斯基所写的家书，表明他非常关心父亲的健康。半饥半饱之时，恼恨自己心有余而力不足；收入不菲之后，便尽赡养的义务。有一次汇去大笔钱款，并叮嘱老迈孱弱的父亲保重身体。字里行间，流露着骨肉深情。

奥斯特洛夫斯基的种种优秀品质和上佳表现，特别是与不治之症顽强斗争，重残失明后在更为艰困的条件下坚持进行文学创作，是传记必须着力刻画与由衷赞美的。本书也不例外。然而，此书特意用较多篇幅凸显亲朋好友，乃至原本并不熟稔的人们，如一些老战士、老干部、图书馆员、医生护士、邻居，甚至路人，如何给予奥斯特洛夫斯基多方面的真诚帮助。

比如他本人既瘫痪，又逐渐失明，有时设想好了一段情节，人物怎样对话，场景如何设置，可谓胸有成竹，但只有一只手臂稍能动弹，写下来速度奇慢，而且酸痛得厉害。邻家一位已经工作的女孩子，每天利用休息时间前来，听其口授，由她记录，不仅写作速度大大增快，而且使奥斯特洛夫斯基的情绪由忧急烦躁转为舒缓愉悦。尤为难得的，是这个邻家女孩并非呆板地记录，而是作为第一读者，理解他的努力，能就作品的一字一句，提出看法，和他讨论，得到采纳，十分快乐，即使被否定，也不生气。这是奥斯特洛夫斯基住在莫斯科时的事情。之后住在索契，也有好几位热心人，包括职工、学生乃至家庭主妇，同样热诚地帮他记录。

本书还以整整两章，彰显几位不同年龄、不同身份的热心人，多方面地支持奥斯特洛夫斯基的工作。有位大学生甘愿为他跑腿，做借书寄信之类的琐事，有位团干部甚至瞒着奥斯特洛夫斯基本人，雪中送炭，寄钱给他的妻子，帮他们度过一个个经济难关。特别是一位“老革命”，带着书稿《钢铁是怎样炼成的》，替他一次次去出版社，热情洋溢地推荐作品、介绍作者，终于引起编辑部的重视。两位专业水平很高，而且本人也是作家的编辑，对奥斯特洛夫斯基的帮扶特别重要和持久，建立了敬业编辑与重残作家之间的纯良友谊，用我们中国的表达方式，即营造了伯乐与千里马之间和谐、美好的关系。

如此，我想让读者看到的奥斯特洛夫斯基，既是一位以言行和著作感动人、激励人的优秀青年作家，也是一位活动极端不便、随时需要人们关照与扶助的重残者。两者的统一，使人物更具厚度、温度、可信度。

众所周知，奥斯特洛夫斯基意志如钢，本书还特地凸显另一面，即他的善心柔肠。

当自己病体支离、要求工作而一再遭到婉拒、生活日益窘困之时，奥斯特洛夫斯基结识了一个流浪儿。他撑着拐杖奔走呼吁多时，终于使流浪儿获得妥善的安顿。邻家一个小男孩，活泼乖巧，成了僵卧床榻的奥斯特洛夫斯基的亲密“玩伴”。不久，孩子患病住院，接受手术，不幸意外夭折。奥斯特洛夫斯基闻讯，难受得数日神思恍惚，无法进行创作。一位退休女教师，依靠养老金度日，还得抚养身患残疾的大龄女儿。突然，有关部门停发她的退休金，致使母女俩陷入困境。奥斯特洛夫斯基得悉，尽管自己无职无权，却立刻发信给有关部门，反映情况，要求改变冷漠态度，继续发给退休金。邻居中有位女工，丈夫是党员干部，但品质恶劣，施行“家暴”，殴打妻子。一天，女工惊慌地逃进奥斯特洛夫斯基的屋子，求他救助。凶恶的丈夫随后追来，要拖妻子回去。奥斯特洛夫斯基虽然独自卧床，又无家人在旁，但他以一只伸屈艰难的手，从枕下抽出手枪，喝令要流氓的丈夫退出去，否则一定接连射击。正气凛然，果然逼退了恶徒。好一副铁骨柔肠，令人肃然起敬，浮想联翩。

《钢铁是怎样炼成的》一书中的冬妮亚，清纯靓丽。在现实生活中，她的原型不止一个，本书特意做了较多介绍。我在网上发现，当代读者对这一人物格外关注，褒贬不一的点评数，甚至超过保尔。相信本书这方面的内容也可能引起兴味。

关于《钢铁是怎样炼成的》，至今仍有不少读者在谈，在议。我认为，它是与车尔尼雪夫斯基的《怎么办?》、高尔基的《母亲》一脉相承的优秀小说，是源远流长的俄罗斯文学的有机组成部分。作为苏联时期的主流作品，它在当时起的主要作用是正面的、励志的；在我国，其影响也是积极的、长远的。若从政治上判定它是某个领袖人物的传声筒而予以彻底否定，意在颠覆，则未免简单粗暴，难以服人。

这是值得继续深入研讨的文艺理论问题，若健康情况允许，我也可能撰文，坦陈愚见，求同存异。

作为21世纪的读者，我们应该以海纳百川的胸襟，实实在在地从人类千百年所积累的思想与感情的宝库中汲取营养，丰富与优化自己的精神世界。

而本书作为传记，则企望以精选的真实故事拨动读者的心弦，告诉大家，奥斯特洛夫斯基是一个既平常又不平凡的作家，革命信念坚定不移，远大理想光辉灿烂。

同时，在奥斯特洛夫斯基身上，确实沾有属于那个时代的一些不正确的、负面的东西。例如，认定共产主义社会即将在全球实现；又如盲目崇拜，把领袖人物与国家与人民与苏维埃政权绝对地等同起来；瘫痪加失明，毕竟难以洞察现实生活中的许多情状，过激的话讲过，鲁莽的事做过……凡此种种，瑕不掩瑜，倒是越发呈露了真实感。

这里还必须提及“二战”——

1936年4月6日，离谢世只有八个月时，尼·奥斯特洛夫斯基在广播中，慷慨激昂地说：“黑云正笼罩着世界。法西斯主义……企图侵犯我们的边疆。因此，我们这些将全部热情和力量贡献给和平劳动的社会主义建设者，也准备着去战斗……”

准备着去战斗，可以说，在当时是一种全民意识。

1941年6月22日，正是奥斯特洛夫斯基逝世后整整四年半的日子，法西斯匪徒发动侵略战争，进攻苏联了。

随后的日子里，莫斯科和索契的奥斯特洛夫斯基纪念馆便不断地接到许多官兵从前线的来函。

四十位战士，全是共青团员，联名写信说：“我们总觉得，保尔·柯察金就在我军的右翼。他端着机枪向前，跟国内战争期间一样，打击着法西斯强盗。”

上尉谢林写信给奥斯特洛夫斯基的妻子拉依萨，提出要求：“恳请您再寄几册《钢铁是怎样炼成的》来，不然的话，战士们会老缠着我要书。他们一遍遍地朗读，这大大有助于提高战斗力。”

活跃在敌人后方的女游击队员林娜写信来说，他们这支队伍无论到哪里去，都带着《钢铁是怎样炼成的》；有时候，战士在雪地里久久地趴着，书洇湿了，不得不在篝火旁烤干后再看；如果谁胆怯了，只要对他提醒一声“你要记住保尔”，他就会感到羞惭，就会争着参加最危险的战斗。

当年的 8 月下旬，德军气势汹汹地围攻列宁格勒。

列宁格勒军民团结紧密，进行保卫战。九百个日日夜夜，围城中的二百多万军民，牺牲了七十万。代价如此惨重，才换来举世赞叹的胜利。那些特别勇武、异常机智的军人，往往被称作“柯察金战士”。

斯大林格勒保卫战同样悲壮。领兵的将官喜欢管优秀的战士叫“保尔的后代”。

首都莫斯科经受了更为酷烈的考验。

1941 年 9 月，德国法西斯大举进犯，直逼莫斯科城下。

德军指挥部设在离莫斯科仅四十一公里的一个小镇上，用望远镜就可依稀看到克里姆林宫金色的尖顶。

11 月 7 日，苏联红军按照传统惯例，在红场上举行了战时大阅兵。所有的将士在观礼台前行进之后，便直接奔赴前线。这次红场阅兵，是苏联历史上，乃至世界历史上，最不像样子的阅兵，但也是一次最了不起的、惊天动地的、真正的阅兵。

红军实现反攻了，一百一十万官兵出击，勇往直前。大部队经过奥斯特洛夫斯基生前居住或工作过的城镇，斗志便越发昂扬。炮兵指挥员这样发令："为了尼古拉·奥斯特洛夫斯基，开炮！"于是，"喀秋莎"火箭炮射出愤怒的炮弹……

苏联卫国战争期间涌现出许多年轻的英雄烈士，他们中有不少人是《钢铁是怎样炼成的》一书的忠实读者。有些作家在依据真实的事迹进行创作时也关注到这一点，并反映在作品中。法捷耶夫的《青年近卫军》如此，波列沃依的《真正的人》也如此。

奥斯特洛夫斯基生活在一个光明为主而失误也极其严重的时代。尤其是当他在付出最后的精力，艰难地创作着《暴风雨中诞生的》之时，国情越发复杂了。出现了大面积的旱灾，帝国主义虎视眈眈，重大政策在落实过程中偏差频出，高层领导内部冲突日益尖锐、酷烈、血腥。1936 年后，镇反又扩大化，奥斯特洛夫斯基的师友中，含冤罹难者众多……

共产主义是需要全体人类，一代又一代，付出努力，做出牺牲，才能实现的宏伟事业。奥斯特洛夫斯基仅仅是其中一代人——一代热血青年的杰出代表。共产主义事业地域性、阶段性的迂曲和失败，并不能摧毁真正共产主义者的理想和意志。

奥斯特洛夫斯基具有大无畏的自我牺牲精神，尤其是在病残日益严重的岁月中的经历与表现，更多地显示出他个人的特质和魅力。

他曾被拔高乃至神化，或被贬低乃至淡忘。但他仍是他，那么纯朴、真实。

保尔·柯察金的原型——奥斯特洛夫斯基，不愧为人中俊杰，穿越时空，以其璞玉浑金般的本真之光辉，恒久地烛照人间。

这部传记中自有晦明、聚散、爱恨、苦乐，自有朝气、定力、青春、阳光。但愿这样的书，能激活中老年的回顾，增添青少年的热情，重读或初读《钢铁是怎样炼成的》等佳作，从而在人生的旅途中，目光不迷乱，心志更坚实、步履更稳健。

本文首发于2015年8月3日《文汇报》
“文汇读书周报”，略有节缩。

附录五　译者自述

……书桌上搁一张特制的小桌，小桌微斜的面板上才是写字的地方。还有与之配套的椅子，请人用铁管焊成，坐垫特高，边沿也略斜。正是依靠这种怪模怪样的桌椅，我才似乎坐得很挺地进行工作。膝盖畸形，髋关节强直，腰背宁折不弯，连脖子也转动不灵——这种情形已经持续了近六十年。有客初访，在对面落座后，往往会脱口而出："您也坐呀。"殊不知，无论坐、卧、站或撑着双拐"走"，我始终保持着这种姿态。

后来，我连保持这种姿态"端坐"的荣幸也逐渐被剥夺。一九九七年翻译这部《钢铁是怎样炼成的》，更是不得不全部卧床进行……

一九三六年，我出生在上海一个小小制冰厂的业主家中。据说是由于"命硬"，接生婆没有发觉我母亲怀着双胞胎，接出一个，便以为万事大吉，剪了脐带松了手，让另一个胎儿向上缩去。多半是"羊水栓塞"，使产妇痛苦万状地与这个已经获得生命却尚未出世的胎儿，双双无辜地死去。我永远无法知道，那还没有出生便去世的，是我的孪生弟弟还是妹妹。

母亲小时候当过童工，曾在苏州河畔因蚕茧地湖州而得名的湖丝栈里，在沸水腾起的热雾中，过早地饱尝人生的苦难。不知经过了一段怎样的曲折过程，她成了制冰厂业主的填房。在那个有着前妻所生的两个儿子的富裕家庭里，她并不自在、舒心，而在她猝然惨死之后，我这丝毫不谙人事的婴孩便成了众矢之的，险些儿被送进育婴堂。幸亏婚后不育的小姨妈领养了我。于是，我在沪西著名的老街——法华街上一座破旧的二层楼房里，开始了贫苦的童年。

渐知身世，我变得爱独处，爱沉思，爱遐想，而且心底常常泛起莫名的负疚感。

考进格致中学，该是令人高兴的事。上海解放，整个社会环境变了，变得健康、光明、朝气蓬勃。我的性格也渐渐变得开朗、合群、爱说爱笑。

不料第二次人生打击突然袭来。初三才念了一个星期，病魔便迫使我无奈地永远告别了学生时代。我在床上一躺就是两年多，吃药打针，总不见效，最后成了终身重残者。母校图书馆的汤老师登门探望，带来许多书。其中有一部长篇小说《钢铁是怎样炼成的》。我仰面擎书，看得热血沸腾，热泪盈眶，于是狠下决心，要向保尔·柯察金学习，也搞创作，也写小说。僵卧不动，恣意想象，由激奋而痴迷，再转为沮丧，重新陷入绝望。休说少年时期，就是孩提时代，保尔的经历也比我丰富得多。我根本没有什么革命生涯，连一般的人生阅历也浅而又浅。哦，有一位表哥，大姨妈家的，比我年长二十八岁。解放前夕，白色恐怖笼罩全市，这位地下工作者曾到我家暂避，行踪飘忽，神出鬼没。后来，他成了挺大的市级干部。可能由于必须严守纪律吧，表哥当时并未和我促膝谈心，也没有教我武功（他是武术高手，后来还自成一家）。唉，我没有自己的引路人！

一叶夜航的小舟，在浩渺的大海中意外地遇到风暴，迷失了方向，忽见灯塔的亮光闪闪烁烁，立刻感到前途有望。精神刚刚为之一振，转瞬间又四顾茫茫，昏黑一片，只剩下懊丧和沉重。

随着时间的推移，我一再重读《钢铁是怎样炼成的》，又看到多种有关著作，也积累了不少人生经验，反复思考，感悟渐深，不断地从这本名著内，从主人公保尔·柯察金身上，从全球数一数二的残疾人作家的经历中，汲取养料，滋补灵魂。

优秀的文学作品，可以令人惊叹、激奋、比照、惭愧、深思、遐想……总之，它在精神上、情绪上感染读者。有些生动的场景、深邃的哲理，简直具有沦肌浃髓、镂骨铭心的力量。

我对《钢铁是怎样炼成的》这部杰作感到格外亲切，有一个十分特殊的原因——有幸见到过奥斯特洛夫斯基的夫人。

一九五七年底至一九五八年初，尼古拉·奥斯特洛夫斯基的夫人拉依萨·鲍尔菲里耶夫娜·奥斯特洛夫斯卡娅访华一月。到上海后，她为本市千名年轻人做报告，并与十余名正在自学俄语的残疾青年会见。当时，我卧床学俄语，从俄语广播学校拿到结业证书，并开始在报刊上发表“豆腐干”译文，因此也被安排参加了这次不寻常的会见。

我乘坐三轮车来到文化广场，被背进会客厅，以奇特的身姿，倚坐在深陷的单人沙发上。会见的参加者都由人陪着、背着、搀护着或托抱着，陆续入内、落座。我们这些残疾人，全有结识交谈的愿望，然而无法像健全人那样彼此走近，握手言欢。我只能和恰巧坐在对面的两位互相微微颔首致意。

扩音喇叭响了，大会场里的热烈气氛一下子传送过来，我们听到了夫人生动精彩的报告，不禁心潮起伏。

俗话说，无巧不成书，其实，现实生活里的巧事也多得很。在大会聆听报告的年轻人当中，有一位系着红领巾的女青年郑懿，她是格致中学的少先队总辅导员。

后来，她登门邀请我回母校一次，从此由相识、相知、相爱到结为生活伴侣。我们经受人生坎坷的考验和时代风雨的洗礼，同甘共苦，走到今天，成了一对白发苍苍的老夫妇。

……学完广播俄语课程之后，我又继续自学，经历过许多曲折和困难。但，和此刻夫人在讲述的既瘫痪又失明的奥斯特洛夫斯基所克服的无数艰辛困厄相比，这些就都算不了什么了。

暴风雨般的掌声传到了会客厅，夫人在会场里结束了感人肺腑的报告。不一会儿，她便来到我们中间。

夫人身穿鲜艳的红色连衣裙，脸上露出和蔼的微笑，俨然是气质高雅的知识妇女。正是这位了不起的女性，和奥斯特洛夫斯基真心相爱，照料他生活，支持他工作。在丈夫逝世后，她还从妻子的独特角度，写出传记《尼古拉·奥斯特洛夫斯基》，为人们提供了重要的研究资料。此刻，夫人走到了我的面前。无法起立的我，激动地向她表达对奥斯特洛夫斯基的敬仰和自己继续与病残做斗争的决心。夫人稍稍俯身，亲切地说："您还年轻，相信您会在学习和工作中获得更大的成就。"她从陪同人员手里接过我的礼物——俄语广播学校的结业证书。

中国有句俗话：礼轻情义重。证书仅仅是薄薄的一张纸，但这是我经过两年苦学后获得的，是广播学校的老师登门为我单独监考后发给的。无论今天我的成绩多么小，无论明日能取得多大的成果，这象征着起步、表达着信念的一纸证书，在当时的特定场合，也许不失为一种独特而有意义的礼物。

会见是短暂的，但激奋的心情久久无法平静。此情此景，至今历历在目。

夫人回国后，也惦记着我们。后来我收到了她寄赠的一套奥斯特洛夫斯基纪念照片，封套内侧还有夫人的亲笔题签：

> 缅怀尼古拉·奥斯特洛夫斯基
> 王志冲同志惠存
>
> 拉·奥斯特洛夫斯卡娅赠

数十年来，这套照片始终伴随着我的生活历程……

本文曾是拙译多种版本《钢铁是怎样炼成的》一书《译后记》的部分文字，这里略有节缩、修润。

三言两语数则

——代后记

王志冲

（一）

译成了——《尼古拉·奥斯特洛夫斯基全集》，终于译成。

我庆幸、喜悦——为中国读者提供了翔实的文字。

（二）

《钢铁是怎样炼成的》曾给予我国几代人的成长以积极影响。它的中译版本毛估早已超过百种，只是至今尚未见奥氏全集。

（三）

这里展呈着朝阳的光焰、理想的璀璨、信念的坚守、斗志的高昂、情谊的温润……

（四）

原打算撰写长篇后记，细谈对人与书之愚见。健康状况不允许了，只好先休息一阵再说。

（五）

何况若要写，必须有更认真的研读、更开阔的回顾、更深远的思路、新世纪的高度、中国式的体悟与阐述……

（六）

于翻译《钢铁是怎样炼成的》等作品同时，兴之所至，随写随发过一些东西，似札记，像偶感，如漫评；也有未发表的。这儿选了一辑。井底之蛙，一孔之见，一鳞半爪……愿恭听读者朋友的教正。

（七）

奥氏其人，光明磊落，质朴又热情，有担当，善自律，与你我交友交心。相距百年，仰望、平视，都仍能令人振奋，思绪缤纷。

（八）

一个雄伟大国，屹立七十载，如何崩塌于一旦？这里或也可窥见些许端倪、先兆，似尚可闻在远去而未消逝的滚滚惊雷。

（九）

掩卷看当下，看华夏，幸福感满怀涌动。增添的是国运自信、信仰自信、文化自信……

（十）

半个多世纪来，我这重残者，获得社会各方、亲朋好友的青睐、襄助和扶持。铭诸肺腑，由衷感念。

（十一）

终身相伴、现受顽疾困扰的贤妻郑懿，数十年来付出大量心力，助我“重残而不废”……

2017年6月上旬

图书在版编目（CIP）数据

奥斯特洛夫斯基文章、演讲、谈话/ (苏)尼古拉·奥斯特洛夫斯基著；王志冲译著. --北京：华夏出版社，2018.1

（王志冲译尼古拉·奥斯特洛夫斯基全集）

ISBN 978-7-5080-9333-8

Ⅰ. ①奥…　Ⅱ. ①尼…　②王…　Ⅲ. ①奥斯特洛夫斯基(Ostrovsky, Nikolai Alexeevich 1904-1936)－文集　Ⅳ. ①I512.15

中国版本图书馆 CIP 数据核字(2017)第 243949 号

奥斯特洛夫斯基文章、演讲、谈话

作　　者　[苏] 尼古拉·奥斯特洛夫斯基
译　　者　王志冲
策划编辑　刘　晨
责任编辑　罗　云 刘　晨

出版发行　华夏出版社
经　　销　新华书店
印　　装　三河市万龙印装有限公司
版　　次　2018 年 1 月北京第 1 版
　　　　　2018 年 1 月北京第 1 次印刷
开　　本　880×1230　1/32 开
印　　张　9.75
插　　页　8
字　　数　200 千字
定　　价　42.80 元

华夏出版社　地址：北京市东直门外香河园北里 4 号　邮编：100028
网址:www.hxph.com.cn　电话：（010）64663331（转）